Hans Fallada

Der junge Goedeschal

atb aufbau taschenbuch

Rudolf Ditzen alias Hans Fallada (1893–1947), Sohn eines hohen Justizbeamten, zwischen 1915 und 1925 Kassenverwalter auf Rittergütern, Hofinspektor, Buchhalter, zwischen 1928 und 1931 Adressenschreiber, Annoncensammler, Verlagsangestellter. Der vielfach übersetzte Roman »Kleiner Mann – was nun?« (1932) machte Fallada weltberühmt. Sein letztes Buch »Jeder stirbt für sich allein« (1947) avancierte rund sechzig Jahren nach Erscheinen zum internationalen Bestseller. Weitere Werke sind u. a.: »Bauern, Bonzen und Bomben« (1931), »Wolf unter Wölfen« (1937), »Geschichten aus der Murkelei« (1938).

Zwischen 1917 und 1919 schrieb Rudolf Ditzen in Berlin diesen ersten Roman, der 1920 unter dem Pseudonym »Hans Fallada« veröffentlicht wurde und die Grundlage für sein literarisches Werk bildet. Die frühe Prosa überrascht durch ihre expressive und eigenwillige Diktion. Das ausgezeichnete Gespür des Autors für Dialoge und sein Talent, glaubwürdige Charaktere zu erschaffen, treten bereits deutlich zutage. Besonders auffällig ist die stark ausgeprägte autobiographische Dimension: Sowohl Handlungen als auch Figuren gehen auf Eindrücke des jungen Fallada zurück.

Hans Fallada

Der junge Goedeschal

Roman

atb aufbau taschenbuch

Textgrundlage dieser Ausgabe:
Falladas Frühwerk in zwei Bänden,
Band 1: Der junge Goedeschal / Anton und Gerda,
hrsg. von Günter Caspar, Aufbau-Verlag Berlin und
Weimar 1993 (unter Berücksichtigung
der Rechtschreibreform von 2006).

ISBN 978-3-7466-2861-5

Aufbau Taschenbuch ist eine Marke
der Aufbau Verlag GmbH & Co. KG

1. Auflage 2012

Bei Aufbau erstmals 1993 erschienen
Aufbau ist eine Marke der Aufbau Verlag GmbH & Co. KG
Umschlaggestaltung Mediabureau Di Stefano, Berlin
unter Verwendung eines Motivs von
ullstein bild – Heritage Images / The National Archives
Satz LVD GmbH, Berlin
Druck und Binden CPI – Clausen & Bosse, Leck
Printed in Germany

www.aufbau-verlag.de

1

Wozu ärgern?, dachte Kai und warf das Heft, das sich rasch zublätterte, auf den Tisch zurück. All das ist Paukergeschwätz oder Seich, Neid. Die Eins gibt er mir – und dann sein Hohn? Warum?

Er warf sich in den Langstuhl, brannte eine Zigarette an. Den Rauch wolkig ausstoßend, dachte er weiter: Im Grunde hat er so unrecht nicht. Natürlich war der Aufsatz stark beeinflusst. Aber mir das so aufzutischen vor der ganzen Blase von Konpennälern: »Eine wackere Leistung, Goedeschal, wir haben Wilde gelesen. Gut nachempfunden« – darin lag die Gemeinheit!

Er stand unruhig auf und zerdrückte die Zigarette im Becher. Alles Einbohren, Erwägen half zu nichts, der Stachel blieb. Und es war umsonst, sich einreden zu wollen, dass diese zwei, drei Sätze von Tappert belanglos und zufällig gewesen seien. Eine geheime Feindschaft hatte aus ihnen geklungen.

Kai Goedeschal fuhr hoch. Mit den Fingern sein Haar strählend, ein wenig Pose, sagte er halblaut: »Er hat mich demütigen wollen. Als er diesen Aufsatz las, den ich in einigen Nachtstunden glühend und zitternd schrieb, spürte er wohl die Auflehnung: ich, Obersekunda, ein Name mit einer grüngoldenen Schülermütze, verstattete ihm in etwas Einsicht, ohne zugleich zu bemerken: ›Das verdanke ich Ihnen.‹ Nein. Indem er meinen einsamen Wanderungen zuschaute, in denen nichts war als das Rascheln von Blättern, der Wind, irgendwo oben in Bäumen, manchmal ein weiter Blick oder der Ton eines jener Jagdhörner, die Eichendorff so liebte, – fühlte er, wie stark ich ablehnte, was er, schwach, verfälscht, verwässert gelehrt. Hier war Revolution, Neuland, Eigenes. Gab er mir uneingeschränkt die Eins, erkannte er diese Auflehnung an. So schrie er: ich kenn das auch! Wie des Swinegels Fru: ick bin all do! – Nachempfunden! Wer hat ihn mehr, wer fühlt ihn tiefer: Tappert oder Goedeschal? Es ist und bleibt eine Schweinerei, dass es immer nur heißt: Lehrer – Schüler, nie: Mensch – Mensch.«

Im Spiegel fing Kais Blick die Bewegung der Lippen, wie sie sich unter den letzten Worten auseinandertasteten, wölbten. Er beugte sich vor, Zittern stieg in ihm auf. Dieses beinahe dreieckige, gelbliche Gesicht, von vier, fünf eintönigen Linien umzogen, war entfärbt durch die Glut eines breiten, seltsam dem Zittern von Libellenflügeln gleichenden Mundes. Aufgebogen, fleischig aus den Innerlichkeiten des Leibes mündend, mit einem fast blutendem Rot, dessen Struktur an rohes, hautloses Fleisch mahnte, bildete er einen Gegensatz zu der noch unbeschriebenen Leere der Gesichtsflächen, zu dem verschwimmenden, unsicheren Blick der Augen, einen Gegensatz, den Kai dunkel fühlte. Ein plötzlicher Impuls, den er erst in seinem Bewusstsein merkte, als er ihm schon gefolgt, ließ ihn den Zeigefinger der Hand heben und deutend auf diese Lippen weisen. So stand er sich selbst gegenüber, den eigenen Blick meidend, in die Betrachtung seines Mundes versunken, der, eine phantastische Blüte, auf der Spitze seines Fingernagels zu tanzen schien, blieb stehen, hob dann die Augen, begegnete einem Blick, der fremd und undurchdringlich war, lachte mit einem Achselzucken verlegen auf und trat eilig vom Spiegel fort.

Im Stuhle sitzend, das Gesicht in den Händen vergraben, während die Finger in den Haaren wühlten, musste er unvermittelt an seine Berliner Schulzeit denken, nun drei, vier Jahre zurück. Wieder sah er sich, Untertertianer, verschüchtert, scheu, kraftlos, ohne Gegenwehr, zitternd in der griechischen Stunde aufstehen, vortreten, irgendetwas deklinierend, was er eben noch gewusst und schon völlig vergessen hatte, stotternd, fehlerhaft, ohne jede Möglichkeit, seine Aufmerksamkeit der Arbeit zuzuwenden und die Bruchstücke des Gewussten wiederzufinden. Denn da waren die Augen der andern, immerzu hingen sie an ihm, warteten, der Blick des Lehrers, den er seitlich in seinen Schläfen, brennend in den Augenhöhlen fühlte, wartete, er selbst, auch er wartete, bis dann das Schluchzen kam, die Tränen, die lieben Tränen, jede griechische Stunde, bei jeder Frage.

Er weiß, dass Wetten auf ihn abgeschlossen werden, vor der Stunde drängen sie ihn: »Goedeschal, nur heute einmal halte dich. Tu ihm nicht den Gefallen.« Aber dann wieder, wenn er vorn steht, erhöht, allein, belauert von allen, dann spürt er dunkel die Machtlosigkeit allen Wehrens, er tut nichts dazu, ganz von selbst schon steigt es in ihm empor, in seiner Kehle verfängt es sich, seine Finger beben, und nun ist es da, und schon im Weinen seltsam erleichtert, denkt er: Es ist wieder da!

Kai Goedeschal fuhr hoch. »Kann ich nie vergessen? Ich will nichts mehr von jenem Berliner Kai wissen. Warum schmerzt das noch so frisch? Nein, ich würde heut nicht mehr weinen. Vielleicht anders, anders und doch das Gleiche.«

In ruhelosem Auf und Nieder suchte er vergebens die Quelle zu finden, aus der diese Gedanken strömten. Brennend wie einst glühten die Augen, verzweifelnd wie früher floh er die Spottreden der andern, die seine geflickten Hosen verachteten. Der gefüllte Schulhof, die Glocke inmitten, – kein Fleck, wo Ruhe war. Aus den Gängen durch den Zuruf des Lehrers verjagt, stand er wieder draußen, zitternd, bemerkt zu werden, schon bemerkt, schon verhöhnt.

Er riss sich herum. Dem Spiegel näher tretend, ging er in seinem Gesicht jener Spur nach, die ihn zum noch nicht Vergessenen geführt hatte. Er fand sie nicht, er fand nicht den schmerzlichen Widerspruch, der zwischen der Erblühtheit eines fleischigen Mundes und dem trübe Farblosen stets fliehender Augen bestand. Er zuckte die Achseln.

»Wozu noch daran denken! Ich will nicht. Dort die Bäume. Straßen. Menschen. Fenster. So vieles andere zu bedenken.«

Sein Blick erfasste das Heft. »Ja so, der Aufsatz.« Er blätterte. Aber nun, da er diese Zeilen las, die schon durch ihre Farbe strafenden, roten Randbemerkungen des Lehrers überflog, schien all dies bereits verstaubt, lang vorbei. »Immerhin habe ich die Eins. Wieder einmal der Beste. Man kommt voran.«

2

Es klopfte. Arne Schütt trat herein, groß, ausgewachsen, massig geformt, und ging zum Langstuhl, in den er sich warf. Dann, während er eine Zigarette anbrannte: »Servus, Kai. Was machst du?«

»Sieh da, Arne. Ich simuliere, wie unser gemeinschaftlicher Freund Biedermann sagen würde, über die Unzulänglichkeit des Lebens.«

»Und?« Da Kai schwieg: »Wieso? Warum? Weshalb?«

»Ach nichts, ich habe mich über Tappert geärgert.«

»Nanu? Er lobte dich über den grünen Klee.«

»Das ist's ja grade. Du hast natürlich wie immer nicht aufgepasst.«

»Bitte. Bitte.« Arne warf sein Gesicht vor, bewegte die Hände salbungsvoll durch die Luft und imitierte verzerrt und faul: »Eine wackere Leistung, Goedeschal. Trefflich nachempfunden. Was denn?«

»Du hast es gehört und fragst, warum ich mich ärgere?«

»Hauptsache ist die Eins.«

»Die Eins ist belanglos, wenigstens für mich. Den Eltern, Paukern und so weiter ist sie natürlich die Hauptsache. Aber –« Kai blieb am Fenster stehen, trommelte gegen die Scheiben und überlegte, während er auf den von einem Schneeschauer überpeitschten Schmuckplatz sah, ob er nicht doch lieber schweigen sollte. Aber die Lust zu sprechen war größer als die kleine, im Hintergrund liegende Hemmung. »Ich sagte vorhin: Unzulänglichkeit des Daseins, im Scherz. Nun wiederhole ich es ernsthaft.«

»Was hat das mit deinem Aufsatz zu tun?«

»Du wirst hören.« Kai schwieg. Er dachte nach, vieles drängte. Um den Worten mehr Gewicht zu geben, bildete er – unbewusst – am Munde zwei Falten, die er dann doch gleich als romanhaft markant ärgerlich mit der flachen Hand fortstrich. Er spürte auf den Lippen einen tauben Reiz und sagte nun hastig: »Hast du's nicht schon gefühlt, morgens beim Aufstehen, dass alles so trostlos grau war? Schule, Schule, nicht abzusehen, immer Schule, Arbeiten, Pauker, dann die Eltern, nichts, nichts. Alles war schon da, alles so alt, so reizlos. Du besinnst dich, du überlegst, was zu hoffen sei, was Neues. Du findest nichts. Am Ende scheint es dir so sinnlos, dich überhaupt anzuziehen, wozu? Lebst du denn? Was ist das? Eine Maschine, die rattert. Immer den gleichen Gang. Du fasst die Stühle an, siehst dich im Spiegel – alles war schon da, wird so immer da sein. Und während du dann am Fenster stehst, überkommt es dich plötzlich. Deine Handgelenke brennen. Von oben möchtest du sie in das spitze, splitternde Glas hineinschlagen, in die Pulsadern, so, so – nur damit du fühlst, am roten Strömen deines Blutes fühlst: du lebst, lebst, lebst.«

Arne machte eine Bewegung, Kai rief hastig: »Nein, jetzt nicht!« Er ging schnell auf und ab; dann ruhiger: »Mehr: oder dann, abends, im Einschlafen, wenn ich träume, ist es, als ob ein Schleier fällt und noch einer und wieder einer. Ich stehe auf den Zehen, dränge mich an die Luft, schmiege mich in sie hinein, näher, näher, ich zittere. In den Fingerspitzen bebt schon die Nähe wärmerer Ströme. Aber dann – dann ist ein Widerstand da, nichts von außen, in mir – nein, nein, auch nicht in mir, – – – ein Widerstand, und grenzenlos enttäuscht sehe ich nichts als Schleier, Nebel, Nebel.«

»Das verschleierte Bild von Sais, mein Lieber, das haben wir alle gefühlt.«

»Wie falsch, oh, wie falsch, was du sagst. Hat's dich nie überrascht, wenn du etwas redetest, ganz plötzlich, sehr heiß: dies hast du doch nicht gesagt? Eben sprach doch etwas aus dir? – Oder – du liegst im Bett, und dann merkst du ein warmes Quellen in der Nähe, du ahnst die Wärme eines andern Körpers, und du duckst dich ganz hinein in dich, du wirst ganz klein, nur noch Kern, und deine Nervenspitzen stecken voll Warten in der Dunkelheit, und du wartest, du atmest nicht, warten, warten … jetzt! Jetzt kommt es! – Du wirfst die gespreizten Hände in die Luft – – – nichts! nichts! Es war wieder nichts!«

Stille. Auf dem Gang draußen Schritte, die näherkamen, an der Tür zögerten und weiter verhallten. Eine Tür klappte.

Arne warf von der Seite einen raschen Blick auf den Freund und sah verlegen fort.

»Aber das alles ist nicht das Schlimmste. Es gibt anderes. Grauenhaftes. Hast du schon einmal die Augen der Leute angesehen? Auf der Straße? Alle Augen sind gestorben, sind tot. Es ist, als seien Häutchen über sie gewachsen. Manchmal sehe ich mich voll Angst im Spiegel an, voll elender Angst, auch meine Augen könnten schon so sein. Dass ich falsch sehe, falsch sehen muss. Nicht mehr das Leben sehen kann. Und das ist es ja: es muss ja doch kommen, muss doch. Das nun, das ist Fratzerei, Verzerrung, Tod. Und da, im Warten baut man sich etwas, ein Stück Land, ein Fleckchen Garten, das einem selbst gehört, in dem man zu Haus ist, das sagt: du lebst, du bist du.«

Arne sagte, unüberzeugt: »Ich verstehe. So dein Aufsatz.«

Kai schwieg, dann wieder stiller: »Als ich schrieb, wanderte ich draußen in der Einsamkeit auf der Suche. Ich stürmte alle Hügel hinan, zu meinen Füßen raschelte das gepantherte Laub des Ahorn. Meine Einsamkeit flog oben am Himmel über mir als Habicht. Ich war es, mein näheres Leben weinte, als ich mein Haupt zwischen Gundermann und Schafgarbe am staubigen Grabenrand schluchzen ließ. Ich schämte mich, als ich den Aufsatz abgab. Nachts zitterte ich, dass hier ein wenig Wahrheit, die ich nie bei andern fand, offen an den Tag trat. Sah ich sein blasses Gesicht mit dem spitz verschnittenen Bart über die Arbeit gebeugt, presste ich meine Hände zusammen, um nicht aufzuschreien. Dann gab er sie zurück. Es zuckte in seinen Mundwinkeln, als er mich ansah. Ich hätte ihn erschlagen mögen, weil er wusste, *es* wusste.«

Er lehnte den Kopf an die Scheiben, er schwieg. Draußen trieb der Ostwind noch immer in schrägen Strichen Millionen Schneeflocken dem Boden zu. Kai folgte einem Kristall, bis es irgendwo im Strudel verschwand, seufzte auf und wandte sich wieder zu Arne, der sprach: »Und was nennst du jenes Leben, auf das du so wartest?«

Kai sagte still: »Ich weiß es nicht.«

»Im Grunde möchtest du nur raus, möchtest du nur was anderes. Dieses hier langweilt dich, das ist alles.«

»Etwas anderes, ja«, wiederholte Kai.

Nun war Arne im Fluss. »Ich will dir etwas sagen: du lebst zu allein. Ich weiß schon, die andern sind alle Proleten, mit denen komme ich dir auch gar nicht erst. Aber das: du hast dies Pech gehabt mit deiner Krankheit, grade als die Tanzstunde anfing. Wärest du mit dabei, würdest du nicht so reden.«

Kai lächelte. »Mag sein.«

»Nein, du brauchst nicht zu lachen, ich meine natürlich nicht das Tanzen, aber die jungen Mädels. *So* bist du zu allein. Du musst dich verlieben.«

»Geht das so auf Kommando?«

»Du weißt nicht, wie schön das ist, Kai.«

»Du hast gut reden. Wie soll ich das tun? Ich kann nicht zum nächsten jungen Mädchen auf der Straße sagen: ›Mein gnädiges Fräulein, ich liebe Sie!‹«

»Natürlich nicht. Aber komm mit in die Tanzstunde. Ich führe dich als Gast ein. Heute haben wir großen Schlussball. Vielleicht, dass du jemand findest.«

Und, als Kai schwieg: »Fräulein Reiser, meine Dame, hat eine Freundin, die dir gefallen würde.«

»Wie heißt sie?«

»Ilse Lorenz.«

»Ilse Lorenz? Ist das nicht die Flamme von Klotzsch? Ich habe so etwas gehört.«

»Ach, das ist einseitig. Versuch dein Glück.«

»Es ist verrückt.«

»Gerade darum.«

»Und schon heute Abend?«

»Ja, mach schnell. Du isst dann bei mir, und wir gehen zusammen hin.«

»Muss ich mich umziehen?«

»Besser schon.«

Während Arne in einem Buch blätterte und Kai sich umzog, dachte der: »Also das ist es: sich verlieben. Das ist die Arznei, die helfen soll. Du lieber Gott!«

Aber dann, als sie die gewundene, dunkle Treppe zur Diele hinabtasteten, stieg eine Angst in ihm hoch. »Was tue ich? Fliehe ich vor mir? Ja, ich sehne mich nach Wärme, aber kann die von außen kommen? Ach – vielleicht überhaupt nicht von außen, überhaupt nicht von andern. Vielleicht liegt es an mir.«

Er atmete hastig. Er flüsterte: »Arne, nein, ich kann nicht, sei nicht bös.«

Der fasste ihn am Arm. »Du hast Lampenfieber. Das vergeht schon.«

Es liegt am Leben, es liegt an den andern, dachte Kai.

3

Auf dem Vorplatz glühte trüb flackernd die missvergnügte Flamme des Sparbrenners. Die aufleuchtende Helligkeit des Glühstrumpfes machte die beiden zwinkern. Im großen Spiegel erschienen ihre Gesichter fremd und weiß wie die von heimlichen Verschwörern.

Aus dem Zimmer des Vaters klang Klavierspiel.

»Zieh dich immer an, Arne, du brauchst gar nicht erst hereinzukommen, das dauert dann wieder so lange.«

Als Kai die Tür öffnete, schlug ihm eine warme, von Pfeifenknaster durchduftete Luft entgegen. Im Einatmen empfand er eine Feindschaft gegen diese Lauheit, gegen dieses eingezäunte Daheimsein der Eltern, von dem er ausgeschlossen war, oben in seinem Zimmer, das nicht sein war, in dem er zu Gast wohnte. Hier waren die beiden zusammen, hier sprachen sie von Dingen, an denen teilzuhaben für ihn nicht zulässig war. Hier war Einheit, Nichts-Wünschen, Die-Welt-nicht-Brauchen, Zusammensein; dort oben Sehnen, Fortwollen, Schluchzen, Weinen, Begehren. Weiter vortretend grübelte er tief unten in sich: »Sie haben zu bestimmen, und doch ist uns nichts gemeinsam.«

Seine Mutter lag auf dem Sofa, stark, mit etwas hilflosen Zügen, und schrieb auf den angezogenen Oberschenkeln mit sorgenvollem Gesicht einen Brief. Der Vater am Flügel unterbrach sein Spiel nicht, sondern warf nur mit einer kleinen Kopfdrehung einen abwartenden Blick auf Kai.

»Ich bin nicht zum Abendessen da. Arne hat mich eingeladen. Wir wollen Mathematik arbeiten.«

»Komm nicht zu spät wieder, Junge, dass du morgen aus dem Bett findest. Gute Nacht.«

»Gute Nacht.« Die Tür klappte, er löschte das Licht und folgte Arne, der lautlos gewartet hatte, auf die Straße.

Es hatte aufgehört zu schneien. Ein eisiger Wind fegte die Häuserfluchten herab. In seinem Zuge klapperten die Gaslaternen. Der zertretene, kotig zerrinnende Schnee heftete sich schleimig an die Schuhe. Die Freunde hängten sich ineinander ein.

»Ist es dir nicht manchmal unangenehm, so schwindeln zu müssen?«

»Das schon. Aber was soll ich tun? Sie wollen es ja nicht anders.«

»Dabei sind deine alten Herrschaften noch ganz vernünftig. Meine erst! Auf dringenden Antrag geben sie mir jetzt fünfzig Pfennig Taschengeld in der Woche. Was ich damit tu!«

»Manchmal ekelt das einen alles an. Diese Heimlichkeiten, dieses Lügen. Immer ein schlechtes Gewissen. Aber es muss ja sein. Was haben wir heut Abend vor? Eine Harmlosigkeit. Sie hätten's verboten. Sie verstehen uns nicht.«

»Sie wollen nur nicht. Ich rechnete meinem alten Herrn vor, was ich brauchte. Er sagte nur: ›Ich hab in deinem Alter durch Stundengeben schon selbst verdienen müssen.‹ Nu ja.«

Sie schwiegen und gingen raschen Schrittes die halbdunkle Straße hinunter, beinahe getröstet von dem Gefühl des Schritthaltens, des Einsseins im Gehen. Und doch hatte dieser Rhythmus etwas überredend Wehmütiges, in dem Kai tief und tiefer verschwamm. Die breiten Stämme der Platanen mit ihren trüben, grau verwaschenen Flecken stimmten ihn traurig. Ihre namenlos fremde Gebärde, dieses In-Steinen-Verwurzeltsein schien ihm doch ein wenig Verwandtschaft. Auch ihrem Erleben blieben die Dinge des täglichen Seins fremd. Ohne Vorbedingung, durch Zufall hier eingepflanzt gilbten ihre Blätter sommers wohl rasch in der immer wieder zurückgestrahlten Juliglut der Straßen. Wohl wurde ihre Rinde abgescheuert von den Schultern Vorübergehender, aber all dieses Äußerliche konnte den Kern ihres Wesens nicht streifen. Ihre trübe in die Luft gesteckten Zweige waren voll Vorbehalt wie an jenem ersten Tage, da sie aus den Baumschulen hierherkamen. Mochten unter ihren breiten Zweigen die rasselnden Züge der elektrischen Bahnen brausen, mochten sich beim Dunklerwerden Paare von Liebenden in ihren Schatten schmiegen – sie unterwarfen sich nicht diesen Täuschungen. Ihre nackten Zweige sprachen wie am ersten Tage von dem Bestehen eines wahreren Lebens. Sie sehnten sich. In ihrem

Splintholz sang steigender Saft im Frühling von den Wiesenschaum überwogten Weiden, über die schwarzbuntes Vieh wandelnd des Mittags in ihren Schatten dringen würde.

Halb hingegeben, brüderlich streichelten Kais Finger die glatte Schale tröstlichen Seins, das eine Bejahung seiner Sehnsucht war. Aber sie zuckten beschämt zurück. Wieder einmal überfiel ihn die tödliche Angst, seine Gefühle zu verfälschen, unwahr zu machen, dadurch, dass er ihnen nach außen Geltung verschaffte. Die streichelnde Hand – sie war nur ein verlogenes, widerliches Zerrbild dessen, was er wahrhaft gefühlt. Dass er diesem Impuls zu rasch gefolgt war, das hatte sein wahres Gefühl verzerrt. Nein, nicht nach außen durften die Gedanken treiben. In ihm, tief drin mussten sie wachsen wie Blumen. Man durfte das keimende Samenkorn nicht beachten. Wolken mussten darüber hinwandern, Sonne scheinen, eines Tages aufblühend war es vielleicht stark genug, das Äußere zu ertragen.

»Du, Kai«, sagte Arne.

»Ja, du?«

»Was meintest du eigentlich mit Jungfräulichkeit?«

»Wieso?«

»Ich erinnere mich, du hattest in der Einleitung zu deinem Aufsatz irgendetwas von ›jungfräulichem Berg‹ oder so geschrieben. Was meintest du damit?«

»Ach so«, sagte Kai und schwieg einen Augenblick. Ganz recht, das konnte stimmen. Er hatte die Einleitung irgendwo abgeschrieben. Komisch, dass Arne noch daran dachte. »Weißt du, ich habe mir eigentlich nichts Besonderes dabei gedacht.«

»Na, irgendetwas musst du doch damit meinen. Jungfräulicher Berg!«

»Ja, was denn? Jungfräulichkeit, was soll das sein? Reinheit, Unberührtheit oder so.«

»Das ist doch eine tolle Schweinerei!«, sagte Arne.

Kai fragte verständnislos: »Wieso?«, dann schwiegen sie wieder.

Ihr Weg hatte sie in helle und belebte Straßenzüge geführt. Trotz des schlechten Wetters waren viele Leute draußen. Ihre Gesichter schienen seltsam aufgedunsen, Leichen gleich, die im Wasser gelegen hatten, und alle mit einem, nur einem einzigen Ausdruck, den sie mit einer verbissenen Störrigkeit festhielten. Aber auch zwischen ihnen meinte Kai brüderlich Verwandte, nahe Freunde zu entdecken, die wie er verzweifelt und rastlos »suchten«. Was? – Das Leben, eben jenes Leben, wie es sich ihre Verzweiflung wärmer, Haut an Haut träumte. Ihre Augen, müde von vielem Umherschauen, gereizt von zahllosen, ungeweinten Tränen, erleuchtete immer von neuem ein anderer Ausblick ihrer alten Hoffnung. Ihre Lippen schienen Gebete zu murmeln zu einem Herrn, der sie nicht erhören würde. Die Bewegungen ihrer stets mageren Hände waren zwecklos und seltsam wie phantastische Blüten, die man im Traum sieht. Aber Kai merkte es wohl: jene Weiber mit den dunklen Schatten unter den Augen, die eine wehmütige Rücknahme der Versprechen waren, die Haut und Lippen gaben, sie hatten keinen Blick für diese Suchenden. Vielleicht sehnten auch sie sich. Es musste süß sein, so verachtet zu werden wie sie und sich dann sehnen zu dürfen. Wäre er eine von ihnen, er würde die Blicke der Einsamen im Netz seiner Hingebung zu fangen wissen. Ja: dieses Eine: verachtet sein und verworfen, konnte einen vielleicht dazu bringen, ganz heiß zu lieben und geliebt zu werden.

Kai fuhr auf. Arne hatte gegrüßt, mit einer übertriebenen Grandezza und einem Lächeln, das dieser Übertreibung Recht verleihen sollte. Zu spät natürlich griff Kai an seine bunte Pennälermütze. Im grellen Schein der elektrischen

Lampen sah er noch ein weißes, reinliniges Profil mit tief gesenkten Wimpern, einen blassen Mund und über alldem ein wenig Schwermut ausgebreitet, wie es schien.

»Wer war denn das?«

»Ilse Lorenz«, flüsterte Arne aufgeregt.

Kai drehte sich um. Zwischen dem Gewühl sah er für einen Augenblick die eher kleine Figur des Mädchens, die breiten Hüften und den ruhigen, stillen Gang der sich Entfernenden. Ein Lächeln stieg in ihm hoch. Und während Arne auf ihn einsprach, dachte er: Das also ist sie! Wie abgeschlossen! Wie fern! Wie fremd!

4

Auf seinem Zimmer angelangt, sagte Arne: »Setz dich, ich zieh mich schnell um. Dort stehen Zigaretten.« Und während er die Jacke abwarf, fragte er: »Wie gefiel dir Fräulein Lorenz?«

»Gott, gefallen, Arne! Ich habe ihren Rücken gesehen!«

»Du musst natürlich vor allem versuchen, mit ihr in Berührung zu kommen. Heute ist der letzte Ball, das geht also nur einmal. Weißt du nichts anderes?«

»Ach, Arne, viel Lust habe ich überhaupt nicht.«

»Hast du Angst?«, fragte Arne und sah ihn gemacht spöttisch an.

»Angst, ach was! Aber was soll ich da? Was soll ich mit den Mädchen reden? Lass mich aus!«

»Nein, mein Junge, du kommst mit. Immer klagst du über Langeweile, aber du tust nur nichts dagegen.«

»Du sagst ja selbst, es wird nichts. Oder glaubst du, sie fliegt mir beim ersten Mal um den Hals?« Leiser danach: »So bin ich doch nicht.«

»Lass nur, ich finde schon etwas. Du musst natürlich mit Klotzsch und Lehmann, ihren Verehrern, fertig werden, aber das wird schon.«

»Wenn ich nun aber doch nicht mag!«

»Ich bitte dich, Kai!«

»Was hast du davon?«

»Ich kann das nicht ansehn, du verdummst ja in deinem Alleinsein. Du weißt ja von nichts. Von nichts hast du eine Ahnung.«

Arne sagte das in einem besonderen Ton, eine leichte Röte stieg in seine Wangen, und er sah rasch von Kai fort.

»Was meinst du?«, fragte der hastig, »von was habe ich keine Ahnung?«

Arne schwieg. »Nein, nun sprich«, wiederholte Kai.

»Ach, ich meinte nichts Besonderes. Du weißt eben nichts von der Welt, von den Menschen.« Dann langsamer: »Nichts von den jungen Mädchen.«

Kai zuckte mit den Achseln. »Ich weiß schon genug. Das alles ist doch ein Blödsinn, dieses Verlieben. Heiraten könnt ihr ja doch nicht.«

»Und warum nicht, bitte, lieber Kai?«

»Willst du dein Fräulein Reiser heiraten? Oder meinst du, ich mein Fräulein Lorenz? Da glaubst du selbst nicht daran.«

»Reden wir von etwas anderem«, sagte Arne, »du verstehst mich nicht oder willst mich nicht verstehen. Es geht doch wahrhaftig nicht ums Heiraten.«

»Sondern?«

»Ach was, jetzt lass die Sache in Frieden. Du kommst eben mit.«

»Meinethalben«, sagte Kai und dann, spöttisch: »Zum Heiraten.«

Sie schwiegen. Kai sah gedankenvoll über ein Dach fort in

den dunkleren Himmel. Was er mit Arne geredet, hatte ihn kaum gestreift, tiefer drinnen saß jenes halb erschaute, helle Mädchenprofil, ihm dadurch nähergebracht, dass er noch heute Abend hingeneigt zu ihm sprechen würde. Heute Abend, noch heut Abend. Heute Abend etwas anderes, nicht diese selben Tische, Stühle, Teppiche, Schränke, Bücher, nicht die Gesichter der Eltern, sondern die erhellte Weite eines Tanzsaales. Er lächelte, aber sein Lächeln zerging, als er daran dachte, dass er würde sprechen müssen. Was sagen? Was tun? Er sah sich im Kreis der andern stehen: nun soll er reden, aber er schweigt, er findet die Worte nicht, eine glühende Hitze steigt von den Füßen in ihm auf, flockiger Nebel durchzieht sein Gehirn, der die Worte sinnlos getrennt in der Luft hängen lässt, und dann ist nur ein Bild da, ein Bild: ihr stumpfes Profil, blass, weiß, mit den schmalen, kaum geröteten Lippen. Kai räuspert sich, er setzt an, er will sagen: »Arne, ich gehe nicht«, aber er schweigt. Denn so erschreckend dieses Gesicht dort in der Luft hängt, so süß ist doch auch sein Anblick. Nun, wenn er auch schweigt, er wird nahe sein, so nahe. Und dann ist das andere da, das Zuhaus, das trübe Zimmer, der endlose Abend, mit tausend gleichen vorher, tausend gleichen danach, grau, abgegriffen, trostlos. Nein, nur das nicht, besser alles andere als dies. »Ich bin ja gar nicht anders wie die anderen. Ich bin nur schüchtern. Nur diesmal, weil es das erste Mal ist.«

Es klopfte. Werner Klotzsch trat herein. »Was, noch nicht fertig? Höchste Eisenbahn!«

»N'Abend, Klotzsch, immer langsam voran, wir kommen noch Zeit satt.«

Klotzsch trat zum Schreibtisch, stöberte in den Büchern. »Noch nicht Homer präpariert?«

»Brauchen wir gar nicht«, sagte Arne, »morgen schreiben wir vier Stunden Mathematik. Vorher Sallust. Also?«

»Hab ich gar nicht dran gedacht.«

»Ein schlimmer Tag für euch beide«, meinte Arne.

»Ich bin fein raus«, lächelte Klotzsch überlegen, »Lehmann gibt mir die Lösungen.«

»Lehmann? Ausgerechnet Lehmann«, fragte Arne, »dein Nebenbuhler? Wie das?«

»Ich hab ihm einen Tanz mit Fräulein Lorenz dafür abgetreten.«

Kai und Arne lachten, endlos und ein wenig übertrieben. »Du bist gut«, rief Arne.

»Das grenzt an Mädchenhandel«, sagte Kai und zog seinen Mund überlegen breit.

»Findet ihr es schlimm?« Klotzsch wurde ängstlich.

»Nein, nein, nur genial.«

»Ob ich es rückgängig mache?«

»Um Gottes willen! Lass es so, was soll wohl aus deiner Mathematikarbeit werden? Ich habe schon Kai auf dem Hals.«

Kai fuhr hoch, sah Arne an. »Ich verlasse mich auf dich.«

»Darfst du, darfst du, um ein halb zwölf stecke ich dir die Resultate zu.«

Entschuldigend sagte Kai: »Es ist zu dumm, dass ich in Mathematik so minderbegabt bin, aber ich kann mir die größte Mühe geben, ich kapiere nichts. Und noch eine Fünf geht wegen der Versetzung nicht.«

»Ich helfe dir ja schon«, wiederholte Arne. Eine Weile schwiegen sie, dann fragte Arne wieder: »Sag einmal, Klotzsch, wer steht eigentlich mit Fräulein Lorenz besser, du oder Lehmann?«

»Nun ich, selbstverständlich.«

»Ich finde das gar nicht so selbstverständlich.«

»Nun, ich bin doch oft mit ihr im Wandervogel zusammen. Wir nennen uns doch auch du und so.«

Arne warf auf Kai einen Blick, aber der schwieg, und so sagte denn Arne mit viel Bedeutung: »Bist du nun eigentlich auch schon im Wandervogel, Kai?«

Kai fuhr auf. »Ich? Wieso? Ach so, ja natürlich. Hast du mich nun endlich angemeldet, Klotzsch?«

»Ich dich? Aber nein!«

»Wie oft soll ich dich denn noch bitten?«

»Du in den Wandervogel? Nie hast du auch nur ein Wort davon gesagt! Nur geschimpft hast du drauf.«

Arne griff ein. »Ich selber bin dabei gewesen, wie dich Kai auf dem Hof darum bat.«

Klotzsch sah zweifelnd von einem zum anderen. »Sollte ich das überhört haben?«

»Aber natürlich.«

Kai fragte: »Willst du es nun erledigen oder nicht?«

»Ja, aber gewiss doch. Nur verstehe ich nicht …«

»Gott, ich will einmal sehen, was ihr treibt. Aber bald, ja?«

»Selbstverständlich. Gleich morgen.«

Dann zum Essen. Arne und Kai das Gesicht leicht gerötet vom Widerschein eines Triumphes, den sie verschwiegen und schlau über ihren Gefährten errungen hatten und der ihnen der Vorläufer weiterer Intrigen zu sein schien.

5

Gleich am Eingang des Saals verlor Kai seine Freunde. Zu spät gekommen, hatten sie ihn sofort verlassen, um ihre Damen zu suchen. An eine Säule gelehnt sah Kai ihnen nach, verlor sie aus den Augen, und nun war nichts mehr da als die flatternden weißen und bunten Mullkleider der Mädchen. Eben begann der Klavierspieler einen Walzer, und wie sie dort am Arme ihrer Tänzer dahinflogen, schienen sie Kai fremde, rätselhafte Blumen, denen er nie nahkommen würde. Vergebens suchte er ihre Gesichter zu erraten, diese Gesichter aus Weiß, Rosa und Rot mit den immer anderen Strichen der Augenbrauen, er kam ihnen nicht näher. Sie schienen einer fremden Gattung anzugehören, die Nase schloss wie ein aufgesetztes Gewicht nicht zu entdeckende Heimlichkeiten in die Rundung des Kopfes ein. Kai fragte sich, ob auch diese wirklich »Menschen« seien, und irgendwie unruhig und bedrückt entschied er, dass sie in nichts den Bekannten und Freunden gleichgestellt werden könnten, sondern unverwandt wie Tiere oder Bäume seinen Blicken die undurchdringliche Starrheit ihres Andersseins entgegenhielten.

Er seufzte, abwehrend tasteten seine Hände zur Höhe des Gesichtes empor, fielen herab, aber diese Bewegung schon brachte ihm Erleichterung, und nun suchte er Näheres unter den Tanzenden und fand Klotzsch. War das Ilse? Nein, sie war es nicht, irgendjemand anderes, etwas Stummes, das nicht zu ihm sprach mit einem matten Profil und einem seltsam unbewussten Schwingen der Hüften. Werner lächelte, lachte, redete, er gehörte dieser Stunde ganz, das Morgen dämmerte noch nicht auf, und das Soeben war abgetan. Kai drängte es, als müsste er sich von seiner Säule fortheben und zu Klotzsch tretend ihm alles sagen, alles, alle Demütigungen, die gewesen waren, die kommen würden.

»Wie sie schwatzen und lachen! Sie wissen nicht mehr, dass ein Morgen da ist und vor dem Morgen eine Nacht, wach im Bett, zu heiß, zu heiß, trübe, gepeinigt, voll Scham. Was haben sie zu reden? Was ist da, worüber man lachend reden kann? Haben sie vergessen, dass es draußen friert, dunkel, grauenhaft, einsam ist?«

Ja, es gab Straßen, angefüllt mit Menschen, aber ihre Bewegungen waren fremder als die Äste der Bäume, und wenn sie lachten, klang es, dass man die Ohren verschließen, die Augen zupressen musste, um nicht zu weinen. Das war es. Man musste sie hassen, um *ihrer Gedankenlosigkeit willen sie hassen,* die so laut und fröhlich sein konnten. »Tiere! Tiere!«

»Dort, Arne! Sieh da, seine Dame! Sicher ist das Fräulein Reiser, bestimmt. Oh, sie plaudern. Wie ruhig, wie verbindlich, wie erhaben lächelnd! Arne, du, wie kannst du so lächeln! Du dort oben und ich. Ach, auch er ist mir weggenommen, ich stehe hier allein an meiner Säule. Ich will ihnen nachsehen, ihn immer ansehen, er soll mich nicht vergessen, soll zu mir herüberschauen. Ich will es. Ich will es. Vorbei. Gleich kommt er wieder. *Ich will es.* Nein, auch dieses Mal nichts, ihr seid alle fort, alle fort. Soll ich gehen, soll ich kehrtmachen und gehen? Ich hasse euch! Hasse euch alle! Wie die Mütter schwatzen! Was stecken sie die Köpfe zusammen und machen sich über die Ungeschickten lustig! Ich hasse euch alle, alle! Ich möchte ausspucken vor euch.«

Kai drehte sich um und trat hinter die Säule. Ein großer Spiegel warf ihm mit der Geste eines überlegenen Taschenspielers sein Bild entgegen. Er blieb stehen. Ja, er war ordentlich angezogen, nur der Schlips saß schief. Und während er ihn zurechtzog, prüften seine Blicke das Gesicht. Es war nichts darin von dem, was er dachte. Es war blass wie immer. Der Mund mit den Wulstlippen sah fremd aus. Die Augen hinter den Gläsern waren matt wie stets. Er konnte ruhig mit einem solchen Gesicht hingehen und die Ilse dem Klotzsch ausspannen. »Natürlich muss ich etwas Verbindliches sagen. Was sagt man in solchen Lagen nur? Etwas Geistreiches, es wird sich schon finden, bestimmt. Es wird sich nicht finden. Ach, alles ist gleich. Wozu sich Mühe geben? Mag sie mit ihrem Klotzsch glücklich werden und ihn küssen.«

In plötzlicher Wut schrie er sich ins Gesicht: »Knutscht euch ab, ihr Schweine!«

Und mit einem raschen Blick in den Spiegel fragte er sich, ob diese Lippen würden küssen können. Er versuchte es. Er dachte an jene Küsse, die er seinen Eltern vor dem Schlafengehen gab, und formte nach ihnen seinen Mund. Es war lächerlich. Das götzenartig unbewegt gebliebene Gesicht verhöhnte sein Bemühen. Unter einer tiefen Entmutigung seinem Bilde näher tretend, formte er kaum getrennt von jenen Lippen, die den Widerschein der seinen bedeuten sollten, leise und gehauchte Worte, deren heißerer Atem seine Seele zu verbrühen schien: »Mund, du dort. Gesicht, du da. Ihr seid nicht mein, ihr gehört mir nicht, ich verleugne euch. So wie euere Unbeweglichkeit und rätselhafte Verfärbung meine Gedanken zu Lügen machen möchten, so leugne ich auch euch ab. Ihr seid unwahr. Ich darf nicht sagen, was ich fühle.«

Der Mund schloss sich. Nachströmender Atem trennte noch einmal die Lippen, deren trockene und glatte Haut aneinanderhaften zu wollen schien. Kai wandte sich ab. Plötzlich bemerkte er, dass die rhythmisch gehämmerten Walzertöne die ganze Zeit hindurch in seinem Ohr geklungen hatten, aufhorchend fühlte er sie nun wie entspannende Kraftlosigkeit den Rücken hinabrieseln und prickelnd sich in die Hüften verzweigen. Sein im Saale suchender Blick leuchtete auf.

»Mein Gott, nein, dort sitzt die Ilse Lorenz. Wie blass sie ist! Ob sie nie rötere Backen hat? Wie fremd! Ob man sie lieben könnte? Wie ist das, ihr nah zu sein?

Der Tanz ist zu Ende gegangen. Die Herren führen die Damen zu ihren Stühlen. Es wird plötzlich ganz laut. Die Fächer flattern. Wie lauter Tauben. Ich glaube, ich muss jetzt zu Arne gehen. Nein, ich kann nicht. Ich will hier allein an meiner

Säule bleiben. Hier verlassen, genieße ich das Fest. Jahre später werde ich in diesen Sekunden glücklich gewesen sein. – Wo steht denn Arne überhaupt? Ah dort, er spricht mit Fräulein Reiser. Nun winkt er mir. Nein, ich habe das Winken nicht gesehen. Wie glatt das Parkett ist! Sicher falle ich. Wenn ich doch zu Haus wäre, in meinem dunklen Zimmer. Es ist Wahnsinn, hier zu sein. Was lachen die beiden alten Weiber? Sie lachen über mich. Natürlich! Oh, ich wollte … Was soll ich nur sagen, was soll ich in aller Welt den beiden Mädels nur sagen, ich habe nicht ein Wort zu reden.«

»Mein Freund Kai Goedeschal – Fräulein Irene Reiser, Fräulein Ilse Lorenz. Nun, hat dir unsere Tanzerei gefallen?«

»O ja, sehr.«

Fräulein Reiser wandte ihre stillen Augen Kai zu und fragte: »Wird es Ihnen nicht schwer, Herr Goedeschal, so ganz zuzuschauen, während wir andern tanzen?«

»Nun ja, eigentlich nicht so sehr.«

»Du schwindelst ja, Kai.«

Und Klotzsch, der neben Ilse stand, rief: »Natürlich schwindelt er, brennend gern möchte er mittanzen.«

Kai stieß hervor, erzürnt und geschwächt, sich so in die Enge getrieben zu sehen: »Nun, du bist wohl nicht der Richtige, das zu beurteilen.«

Schweigen. Vor Kais Augen stieg die Vision des trockenen, mit Kies bestreuten Schulhofs auf. Wenn sie dort in den Pausen zu Gruppen vereinigt herumstanden, bildete diese Art Gespräche, mit ihren gereizten, sterilen Antworten, ihrem nur Abweisen-Wollen das Gemeingültige. Aber hier! Schon steckten die Mädchen die Köpfe zusammen und machten sich über ihn lustig. Vor Scham und Schmerz presste er die Fingernägel tief in die Handflächen.

Fräulein Reiser sagte: »Meine Freundin Ilse sagt mir eben,

dass Sie Ihnen jeden Morgen begegnet, Herr Goedeschal, wenn Sie ins Gymnasium gehen.«

»Ja, Herr Goedeschal ist so pünktlich. Wenn ich ihn noch in der Bülowstraße treffe, weiß ich, dass noch viel Zeit ist. Aber beim Treffen in der Oberstraße muss ich sehr eilen.« Ihr Blick ruhte auf ihm, der Klang ihrer Stimme schien sich in seiner Ohrmuschel verfangen zu haben und dort nachzutönen, tief und voll, wie er aus ihrer Brust kam. Zusammenschreckend bemerkte Kai die Blicke, die auf ihm ruhten, und erinnerte sich, dass er würde antworten müssen.

»Ist das nicht ein Irrtum, gnädiges Fräulein? Sie sind mir nie aufgefallen.«

Sie lachten. Arne fragte fröhlich: »Sehr höflich bist du nicht, Kai.«

Klotzsch rief: »Bedanke dich für das Kompliment, Ilse!«

»Sie müssen entschuldigen, gnädiges Fräulein, ich bin so sehr kurzsichtig. Und dann – dann – ich sehe nicht gern die Leute auf der Straße an und mag nicht, dass sie mich wieder ansehen.«

Die andern lachten schon wieder. Kai warf einen raschen Blick auf das Klavier, aber der Spieler unterhielt sich noch mit dem Tanzlehrer. Fing es denn nie wieder an?

»Sie dürfen mich nicht falsch verstehen. Gegen den Einzelnen habe ich gar nichts. Aber dies gegenseitige Sichbeobachten, Prüfen, Messen ist schrecklich. Dies Gefrage mit den Augen: Wer bist du?«

»Ich mag das gerade gern«, rief Klotzsch, und auch Arne lächelte vor sich hin, wenn er jener ersten Versuche gedachte, mit den Mädchen Blickgefechte zu führen. Es war süß, das Auge so lange im andern ruhen, versinken, tauchen zu lassen, bis dies abirrte und leise aufgehende Röte Hals und Gesicht des Mädchens überspülte.

Aber Ilse Lorenz rief: »Das versteh ich gut, es ist so zudringlich!«

»Ja«, sagte Kai, »es ist zudringlich. Kennen Sie ›Jettchen Gebert‹? Schade. Das Buch müssen Sie lesen. Wenn Sie mögen, leih ich es Ihnen einmal.«

»Gerne.«

»Ja, da wird gleich im Anfang erzählt, wie Jettchen schön und stolz die Straße heruntergeht, und alle sehen ihr nach. Ach ja, so etwas Schönes und Stolzes, das darf man ansehen, das bleibt deswegen doch schön und stolz und fern, aber wir …« Er wagte nicht, weiterzureden.

»Ja, Kai, du meinst, wir gewöhnliche Sterbliche, da lohnt es sich nicht«, fragte Arne.

»Nein«, sagte Fräulein Reiser, »ich fühle wohl, was Herr Goedeschal meint, dass …«

Da setzte der Klavierspieler wieder ein. Die Herren verbeugten sich und im Umdrehen waren die Damen fortgewirbelt, einen Augenblick sah Kai noch das blassblaue Kleid von Irene, der dunkle Scheitel Ilses tauchte zwischen den Tänzern auf und verging, dann stand er wieder allein.

6

Er war allein, und nun, da er von den leer gewordenen Stühlen zum Saalende zurücktrat, bedauerte er schon, dass dieses so leicht verlaufene Gespräch nicht länger gewährt hatte. Indem er die Augen schloss, erinnerte er sich an ein leises Lächeln von Ilse, ein Lächeln, das wie ein Stern über der leichten Melancholie ihres Gesichtes aufgegangen war. Es schien ihm, als müsse er dies ihm gewährte Lächeln um den Mund gleich einem Vermächtnis tragen.

»Nun ist alles gut«, sagte er zu sich und ließ seine Augen ruhiger durch den Saal gehen, dessen Gewirr ihn nicht mehr erschreckte. »Ist nicht jetzt mit dem ersten Schritt auch der schwerste getan? Beim Wiedersehen werde ich an die schon gesprochenen Worte anknüpfen können, ein Weg liegt vor mir, und ich, ich werde ihn gehen.«

Aber sosehr er sich mühte, nur Freude zu empfinden, meinte er doch, auf seiner Zunge einen bitteren Geschmack zu spüren, irgendwo saß ein Widerhaken und peinigte ihn. »Warum freue ich mich nicht?«, fragte er. »Waren die Mädchen nicht gut zu mir?«

Er schwieg. Das Lächeln verging ganz, und plötzlich war alles wieder da, alles von vorhin: Scham, Demütigung, Neid und Selbstverachtung. Nun fiel es ihm ein: das Köpfezusammenstecken, rasche Blicke der beiden Mädchen, ihre Worte, die ihm Brücken bauen sollten. »Ach, was ist gesagt und was ist nicht gesagt, das für mich nicht Scham und Ekel sein muss? Ich fühle es wohl, so fremd ich hier bin, dass sie mir geholfen haben – aus Mitleid. Arne hat mit ihnen geredet, ich bin vorgeführt als ein Wundertier, wie im Hörsaal ein Kranker durch seinen Arzt.«

Die Scham über ihr Mitleid machte ihn zum Äußersten unruhig. Es war ihm, als müsse er umherlaufen, irgendetwas tun, etwas Lautes, Aufsehenmachendes, um zu zeigen, dass er auch ohne dies Mitleid da war, dass er sich nicht schämte. Dann blieb er stehen, er sagte: »Glaubt ihr denn, ich durchschaue euch nicht? Gott sei Dank, ich bin immer noch klüger als ihr. Ich nehme eure Hilfe, weil es mir so gefällt, aus Missachtung, Gleichgültigkeit. Verreckt doch, was geht das mich an.« Er fühlte, dass jedes Wort Lüge war, fühlte klar, dass er in einem Ton sprach, der nicht einmal ihn überzeugte. Schwankte nicht noch in seinem Innern die weiche Weinerlichkeit, die wie ertrinkend nach der hilfreichen Hand gefasst hatte? Bebten nicht noch seine Knie?

»Feige war ich, feige wie immer. Deswegen sehe ich keinen Menschen an, deswegen sage ich kein zorniges Wort. Ich habe nicht einmal den Mut zu meinen Gefühlen. Ewig aus Haltlosem gehemmt, möchte ich vorwärts und lege mir selbst die Schlingen, die mich zu Fall bringen.«

Seine Gedanken erschreckten ihn. Er schüttelte den Kopf einmal, zweimal, viele Male, er zwang seine Augen aus der Ferne in das nahe flatternde Weiß der Mädchenkleider. Sein Ohr hörte statt auf die leisen Stimmen der Anklagen und Verzweiflung auf das Gelächter der Tänzer. Er fand Arne und Irene; ihrem Tanz nachblickend, erriet er *einen* Willen in den beiden, der ihn leiten hieß und sie folgen, ein Wille war da, der ihm so wie ihr gehörte. Aber vor dieses Bild schob sich das blasse Gesicht von Fräulein Lorenz. Es war unbewegt und nicht mehr gerötet als mit einem leichten, kaum wahrnehmbaren Hauch. Ihre geöffneten, schmalen Lippen ließen die breiten Rechtecke der Zähne sehen, die fast zu schwer für dieses Gesicht waren. Die langen Wimpern der Lider waren gesenkt. Wie sie dort, die eigenwilligen Linien der Augenbrauen in die Höhe gezogen, gleichsam einsam tanzte, dem Manne an ihrer Seite die Führung als etwas Belangloses, aber doch mit allem Vorbehalt überließ, schien sie Kai jenen Madonnen zu ähneln, die, karg in Holz geschnitten, mit wenigen Linien eine Einsamkeit betonen, die sie von der ganzen Welt trennt. Und doch lag etwas in ihr, was diesem widersprach und seine Geltung auslöschte, und Kai las dieses andere in dem weichen Kreisen der Hüften, die, den umgebogenen Rändern einer Schale gleich, Sehnsucht nach dem Gefülltsein mit Früchten atmeten. Und während er gedankenlos und träumend ihrem stillen Schweben zusah, ahnte er tiefer in ihr als ihr Ziel die

Auslöschung dieses Widerspruchs, das Überströmen der Weichheit über das herbe Abgeschlossensein ihrer Schultern und des Gesichtes.

Aber all dies war trübe, es war so schwer, sich über diese Dinge klarzuwerden, und beinahe unmöglich, Schlüsse aus dem Gewonnenen zu ziehen. Dunkel ahnte er, dass alles anders war, wie er gelesen, oder doch nur bedingt so: Liebe war innerlicher und beinahe qualvoll. Süß sicher nicht. Es war besser, sie von sich wegzustellen.

Seine Gedanken irrten ab. Eben stand noch Arnes Bild vor ihm, der mit strahlenden Augen von der Schönheit der Liebe gesprochen, nun dachte er an ein Mittagessen neulich, bei dem seine Schwester von einem Besuch im Museum geredet. Von einer Statue hatte sie gesagt: »Ihr Mund ist so fabelhaft sinnlich!« Wieder fiel auf ihn, gerad wie in jener Minute, ein atemlos erwartetes Zittern; der Vater würde empört sich so unanständige Reden verbitten. Aber es war still geblieben, eben still, und nur an seinen Augen hatte Kai gemerkt, wie wenig dem Vater das Thema passte.

Und dies war es nun wieder, was ihn von neuem erschütterte: ein sinnlicher Mund. Auch das musste mit dem zusammenhängen, was Liebe genannt wurde. So war also dies kein plötzlicher Überfall, kein Geschenk eines lächelnden Amor, nein, es war an den Körper geknüpft, lag von Kind auf im Leibe? »Aber dann«, so schloss er, im Innersten verwirrt, »kann es auch kein Zufall sein, wenn ich Ilse lieben würde. Es wäre bestimmt, es wäre unentrinnbar, Kismet? Aber wie? Wenn Arne nicht heute geredet hätte? Wenn er jemand anders wie Ilse vorgeschlagen hätte? Wenn er ...?«

Er brach ab. Sein nach unten gerichteter Blick streifte scheu seine Hände. Sie waren schmal und die Finger sehr lang. Eine leichte Biegung, mit der das Nagelgelenk ansetzte, erschreckte ihn von neuem. Finger mussten grade sein, dies war unrichtig und verkehrt. – »Ein sinnlicher Mund. Ob im Museum etwas zu finden wäre?«

Er sah wieder in den Saal, aber er war unruhig geworden. Sein Auge irrte von den Tanzenden ab und heftete sich auf die kleine Bühne, die die Schmalseite des Raums dem Haupteingang gegenüber abschloss. Der herabgelassene Vorhang zeigte eine albern lächelnde, halbnackte Göttin, die auf ihren Knien ein aufgeschlagenes Buch hielt. Um ihr Haupt tanzte ein Reigen von Putten, die die Gesichter hinter tragischen und komischen Masken verbargen. Zuerst war sein Blick weit und verschwimmend, aber plötzlich konzentrierte er sich: im enger werdenden Gesichtsfeld sah er nichts als die beiden fetten rosa Brüste der Muse. Seine Augen streiften angstvoll die blutroten, wie die Enden einer Zitrone zugespitzten Brustwarzen. Unvermittelt musste er an seine Mutter denken. Verachtung und Ekel vor ihr stiegen in ihm hoch. Aber dann, als sein Blick in den Saal floh, sah er in all diesen Mädchen, diesen flatternden, weißen, fernen, gleichgültigen Abendfähnchen, nichts als Brüste. Ihre rosa Fülle drängte mit betäubendem Geruch auf ihn ein. Und alle wollten etwas von ihm, ihr Geruch war ekelhaft wie der von Schweiß aus den Achselhöhlen, der doch immer von neuem verlockte. Er zitterte und schloss die Augen. Ein kalter Schweiß stand auf seinem Leibe. Seltsam breitbeinig, mit stieren Augen und gespreizten Schritten, ging er dem Ausgang zu. Die frischere Luft der Vorhalle erinnerte ihn an Mantel und Mütze, er suchte die Garderobenmarke heraus und trat auf die Straße.

7

Der eisige, die Straße hindurchjagende Luftzug biss in sein erhitztes Gesicht. Kai griff empor, strich deckend darüber hin, aber nun war es doch, als ob Risse in seinen Wangen aufgegangen seien, ein tiefer, zackiger Spalt schien in der Stirn zu klaffen, und drinnen sang Blut, Blut presste aus allen Adern, weißlich schäumend verhöhnte es die Kälte, und jeder Herzschlag trieb es zu immer wilderem Toben an. Es sang, es schrie, es jagte in ihm. Gegen jedes Fleckchen der Aderwände presste es sich und erhitzte sein Fleisch.

Bilder waren plötzlich da und schon wieder ins Dunkel gerissen von dem Wind, der um die Ecken jagte: die anspringenden Brüste; ein geschlossener, roter, schmiegsamer Mundwinkel Ilses, den mit dem Finger zu durchdringen und auseinanderzutun Versuchung war; das Gesäß eines Jungen, an dem eine Sekunde lang seine Hand geruht – unter dem glatten Wollstoff schlug ein sich strammender Muskel wie der Schwanzschlag eines Fisches –, die rasende Lust überfiel ihn, sich hineinzukrallen in dieses Gesäß und es aufzubrechen wie einen mürben Apfel. Und wieder ergriff Kai jenes Unwohlsein, dieser Schwindel, der ihn ohne Zugriff die Treppe hinabgedreht hätte, dieses atemraubende Herzklopfen, das die Brust zerbrechen zu wollen schien, als er, die Stufen zu seinem Zimmer hinaufsteigend, die starken Beine von Erna gesehen hatte, über deren gestrammten Kniekehlen der weiße Rand einer Hose erschienen war.

Er taumelte. Wie von einem rasenden Zug aus gesehen enttauchten Häuser grell beleuchtet dem Dunkel und entzogen sich mit einer eigenwilligen und düsteren Gebärde seinem Blick. Kein Ruhepunkt! Stolpernd, vornüberfallend, fing er zu laufen an, streifte an Wänden vorbei, deren Poren einen klebrigen Schleim abzusondern schienen, ein o-förmiger Torbogen suchte ihn anzusaugen, die Luft war erfüllt von einem verdeckten, durchdringenden Geruch, der ihn zittern machte, aber da war die Brücke, der Park, er eilte unter Bäumen, das Eis einer dünn überzogenen Pfütze zerklirrte an seinem Schuh, eine Bank und nun ein Zusammensinken, ein Stillwerden.

»Wovor bin ich geflohen? Wer jagte mich? Was war das? Bin ich krank? Werde ich wahnsinnig? Was frisst an mir und empört mich gegen mich? Diese sich hebenden Fleischmassen, atmend, bedrängend, duftend! – Da ist es wieder!«

Er sah ins Dunkel. Irgendwo schlug der Wind einen losgebrochenen Ast trocken hölzern gegen seinen Stamm. »Nein, schon wieder fort, es lässt sich nicht fangen. Es bestürmt mich, macht mich rasen und ist von neuem verschwunden.«

Ein ungewisser Schein zeichnete auf dem Boden die Schatten der Äste über ihm, sein Fuß tastete dem einen nach und fand sein Bild plötzlich versickert, geendet. »Unbegreiflich, und doch – dies alles hat eine Wurzel: Erna, Ilse, der Junge, die Brüste. Aber ich begreife es nicht. Damals, als ich nichts wusste – aber jetzt? Damals, als ich entdeckte, dass die Frauen nicht so sind wie wir, anders gebaut. Habe ich nicht alles darüber nachgelesen im Meyer? Und nun? Was denn noch? Gibt es noch anderes? Oder muss dies so sein? Eine Krankheit, die jeden packte?«

Er hob sein Gesicht zum Himmel, stand auf; dann, rasch sich im Kreise drehend, griff er zu, und: »Ja, so war es. Sie flüsterten von Periode damals, in der Pause, auf dem Lokus. Dies wäre dann die Periode?«

Er setzte sich wieder, überlegte, rief Gesichter: Arnes, Klotzschens, das seines Vaters. »Nein, unmöglich, sie so aussehend, dem ausgeliefert! Unmöglich! Also ich allein? Ich allein krank an einer unnennbaren Krankheit, von der ich nie sprechen kann? Was wäre zu sagen? Nichts. Alles zu verbergen!«

In der Ferne sprang der Motor eines Autos an, erst ungleich, dann regelmäßig schlagend warf er zwischen die Bäume die Strophen eines Liedes von unfassbarer Sicherheit. Kai strich mit der Hand durch die Luft, rasch, wieder und wieder. »Nein! Nein! Nicht für mich! Was denn nun? So, immer so weiter? Nein, nicht so weiter! Immer tiefer hinein, ich fühle es wohl. Bin ich nicht schon ganz gefangen, ganz vergiftet?«

Er horchte. Alles war still geworden, nur der Wind hämmerte seine trockene Melodie, irgendwo dort hinten. »Keine Rettung. Nirgends.«

Seine Arme hängen lassend, übergab er sich ganz der bitteren Stimmung tiefsten Entmutigtseins. Seine von Eiswasser gefeuchteten Füße schmerzten. Hier, so allein mit dem Wind und den namenlos fremden Bäumen, schien er sich der einzige Mensch auf der Welt.

Nein, nicht der einzige: rasche Schritte wurden laut, er schob sich zurück, eine Frau, ein Mädchen kam, unsicher spürte er ihren Blick nach ihm tasten, dann war sie vorüber. Kai sprang auf. Plötzlich fühlte er es: »Sie, sie weiß alles, sie, die dort geht, kann mir helfen. Ich muss nur den Mut haben, sie zu fragen, anzuflehen, dann bin ich gerettet. Und ich habe den Mut.«

Er stürmte los, er stolperte über Schneehaufen, vorn ihre Gestalt, er raste, er fühlte nichts als seinen Lauf, näher, näher. Sie warf den Kopf herum, spähte nach dem springenden Schatten und schrak zusammen. Aber schon war er heran, stolpernd umklammerte er ihre Arme, hinfallend hielt er sich an ihrem Kleid. »Sie! Sie! Hilfe!«

Da riss sie sich von ihm los. Er sah ihr erschrockenes Gesicht, einen halb geöffneten Mund, in dessen Feuchte ein Schrei ertrunken zu sein schien, dunkle Augen, deren klein gewordene Blicke über ihn weg in die Nacht irrten, aber schon war sie fort, und nun in der Ferne brach es aus ihr, spitz, überschlagend und dann lang wimmernd: »Hilfe! Hilfe! Hilfe!«

Er stand, strich mit den Händen über seine durchnässten Knie. »War ich das? Was schreit sie? Ich habe sie erschreckt … Auch sie schreit nach Hilfe, nach Hilfe vor mir. Was nun?«

Aber Rufe, näher kommende Schritte zwangen ihn zur Eile, er lief den Weg zurück, dort seine Bank, nun der hallende Schritt auf den sandgestreuten Platten der Straße, ein Platz, wieder Straßen, dort eine elektrische Bahn. »Seltsam! Noch immer fahren sie, so viel ist geschehen und noch fahren sie!«

Dann das Haus, der Schlüssel will nicht greifen, schon meint er den hastigen Schritt der Verfolger zu hören, da empfängt ihn das beruhigende wärmere Dunkel der Vorhalle, die Treppe, die er schleichend emporklimmt, um die Eltern nicht zu wecken, und nun sein Zimmer. Schon ist es erhellt, Menschen, Welt liegen hinter den gelben Vorhängen, und was um ihn ist, ist sein.

8

Er griff ein Buch aus den Reihen, schlug es auf, blätterte, las diesen und jenen Satz. Sein Wortsinn schien gleichgültig, tiefer tastend fühlte er: »Es sagt nur, dass ich zu Haus bin. Du dort hinten, du Ferne, du Erschrockene, und ihr, die ihr nach mir jagtet, bleibt draußen. Hier – der Schrank, der Sekretär, wieder umringt ihr mich und jenes fernere Leben, von dem ich Rettung erflehte, bleibt hinten.«

Er schlug die Vorhänge zurück. Auf dem Güterbahnhof

glänzten die gleichgültigen Sterne der roten und grünen Lampen. Anfahrende Rangierlokomotiven schrien aufgeregt, schwiegen, und nun ertönte das rasche, trockene Klappern der abgestoßenen Wagen. »Dort arbeiten sie. Die kleinen Pfiffe der Rangiermeister, ihr Laufen nach den Weichen, die zurückfallenden Kuppelungen der Wagen betreffen mich nicht. Sie alle, die dort draußen arbeiten, lachen und schlafen, haben nichts mit mir zu tun. Ich bin frei! Kein Weg führt von ihnen zu mir. Ich kann sie um Hilfe anflehen, Böses kann ich ihnen tun, sie verfolgen mich, aber am Ende bin ich doch immer hier im Geborgenen – allein. Verantwortungslos. Unerreichbar. Unsere Leben sind so getrennt, dass ich sie töten könnte, und nicht einmal das klebrige Gerinnsel des Blutes schüfe eine Brücke zwischen uns.«

Er ließ die Gardinen fallen, schob ihre Falten zurecht. Dem sich Umwendenden sprangen wieder die altbekannten, ruhigen Dinge entgegen.

Er entkleidete sich. Im Bett liegend, im Dunkel, fand er den Schlaf nicht. Den vergessenen Aufruhr des *Körpers* meinte er im *Geist* sich erneuen zu fühlen. Eine lässige Schwere dehnte seine Glieder in die Länge und rieb ihre Haut gegen die erhitzte Glätte der Laken. »Genügt ihm sein Sieg noch nicht? Immer noch nicht? Was hat er aus meinem Körper gemacht, scheinen nicht alle Glieder verwandelt?«

Er warf sich herum; das Kissen gegen seine Brust pressend, sein Gesicht darin vergrabend, meinte er das gleichmäßige Wogen ferner Wellen zu fühlen, schlanke Schiffe schaukelten im dunkelblauen Wasser eines Hafens, und ihre bewimpelten Masten neigten sich gegeneinander. »Ich werde hinuntergehen, in den Salon, und im Stehspiegel mich ansehen.«

Er hob den Kopf, lauschte in das Dunkel, die Augen weit aufgerissen horchte er auf zwei Stimmen, die sich begegneten:

»Welch Wahnsinn! Was für ein Vorschlag!«

»Ich bin verändert, eine Krankheit verzehrt mich. Vielleicht finde ich ihre Male und bin gerettet.«

»Jetzt in der Nacht! Die Treppen hinabschleichen, unten in nächster Nähe das Zimmer der Eltern!«

»Keiner hört es, ich werde nackt sein.«

»Habe ich nicht gestern erst gebadet, sah ich mich nicht?«

»Ich achtete nicht auf mich.«

»Habe ich mich nicht abgetrocknet, wo waren da die roten Flecke, die ich, von anstürmendem Blut gebildet, fürchte?«

»Sie können erst gekommen sein.«

»Seit gestern! – Ich bleibe!«

»Du gehst.«

»Nein.«

»Doch.«

Die Stimmen wurden still, nichts war entschieden, aber dann war es doch, als sei alles Reden nur nebenher gewesen, Kai stand auf und tastete die Stufen hinab.

Er hob die Hand. Auf den weißen Schimmer seines Leibes im großen Spiegel deutend, erkannte er: »Das bin ich, das ist mein. Das ist mein Leib, mein, das geht und läuft, wie ich will, das isst und trinkt, Muskeln und Sehnen straffen und lockern sich – hierdurch lebe ich – und – so fremd, oh!, so fremd!«

Den rechten Fuß vorsetzend, stützte er die Hand auf die Hüfte und übersah rasch das leichte Auf-und-Abwellen der Linien. Er füllte seine Lungen mit Luft. Der gleich einer Trommel im Ausatmen gespannte Bauch war ein Plateau, zu dem von den Seiten und unten das Fleisch herandrängte. Dem prüfenden Blick auf das Gesicht war auch dies nun fremd geworden, es war Fleisch; Fleisch, das sich rötete und erblasste, das man immer vergaß, an das man nie dachte und das doch sein war – sein, *sein*: »Kai Goedeschal kann damit tun, was er will.«

»Und all dies ist vergessen gewesen, schien nie da zu sein! Aber dies bin doch ich, hier, die Haut, kühl und gestrafft, dort von heißerem Blut gedehnt und weich, dieser Arm, der Fuß, das bin ich! Gehört mir allein! Nie wieder darf ich es vergessen.«

In jeder Linie, in jeder Falte und Muskel meinte er die Physiognomie seiner Innerlichkeit, Begründung seines Geschmacks und seiner Neigungen zu entdecken. Halb sinnlos murmelte er vor sich hin: »Ich muss meine Nacktheit erleben. Nacktheit erleben. Erleben? Was ist das?«, sann er weiter. »Erleben, ist das nicht …?« Er sah vor sich einen aufsteigenden Weg, er wollte »emporleben« sagen, aber da fand er das richtige Wort und sagte rasch: »Teil werden lassen an mir. Ich darf nie wieder meine Nacktheit, meinen Leib vergessen, immer muss ich an ihn denken. Er muss teil werden in mir.«

Ein freieres Gefühl überkam ihn. Wo waren die Schüchternheiten des Abends! Durch das Erkannte stolz gemacht, seines Eigentums gewiss, hob er sich auf dieselbe Höhe mit den Beneidetsten, ja, isolierte sich auch von ihnen.

Dann warf er sich herum. Über die Schulter schauend verwirrte ihn plötzlich heiß das schräge Anschaun der kleinen Rundungen seines Gesäßes. Wie es kam, er wusste es nicht – plötzlich lag er am Boden, er wälzte sich auf dem Teppich, mit einem seltsam schmerzlich wilden Gefühl erfüllten ihn die stacheligen Streicheleien der borstigen Unterlage. Er weinte haltlos, aber immer von neuem umschlang er mit den Armen seine Glieder, er verknäuelte sie, er biss sich in die Schenkel, seine ahnungslosen Hände umschlangen die Fesseln, streichelten die Haut der Brust. Bis zur Sinnlosigkeit erschütterte ihn die plötzliche Überwältigung seines Fleisches. Er versuchte seinen Nabel zu küssen.

Aber dann war er zu Tode erschöpft. Langsam wieder zu Atem kommend, auf der Erde liegend, fand er sich tief gefallen, der er sich eben noch so sehr erhoben hatte. Mit gesenktem Blick löschte er das Licht. Im Dunkeln tastete er zum Zimmer empor. Er wagte nicht, ein Hemd anzuziehen, aus Furcht, seinen Leib zu berühren. Man durfte ihn nicht wieder aufwecken. Alles war Lüge gewesen. Dieser Leib war kein Freund, kein Ich, er war der *Feind.*

9

In das schwere Einschlafen meinte Kai vor dem Fenster die Töne eines Liedes zu hören, der Wind warf sie getrennt gegen die Scheiben. Er hob den Kopf, er lauschte. Aber alles blieb still, und nur im Kopf klang der Widerhall dieser Frauenstimme. Eine törichte, rasende Hoffnung trieb ihn hoch, er lachte, aber dann: »Warum nicht? Sie will mir ein Zeichen geben. Vielleicht liebt sie mich: Ilse oder jene Erschrockene.«

Er stieß gegen einen Stuhl, lauschte: Stille. »Auch ich liebe sie, jene, die mich lieben mag.«

Er schlug die Vorhänge beiseite. Der kleine Schmuckplatz vor dem Fenster, unsicher erhellt von den entfernten Lampen des Bahnhofs, schien zwischen seinem Gebüsch Gestalten zu verbergen. Hörte er nicht reden? Leise öffnete er die Fensterflügel. Die Kälte ließ ihn erschauern, aber die Wange gegen die von Schnee geraute Scheibe gelehnt, lauschte er:

»Liebe Schwester, ich komm ja nicht wieder,
Liebe Schwester, ich kann nicht zurück,
Meine Ehre hab ich verloren,
Denn ich bin nur ein Mädchen fürs Geld.«

Und nun, zwischen Lachen und Beifallsklatschen wiederholt, klang es höhnischer und stolzer für ihn allein:

»Denn ich bin nur ein Mädchen fürs Geld!«

»War es nicht so gewesen: verspottet, feige, krank, im Schmutze liegend, verworfen, gedemütigt – und eine ganze Welt verachten? Fühlen auch sie so? Ein Nichts sein und triumphieren. Ach, ich bin nicht allein! Ich, du dort, viele, viele, ein endloser Zug, Verwandte, Menschen, Schwestern, ersehnen und verachten die Umarmungen eines Lebens, das uns erdrücken will.«

Und er schwur es sich wieder, kraftlos und schwach, durch tausend Demütigungen hindurch, dies zu suchen, immer von neuem, geknechtet, verraten, niedergeworfen – das *Leben.*

10

Dann, ehe noch die Weckuhr schepperte, war in seinem Halbschlaf der Wind vor den Fenstern und das schräge Stricheln des Regens auf die großen Scheiben. Und ein wenig Schule trat in seinen Traum und das Graue, das mit Nassem abgewischte Kalte – Sallust, »Bellum Catilinae« (»so sterben! so sterben!«), und nun der Wind (»mutterwindallein«), aber schon war dies blässer geworden, die lockeren Gedanken vergingen, eine Wärme stieg auf, sein Bett war erfüllt von

Hitze, seine Arme und Beine lösten sich und hoben sich irgendwie auf, einen Augenblick war ein Druck von innen gegen die Stirn da, die Augäpfel drehten sich unter den Lidern ganz um, als wollten sie nach innen schauen. Und während ein Kreisen begann aus vielen Farben, ein Summen wie von der fern durch den Sommer sausenden Trommel einer Dreschmaschine, gingen Blüten in seinen Lenden auf, fleischige, rot verknorpelte Blüten, die zu atmen schienen. Nun lockte es, sie mit den Fingern zu betasten, doch verkrampfte eine Angst die Hände zu einem unlöslichen Knoten, denn diese runden, fleischigen Blumen –

Der Wecker klingelte, schrie, bellte. Ein plötzlicher Schwung warf Kai im Bett herum, so dass er, auf dem Rand sitzend, um sich tastete. »Still du! Der Tag ist wieder da. Wieder ein Tag!«

Vor den Fenstern kaum ein Dämmern. Die Bäume auf dem Schmuckplatz am Hause verwaschen, trostlos. Ein halb abgerissener Ast hing mit gespreizten Fingern zur farblosen Erde, eine weiße, lange Wunde, von geschlitzter Rinde umhängt, war stumpf wie der Geschmack an seinem Gaumen.

»Wieder in die Penne. Das da draußen, vorhin die Träume, und wieder in die Penne. Gestern Abend, die Nacht, Ilse, die Erschrockene, meine Flucht, der Spiegel – nun, da eine Nacht darüber hinging, sind sie schon so weit fort. Nichts blieb. Keine Änderung? Keine Änderung!«

Die Grauheit dieses Morgens, diese Trostlosigkeit, die Kälte, die mit einer wie gerupften Haut die ihm noch vorhin zu eigen geschenkte Wärme verhöhnte, ließen sein Gesicht schwer werden. In seinen Augen lastete ein Druck. Während er sich anzog, dachte er: »Nur Ziele könnten über solche Morgen helfen. Ziele. Etwas tun. Leben beweisen. Sich selbst. Wo sind die Ziele der Penne? Weg, weg, draußen, irgendwo, ich sehe sie nicht.«

Trostlosigkeit, Trauer um nichts, die Wunde am Baum, graue, stichlige, irgendwie verfettete Kleider, die bei Berührung in den Fingerspitzen schmerzten – eine Lust überkam ihn, ein Bein auszurecken, strecken, dehnen, wie er es auf dem Bild einer Tänzerin gesehen, dass er aufrisse, aufspalte zwischen den Beinen, ein neuer Mund, atmend, blutig, Leben. Er trat ans Fenster. Ein zerstreutes Licht fiel durch die Wolken auf den Platz, es wurde heller, ein herauffahrender Windstoß jagte in der Ecke am Tor einen Haufen verwelkter Blätter auf, trieb sie auseinander und wirbelte sie die Straße hinab. Ein weißer Spitz lief rasch auf drei Beinen über die Rasenfläche, zwängte sich unter dem Gitter durch und verschwand in einer offenen Haustür. Die Schritte der Vorübergehenden schienen fester, ihre Bewegungen entschlossener und stärker.

»Was nutzt es, heute das Pennal zu schwänzen! Besser, ich gehe. Es kommen noch so viele Tage. Und es wird auch heller.«

11

Staatsrat Goedeschal, noch im Bett liegend, drehte sich zum Waschtisch um, an dem seine Frau stand, und sagte, indem er auf die Zimmerdecke wies: »Er ist schon wieder auf. Halb Sieben. Jeden Morgen früher. Das geht nicht, der Junge braucht seinen Schlaf.«

Sie, das Gesicht über die Waschschüssel gesenkt, antwortete nicht.

»Wenn er um Viertel acht aufsteht, kommt er zeitig genug zur Schule. Hast du ihn gefragt, was er so früh schon treibt, Margrit?«

Sie schwieg. Dann, das von Wasser überströmte Gesicht ihm zukehrend: »Er sagt, er kann morgens am besten arbeiten.«

Das Gehen der Schritte oben wurde lauter. Kai hatte wohl seine Schuhe angezogen.

»Er arbeitet! Das ist etwas anderes. Ich glaube mich zu entsinnen, als junger Mensch lernt ich auch morgens am besten.«

Sie wandte ein: »Wenn er aber abends auch so lange arbeitet. Gestern mit Arne …«

Er hörte nicht darauf. »Das ist recht. Das freut mich, dass er selbständig zu dem Entschluss gekommen ist. Selbständigkeit ist Hauptsache. Und überrascht mich eigentlich bei ihm. Er ist sonst so unfertig, kindlich. Immerhin – wir wollen ihn deswegen nicht mehr behelligen. Ernst werden! Die Wichtigkeit der Pflichterfüllung erkennen! Das ist ein großer Schritt vorwärts!«

Frau Goedeschal setzte das Wasserglas beiseite. »Kindlich, sagst du? Kai – kindlich?«

»Was denn anders, Margrit? Wie unfertig ist er mit seinen sechzehn Jahren! Wenn ich mich auch nicht mehr genau zu erinnern vermag, wie ich in dem Alter war, so vergleiche ich ihn doch mit seinen Freunden. Nimm zum Beispiel Arne, der schon etwas ausgesprochen Männliches hat. Und Kai – noch vor beinahe einem halben Jahr diese Puppengeschichte! Wenn das nicht kindlich ist!«

Sie blieb dabei. »Grade diese Puppengeschichte –«

Aber er fiel ihr ins Wort: »Was heißt das: grade diese Puppengeschichte? Überlege doch, Margrit: seine Schwestern merken, dass in der Plättstube die Kästen mit ihren alten Spielsachen durchstöbert sind. Die Puppen, Kleider et cetera fehlen. Sie passen auf, suchen und entdecken –: dass Kai seine Kommodenschieblade als Puppenbett eingerichtet hat! Der große Junge spielt mit Puppen!! Ich begreife nicht, wie du da sagen kannst: grade diese Puppengeschichte!«

Sie murmelte: »Sie lief böse genug ab!«

Staatsrat Goedeschal wurde ärgerlich. »Warum lief sie böse ab? Weil ich auch da noch den Jungen überschätzte! Ich dachte, es ist eine verdrehte Jungensdummheit; ich zeige ihm kühl und klar, wie unsinnig für einen Obersekundaner, der Homer liest, Derartiges ist, eine Kinderei, über die man nur lachen kann. Sollte ich es etwa ernst und tragisch nehmen? Dann hätte ich ihm vor allen Vorhaltungen über die einbrecherische Entwendung der Spielsachen seiner Schwestern machen müssen. Also, ich denke, nun wird sich der Junge, vernünftig geworden, über die Hänseleien seiner Schwestern hinwegsetzen. Stattdessen wirft er in sinnloser Wut nach Lotte mit dem Messer! Bei Tisch! In meiner Gegenwart! Wie ein kleines Kind, das überhaupt noch kein Verantwortungsgefühl hat. Dass ich da nun streng eingreifen musste, ihm das Verbrecherische seines Tuns klarmachte – man greift nicht zur Selbsthilfe, in Notlage wendet man sich an die zuständige Autorität, also mich! – und ihn schließlich mit Zimmerarrest bestrafte, war gegeben. Ich denke aber, er hat sein Unrecht eingesehen: er ist seitdem viel ruhiger geworden.«

Frau Goedeschal kämmte am Toilettentisch das Haar. Den Arm mit der Bürste sinken lassend, war sie mehrmals im Begriff gewesen, ihren Mann zu unterbrechen, besann sich dann und schwieg.

Eine Weile war es still, dann fuhr er fort: »Also kindlich, oder, dass ich besser sage, kindisch …«

Aber nun sprach sie rasch: »Ja, Heinz, was soll ich sagen? Ich weiß doch nicht! Sieh diese Puppengeschichte. Ob wir da so richtig vorgegangen sind? Vielleicht hätten wir grade das Kindliche stützen sollen. Du sagst: ›Warum hat er sich nicht an mich um Hilfe gewendet?‹ Aber grad, weil du's so obenhin verlachtest …, ich weiß nicht, ich bin selber so gar nicht klar …« Sie atmete rascher. Schließlich: »Es ist furchtbar schwer mit Kindern! Es ist so lange her, dass wir jung waren. Und ich war auch anders.«

Sie schwieg wieder. Auch Staatsrat Goedeschal sagte nichts, er sah sie an, aber sie vermied seinen Blick. Er fühlte, dass sie Wichtigeres noch verschwieg, und um ihr zu Hilfe zu kommen, sagte er endlich: »Du hast etwas auf dem Herzen, sprich!«

Frau Goedeschal machte eine ungeduldige Bewegung. »Da liegst du und sagst: ›Sprich‹, als wenn es wer weiß wie leicht wäre.« Schon verwusch Weinen die Worte. »Und sitzt dabei auf deinem Richterstuhl und willst im Grunde nur das hören, was deiner Meinung recht gibt, und andern … Grad, als wär ich angeklagt …«

Er richtete sich im Bett auf. »Aber Margrit, ich verstehe dich nicht! Ich will doch nur sein Bestes. Du sagst: es ist schwer mit Kindern. Gewiss ist es das. Aber du machst es mir zum Vorwurf, wenn ich ruhig überlege. Wir müssen doch Vertrauen haben!«

Schon hatte sie sich besonnen. »Sei nicht bös. Aber natürlich habe ich Vertrauen, es ist nur schrecklich schwer, ich ängstige mich so um den Jungen. Man hat ja den besten Willen … Du meinst: ruhiger ist er geworden. Ja, ruhiger, er redet kaum noch ein Wort, was wissen wir denn noch von ihm? Die Wochenzensuren! In Griechisch ist er auch wieder schlechter. Aber, die Hauptsache ist, er redet nichts. Kein Wort. Es war schon immer nicht leicht mit ihm, das rechte Vertrauen war nie da, aber seit diesen Puppen … Vor dir nimmt er sich noch zusammen, aber bei mir …«

»Mault er? Tückscht er?«

»Das wäre viel besser, das ginge vorbei, aber es ist einfach, als wären wir Fremde für ihn. Ich mag ihn noch so sehr fragen: ›Kai, was hast du? Ich sehe doch, dass du etwas hast, sprich dich aus.‹ Aber dann sagt er nur: ›Was soll ich haben? Gar nichts!‹ und geht raus. Und scheint sogar manchmal, als höhnte er: ›Mir geht's ausgezeichnet. So ausgezeichnet, davon hast *du* keine Ahnung!‹ Und sieht dabei aus, als wollte er weinen. Und wenn man seine Hand nimmt und ihn streicheln will, reißt er sich los, als hasste er mich. Es ist, als liebte er uns überhaupt nicht mehr ...«

Staatsrat Goedeschal hatte immer erregter zugehört. »Gut, dass du sprichst! Das kann so nicht weitergehen, *darf* nicht. Wir müssen etwas tun ...«

Aber sie unterbrach ihn. »Und morgens arbeitet er auch nicht! Das weiß ich genau.«

»Ja, aber was dann?«

»Er ist im Keller.«

»Im Keller?«, fragte er verständnislos. »Was tut er denn da?«

»Ich weiß nicht, ich habe ihn gefragt. Er sagt, er müsse den Kessel nachsehen.«

»Und du hältst das für ausgeschlossen?«

»Ich bitte dich, jeden Morgen eine Stunde! Gerad er, der so gern lang schlief.«

»Aber was dann?«

»Ich sage dir doch – ich weiß nichts. Und der Schlüssel zum leeren Kellerzimmer ist auch verschwunden!«

»Und du meinst ...?«

»Ich weiß doch nicht! – Ich bitte dich um eins, Heinz, sei nicht erregt, erschrecke ihn nicht.«

Schritte, die man schon auf der Treppe gehört, tasteten leise an der Zimmertür vorüber. Staatsrat Goedeschal rief laut:

»Kai!« Die Schritte wurden still, aber niemand kam. Er rief wieder: »Kai!« Nichts rührte sich. Er machte eine Bewegung zu seiner Frau. »Bitte, sieh nach!«

Auf dem Gang stand Kai, die Schultern hochgezogen, das Gesicht halb zurückgewendet. »Bitte, Junge, komm rein. Sag uns guten Morgen!«

Er trat ein. »Guten Morgen, Papa! Guten Morgen, Mama!« Und er gab jedem von beiden einen Kuss, dem Vater auf die Stirn, der Mutter auf die Wange.

»Guten Morgen, mein Junge. Nun, wo pilgerst du schon so früh hin? Wir hörten dich wie einen ruhelosen Geist über uns wandern.«

»Störte ich euch? Verzeiht.«

»Nein, nein, du siehst, deine Mutter ist beinahe schon in Gala.« Staatsrat Goedeschal sah seinen Sohn heiter lächelnd an. Der aber schien die Frage vorhin überhört zu haben, und so musste sie denn der Vater, schon gezwungener, wiederholen: »Und wo wolltest du jetzt hin, Kai? So leise?«

»In den Keller. Zur Heizung.«

»Aber …« Er besann sich. »Dazu ist doch der Heizer da!«

»Er kann morgens so früh noch nicht.«

»Und darum stehst du auf?«

Schweigen. Der Vater wartete und sagte dann: »Ich werde mit dem Mann reden. Er geht um sieben Uhr zur Arbeit, da kann er ruhig vorher noch einmal vorbeikommen. Wofür bekommt er sein schönes Geld!«

»Ich bitte dich, Papa …« Aber Kai schwieg schon wieder.

»Nun, was denn?«

»Ach nichts.«

»Aber …«

»Ja, wenn du es ihm sagst, machst du ihn nur wütend. Er kommt dann zweimal und bleibt doch wieder fort. Und schließlich platzt wie neulich ein Wasserstandsglas, und wir haben den Keller voll Wasser.«

»Sehr richtig, sehr vernünftig«, und Staatsrat Goedeschal sah befriedigt lächelnd zu seiner Frau hinüber. »Aber deinen Morgenschlaf sollst du deswegen doch nicht verlieren. Weißt du was? –: du lernst Erna an. Das Mädchen kann das ruhig machen.«

»Die findet nie mit den Hähnen Bescheid.«

Der Vater wurde ungeduldig. »Es scheint dir doch sehr viel daran zu liegen, sonderbar.«

»Mir? Gar nichts! Meinetwegen kann es Erna machen, ich reiß mich nicht drum, aber wenn was passiert, ich lehne jede Verantwortung ab.«

»Verantwortung! Ich möchte wissen, wer dir welche übertragen hat!«

»Wenn ich's ihr doch zeigen soll!«

»Junge …!«

Aber Frau Goedeschal rief rasch und ängstlich: »Ich bitte dich, Heinz!«

»Ja so. Was ich noch sagen wollte – du weißt wohl auch nicht, wo der Schlüssel zum leeren Kellerzimmer hingekommen sein mag?«

»Nein. Ist der weg?«

»Ich sagte dir's schon, Kai«, warf die Mutter ein.

»Ach so, ja. Nein, das weiß ich nicht.«

»Nun, wir werden heute Vormittag zum Schlosser schicken, der kann einen neuen machen.«

Der Vater sah seinen Sohn scharf an, aber der zuckte nicht.

»Und nun noch eins, ich wollte dir schon immer eine kleine Freude machen. Dein Griechisch ist zwar nicht sehr vorzüglich. Was meinst du, wenn du einmal ins Theater gingst?«

»Gern, sehr gern. Vielen Dank.«

»Schon gut. Sei nur recht fleißig.«

»Kommt ihr mit?«

»Aber natürlich. Also übermorgen Abend: ›Die Räuber‹.«

»Ich danke schön«, und Kai küsste seinen Vater. Dann rascher: »Es fällt mir eben ein … Nur so eine Vermutung …«

»Nun, was denn? Sprich immer.«

»Vielleicht hat der Heizer den Schlüssel, er sagte immer, es sei im Kohlenkeller zu nass fürs Holz. Ich werde mal mit ihm reden.«

»Tue das, Kai. Also abgemacht. Du lernst heute und morgen Erna an, und wegen des Schlüssels redest du mit dem Manne.«

»Und der Schlosser? Damit können wir dann wohl warten …«

»Ja, natürlich. Solche Eile hat das ja nicht.«

Kai ging.

Staatsrat Goedeschal sah seine Frau an. »Siehst du, es ist gar nicht so schlimm. Man muss nur vernünftig mit ihm reden. Natürlich hat er irgendetwas unten im Keller. Wenn er zur Schule ist, schicken wir zum Schlosser, na, es wird schon nichts Schlimmes sein, irgend so eine Jungensdummheit. – Hattest du den Eindruck, dass er sich aufs Theater *sehr* freute?«

»Eigentlich nein. Er fragte so komisch, ob wir mitkämen.«

»Aber …!«

»Du, was mir eben noch einfiel: ich sprach neulich auch mit Frau Schütt über Kai, sie mag den Jungen gern. Und sie hat so viel Erfahrungen mit ihren sieben. Sie meinte, es wäre Zeit, ihn aufzuklären.«

»Aufklären? Nein. Ich habe ganz ausführlich mit seinem Klassenlehrer davon gesprochen. Die Jungen bekommen in der Oberprima die nötigen Mitteilungen durch einen erfahrenen Medizinalrat. Er bat mich dringend, dem nicht vorzugreifen. Und ich bin auch sonst dagegen. Warum sind die jugendlich Bestraften immer aus den unteren Volksschichten? Weil die Kinder dort sexuell aufgeklärt sind! Zu frühes sexuelles Wissen ist Verlockung, verleitet zur Haltlosigkeit, zur Genussgier. Und der Weg von da zum Verbrechen ist kurz. Nein, keinesfalls. Was heißt überhaupt Aufklärung! Was soll man dem Jungen sagen! Ich bin da ganz unsicher. Gerade für Eltern ist ihren Kindern gegenüber dies Gebiet mit einem gewissen Odium verknüpft, es muss tabu bleiben. Ich wenigstens könnte es nicht.«

»Ich auch nicht«, sagte Frau Goedeschal.

12

Dicht hinter ihm fiel die Kellertür zu. Über das Geländer der Treppe in das Dunkle hinabgebeugt lauschte Kai. Nichts, Ruhe, nur das leise Singen des Dampfes in den Heizrohren. »Noch sind sie mir nicht nach, hier unten bin ich noch allein. Wie selbstgefällig er lachte, wie klug er sich vorkam! Natürlich holt er den Schlosser. – Aber vielleicht war alles nur Bluff, vielleicht war er schon unten, vielleicht ist Hans schon fort?«

Den Kopf zurückwerfend, umkrampfte er mit der Hand das Geländer. »Nein! Nein!«

Er atmete rascher, er stand vor der Tür zum Kellerzimmer, öffnete – und nun war die Ruhe da, die vertiefte Stille, die nichts von einem Draußen wusste, das hasenfarbene Kaninchen, das seinen Kopf freudig schnobernd an das Drahtgitter der Kiste legte, all das einsam Erworbene war wieder da.

Er zog die Tür hinter sich zu, schob den Riegel vor. Auf

den Knien den Hasen, dessen Wärme die Schenkel erhitzte, strich er im gleichen Wechsel mit der Hand über ihn fort, spürte von neuem den raschen, eigensinnigen Druck der beweglichen Nase in seiner Handfläche wie den kuschelnden Federball eines kleinen Vogels, wie das widerwillig und beiläufig erneuerte Geständnis einer nehmenden Liebe. Unter dem lockeren Fell fühlte er die zusammengefallene Reglosigkeit der Glieder.

»Siehst du, mein Hans, wieder bist du da. Wieder kommst du mir entgegen, schmiegst dich ein, bist da, immer wieder da. Ewig wiederholst du deinen Dank, ewig gestehst du deine Liebe. Werden wir nicht beide beieinander hasenstill, und die Welt ist nichts wie solch Einschmiegen?«

Er seufzte; über das Tier fort sah er erschrocken zur Tür, deren Klinke sich regte. Den Rücken zur Wand, spürte er Lockerwerden der Knie. Das Herz klopfte unerträglich laut.

»Kai!« Frau Goedeschal rüttelte an der Tür. »Kai!«

Er antwortete nicht, während das Tier, unruhig gemacht durch das Zittern seiner Beine, den Kopf hob, rasch mit der Nase schnoberte und in lautlosem Satz von seinem Schoß sprang. Bedachtsam und ernst wandte es nach ihm den Kopf, lief in die Ecke zu einigen Kohlblättern und begann zu fressen.

»Kai! Kai! Mach doch auf. Ich weiß *doch*, dass du drin bist. Habe dich beim Aufschließen gehört.«

Er schlich bis zur Tür. Nur durch die hölzerne Füllung von der Mutter getrennt, murmelte er: »So? Bist du da? War es mit den Puppen nicht genug? Müsst ihr auch dies mit euern Blicken beschmutzen? Spötteln und witzeln? Soll ich alles mit euch gemeinsam haben, die ich hasse? Auch dies hier breitgetreten? Auch dies in den Kreis eurer gütigen Liebe gezogen, die nur ein Aussprechen ist, kein Handeln? – Gehst du! Gehst du weg! Lass mich! Lieber sterben als auch dies geteilt!«

Sie schwieg. Lauschte sie seinen Worten, versengte jene Hitze, die aus dem Nicht-aussprechen-Dürfen hervorbrach, ihre an die Tür gelehnte Wange? Er hörte ihr Seufzen, wie sie sich langsam umwandte und ging.

»So! Weg! Weg! Ganz allein! Ich will euch nicht!«

Sein nicht leises Zurücktreten machte das Geräusch ihrer Schritte verstummen, sie kehrte um und drückte von einer neuen Hoffnung belebt die Klinke.

»Kai! Du bist *doch* drin! Mach auf! Bitte. Bitte.« Sie rüttelte am Griff.

Er fasste nach ihm. Seine beiden Hände darunterstemmend, zwang er ihn in die Höhe.

»Lässt du den Griff los! *Sofort* lässt du den Griff los!«, rief sie und versuchte mit ihrer ganzen Kraft, ihn hinabzudrücken. Er widerstand, dann, plötzlich loslassend, trat er laut pfeifend zurück, fasste das Kaninchen an den Ohren und warf es zurück in den Käfig.

»Du willst also nicht aufmachen?« Sie wartete. »Dann bleibt nichts, als es Papa zu sagen.« Wieder Stille, dann ging sie, er hörte die Treppenstufen unter ihr knacken.

»Gott sei Dank!« Er schloss langsam auf, blickte den leeren Gang entlang, dann: »Das kann böse werden. – Ach was! Sie sagt ihm nichts. Er wäre sicher nicht einverstanden. Der wollte es klüger machen. – Aber nun dalli!«

Er hob den Käfig hoch, trug ihn in den Kokskeller und verbarg ihn in einer dunklen Ecke. »Hier musst du schon aushalten, mein Hans, mein Hase, es kommen bessere Tage.« Dann schaffte er schnell die Heu- und Kohlreste fort, schüttete ein paar Arme Holz in die Ecke des Zimmers und schloss befriedigt ab.

Am Frühstückstisch saß nur Kurt. Kai fragte leichthin: »Wo ist denn die alte Dame?«

»Was hast du nur wieder angestellt, Kai! Sie weinte!«

»So ein Quartaner! Willst auch gleich weinen, ja? – Donnerwetter! Donnerwetter! Schon drei Viertel auf acht! Es wird Zeit, dass ich losgehe.«

Auf der Treppe besann er sich. »Was denn noch? Ja so! ›Jettchen Gebert‹! Ilse ist ja auch noch da! Ilse …«

13

Kai sah Ilse nicht auf seinem Schulweg. Er musste eilen, um wieder einmal zur rechten Zeit das Gymnasium zu erreichen; über die Treppen hastend, empfand er trüb die fleckige Grauheit der Atmosphäre um sich, die aus Öl und Staub zusammengetrocknete speckige Kruste des Linoleums wollte seinen Schritt hemmen, die ungefügen, plumpen Säulen, deren monotone Bäuche vom Berühren zahlloser Hände schwärzlich beschattet waren, erinnerten ihn an die stumpfe Klebrigkeit seiner Finger, deren fehlende Frische die Länge des vor ihm liegenden Tages ins Unermessbare ausdehnte. Es schien, als zerrisse in ihm die überspannte Stimmung zu einem flockigen Schleier, der den kleinen Staubballen glich, die man beim Reinmachen in den dunklen Ecken der Schränke findet. Die langen Reihen von Kleiderhaken, an rohe Fichtenbretter geheftet, sagten ihm von neuem, dass er nur einer von vielen sei, die Türen, deren Füllungen, von Trockenheit geborsten und verschoben, gelbe Risse zeigten, waren Barrikaden, so viele schon unter Leiden überklettert, die schlimmsten noch vor ihm liegend.

In dem von Johlen und Schreien strudelnden Klassenzimmer schoss Wellhöhner auf ihn zu und forderte das lateinische Skriptum. Vergessen, natürlich vergessen. »Habe ich Zeit gehabt, daran zu denken? Auch Arne sagte gestern nichts, auch Klotzsch nicht.«

»Hast du das Skriptum, Klotzsch?«

»Natürlich! Du nicht? Auweh!«

Kai schob die Bücher unter seine Bank. Von Lärm umrissen, senkte er den Kopf in seine Handflächen und ließ die Augen über die abgeschliffene Glätte des Pultdeckels gleiten, der von Tinte befleckt die sinnlosen Stricheleien endloser Stunden vorwies. »So viel Entmutigung!«

»Agoraphobie!«, schrie Wellhöhner und stürzte klatschend einen Stoß Hefte auf das Pult des Ordinarius. »Ich sage euch Agoraphobie!« Er schwieg, dann rascher, indem er einen sichernden Blick zur offenen Tür warf: »Ich klapperte mit den Schlittschuhen, Scheide riss sich los, schrie: ›Spion!‹ und raste die Straße hinauf. Ich hintennach.«

»Was soll ich tun mit dem Skriptum?«, sann Kai, »ich werde sagen, ich war krank. Aber vielleicht war ein Pauker auf dem Ball?«

Wellhöhner strich mit der Hand über sein Kinn. »Seine Frau sagte mir, es sei Wahnsinn, dass ich mit klappernden Schlittschuhen Scheide nach Haus brächte. Ich wüsste, er litte an Agoraphobie. Ich als Primus! Und so weiter. – Nonsens!«

»Was ist Agoraphobie? Muss doch was dran sein«, fragte Thümmel.

»Rindvieh«, schrie Lohmann, »Agora – der Markt, der Platz; Phobos – die Furcht. Platzangst, Verfolgungswahn! Das wussten wir lange.«

»Darum holt ihn die Frau!«

»Oder Wellhöhner muss ihn abliefern.«

»Keinen Schritt geht er allein!«

»Ist er schon je vom Pult heruntergegangen?!«

»Vielleicht ist er heute krank davon –?«

Die Klasse schwieg, sah sich an, grinste. Kai grübelte: »Scheide krank? Das wäre Rettung für mich. Nein, ich will nicht hoffen.«

Am Arm vom Kollegen Bäcker kam Scheide den Gang herauf. Geschwindschritt. An der Tür stehen bleibend, sprach er hastig, überlaut; plötzlich, mitten im Satz, riss er sich los, sprang aufs Pult, deckte den Rücken mit der Schultafel. Bäcker schloss die Tür, und der Unterricht begann, überstürzt rief Oberlehrer Scheide zwei, drei Schüler auf, überhörte die Antworten; dann, ruhiger geworden, ließ er in voriger Stunde Besprochenes sich wiederholen. Seine weißen, zu schmalen Finger fuhren rastlos durch den roten Vollbart. Die blauen Augen durchflogen scharf die verstummte Klasse.

Sorgfältig den Rücken deckend, warf er den wundervoll geformten Schädel zurück, dass die schon gelichteten Haarsträhnen im Zuge flogen.

Kai, zusammengesunken, fragte: »Warum darf ich nicht hoffen? Was wird werden?«

Da, mitten im Fragen, setzte Scheide aus. »Primus«, krähte er laut und bohrte den Zeigefinger begeistert in die Luft. »Gehen Sie sofort ins Konferenzzimmer. Lassen Sie sich die Hefte der Klasse ausliefern. Ich werde die ›Philologische Facharbeit‹ zurückgeben. Sie sollen Ihr Wunder erleben. Los!«

An Wellhöhner vorbei suchte sich Schütt unbemerkt in die Klasse zu drängen. Mit einer Wendung des Kopfes hatte ihn Scheide entdeckt. »He, Schütt! Wo kommen Sie her? Es ist halb neun! Ich werde Sie mit Karzer bestrafen! Was? Ihre elektrische Bahn kam nicht! Gehen Sie früher fort!« Er riss das Klassenbuch auf, während er laut sprach, malte er hinein: »Schütt wird wegen einer halben Stunde Verspätung mit zwei

Stunden Karzer bestraft. Was? Sie sind nicht zufrieden! Setzen Sie sich! Was stehen Sie hier, Mensch? Setzen Sie sich!«

Er klappte das Buch zu. »Natürlich werde ich Sie nicht bestrafen. Wenn Sie dumm bleiben wollen, nur zu!«

Mit raschem Griff nahm er Wellhöhner einen Stoß Hefte ab und scheuchte ihn auf seinen Platz zurück. »Charakterisierung von Sallusts ›Bellum Catilinae‹, das war das Thema. Keiner hat's gebracht. Die meisten haben abgeschrieben. Franke, Sie indolenter Mensch, Auszüge aus dem großen Meyer kann ich mir selbst machen. Was, Sie wollen protestieren! Ja, sind wir denn in einer Kleinkinderschule?«

Er sah sich fragend um. »Gewogen und zu leicht befunden. Einwühlen, denken, selber denken, nicht so obenhin. Das ›Bellum Catilinae‹ ist ein Genuss, kein Sibirien. Alles schlechte Noten. Ob Sie sich schämen, weiß ich nicht. Schütt, unterhalten Sie sich in der Pause mit Ihrem Nachbarn. Beste Arbeit hat Goedeschal. Goedeschal, stehen Sie auf!«

›Aber ich will nicht. Was soll ich hier vor den andern? Ans Licht gezerrt stehe ich mit der Gebärde eines sich Vordrängenden.‹

»Sie sollten sich am meisten schämen! Ihren Gedanken fehlt Klarheit. Sie haben nicht gedacht, Sie haben geträumt. Die Klasse hört den Schluss: ›Und doch, wenn wir das ganze Werk noch einmal durchblättern, finden wir nur eine Stelle, in der Sallust wirklich schön und anschaulich schreibt. Und diese Stelle lautet: Catilina wurde weit entfernt von seinen Leuten zwischen den Leichnamen der Feinde gefunden, ein wenig noch atmend, und den trotzigen Sinn, den er im Leben besessen, noch im Tode verratend.‹ – Sie haben das gefühlt, Goedeschal, nicht gedacht. Lächerlich, dass dies die anschaulichste Stelle sein soll. Aber sonst gut. Setzen Sie sich. Was wollen Sie noch? Sie haben Ihr Skriptum vergessen?

Bringen Sie es morgen mit. Setzen Sie sich, Mensch. Träumen Sie nicht wieder, setzen Sie sich.«

»Und doch habe ich recht. Denn ich sehe ihn, nur hier in diesem ganzen Buch sehe ich ihn. Er liegt einsam, erschlagen unter Feinden. Jubelnd stürzte er vor. Es war viel Rot um *ihn.* Aber nie war der Tod ferner von *ihm* als in jenem Augenblick, da das Schwert auf *ihn* zuflog. Dann lag er da, er hatte nicht Zeit gehabt, müde zu werden, feige zu sein. Eben noch stürzte das ganze Leben trunken durch seine Adern. Nun strömt es fort in die Erde, und es ist gut, so dazuliegen mit einem weiten Himmel über sich und der Erde wieder zu schenken, was sie ihm gab. – War ich es nicht, der im Dämmer nach ihm suchte? Zwischen den Stöhnenden irrend, wusste ich, er musste stumm daliegen. Dann fand ich ihn. Seine Handflächen waren nun weit und plan. Aber sein Mund lächelte trotzig, stolz, verächtlich wie damals, da er den Fackelbrand seiner zerhackten, rasenden Reden in unsere Seelen leuchten ließ. Habe ich nicht an seiner Seite gekniet, in seinem klebrig gewordenen Blut und habe ihm gedankt, dass er mich, schon tot, den Mut lehrte? Ach, wo waren da die andern! Wo war Scheide, Arne, Klotzsch! Einsam knie ich, fern und allein in der Dämmerung, und seine toten Lippen lächeln mir zu.«

Er senkte den Kopf. Es war schwer, den Rückweg zu finden aus dem durchglühten Aschengrau dieser Sterbestunde zu dem staubtrockenen Grau der Schule. Was lohnte es sich zuzuhören! Sie waren alle weit fort. Er war doch allein. Wenn doch erst der Mittag da wäre!

14

Aber dann klingelt die Glocke viel zu früh. Nun muss er sich mit den andern hinausdrängen, Arne anbetteln, nun muss er wieder einmal erfahren, dass der Schritt bis zum Mittagessen so kurz nicht ist, dass noch drei Stunden vor ihm liegen, drei Stunden Mathematikarbeit, und er kann keine Mathematik!

»Arne, steckst du mir die Lösungen zu?«

»Jaja, natürlich.«

»Wann?«

»Nun, wenn ich fertig bin, so …«

»Nein, nein, das geht nicht. Lieber Arne …«

Franke drängt sich dazwischen. »Schütt! Goedeschal! Glaubt ihr, ich lasse mir das gefallen? Die ganze Klasse ist Zeuge. Indolenter Mensch hat er gesagt.«

»Ach geh!«, murmelt Kai, »wir haben zu tun.«

Doch Franke beharrt und Arne, Arne hört ihm zu. »Eine Fünf darf er mir geben. Auch Karzer wegen Abschreiben. Aber er hat mich nicht zu beschimpfen! Ich sage es meinem alten Herrn. Was meinst du, Schütt?«

Arne antwortet, sie sprechen beide, Schütt und Franke, ein Langes über die Schwere der Beleidigung, über die Art der zu erhebenden Einwände. An die Mauer gelehnt, verfolgt Kai mutlos das Wandern der Zeiger, gleich ist die Pause vorüber, und von Arne hat er nicht mehr als ein »Jaja«. Er sucht Arnes Blick einzufangen. Und dann denkt er daran, dass er diesmal nicht nur eine genügende, nein, eine gute Mathematikarbeit schreiben muss, sonst bleibt er zu Ostern sitzen, und dass er nichts weiß.

»Arne …«

Aber noch immer hört Arne nicht, und nun fühlt man immer tiefer die Entmutigung, ein schweißtreibendes Entwürdigtsein durch das Hier-Warten, Hier-Betteln, Hier-noch-immer-Stehen. Wie wäre Empörung schön, aber Empörung kann man sich nicht leisten, denn man muss ja die Lösungen der Arbeit bekommen.

Bis wirklich die Glocke anschlägt, bis er dann in der Klassentür abgerissen, schmerzend die Zusage erhält: »Um zwölf. Verlass dich drauf. Punkt zwölf. Ich verspreche es dir.«

Dann geht man wieder auf seinen Platz, und nun kann man wieder wünschen, dass bald Mittag ist, denn – nicht wahr? – nun hat man ja alles in der Hand, man hat sich gesorgt, bekümmert, aber dann das Schwere aus dem Weg geräumt und sich's teuer genug verdient, leicht zu sein.

15

Kai schiebt sein Heft von sich. Es freut ihn, diese Gleichungen zu lesen, diese a^2 und b^2, diese Wurzelzeichen als fremde und ganz neue Dinge zu betrachten, die sich haben eindrängen wollen und die ihn nun *doch* gar nichts angehen.

Während er seinen Blick sichernd über den wolligen, tief gesenkten Kopf Professor Bäckers gleiten lässt, blättert er weiter in seiner Kladde, fühlt das glatte Zurückgleiten der Seiten und liest das Gedicht, sein Gedicht, das er im Sieg über diese Stunden für Ilse geschrieben. Mathematikarbeit, aber nein, stattdessen ein Gedicht für Ilse! Dieses in »Jettchen Gebert« hineingelegte Blatt eines Tages findend, wird sie im halb verbotenen Überfliegen glauben, es sei durch Zufall im Buche.

Kai reißt ein Blatt aus seinem Heft, er schreibt die Zeilen ab, und ehe er sie knifft und in den Roman schiebt, liest er noch einmal die letzten Worte:

»Niemand verstand das stumme Flehen meiner Augen,
Und in dem Zittern der verkrampften Hände
Erkannten sie nur die empfangene Spende …
Das ist mein Leid bei diesem Erdenwandeln.«

»Ja, dies ist alles und doch nicht zu viel. Abgesondert von allen mit traurigen Augen beiseitestehend, kann ich doch nicht – hier wird sie es fühlen – zu den andern treten, der ich so viel mehr bin als sie. Die Melancholie dieser Zeilen wird sie verführen, weich zu sein bei mir, und am Ende werde ich, den Kopf in ihrem Schoß, ausruhen können, meine Sorgen in ihre Hände hineinwachsen sehen und, nun ganz erleichtert, mich vor ihr neigen und ihre Hand küssen dürfen.«

Er sah vor sich. Wacher werdend, ließ er den Blick durch die Klasse gehen, und die Belebtheit der andern, ihr Zurechtrücken, ihr Blättern in Büchern ließ ihn leicht erschreckend zusammenfahren. Aber, da er nun begriff, als er sah, dass sie fertig waren, als die hastig hervorgezogene Uhr ein Viertel auf eins zeigte, hallte der Schreck, wie auf Messingplatten gehämmert, stärker, ein betäubender Lärm brach in ihm aus, er schrak zurück, sein Kopf strudelte, Wasser schien endlos zu stürzen.

Noch hoffend, schon verzweifelt, flüsterte er zum Nachbar: »Bist du schon fertig?«

»Längst! Du nicht? Ist doch blödsinnig einfach!«

Kai warf den Kopf herum, sah nach Arne: der blätterte in einem Buche. »Natürlich hat er sie nicht geschickt! Wieder vergessen! Hat gedacht, ich bekäme die Lösungen allein heraus. Aber ich habe doch sein Versprechen ...«

Er fühlte das Näherkommen der Gefahr, noch saß Bäcker mit gesenktem Kopf, aber wie lange noch, dann hörte er das Rascheln, das Rücken, das Atmen, sah auf und begriff.

»Nein, ich muss mich zusammennehmen. Noch ist nichts verloren.«

Er zitterte. »Wie ist es? Die Kubikwurzel aus ...«

Er schob die Kladde zurück. »Ich habe keine Zeit. Ich muss gleich ins Reine schreiben.«

Blättern in der Logarithmentafel. »Ich finde nichts.« Dann, die Hände sinken lassend: »Nein, es geht nicht. Ich bin verloren. Ich kann nichts tun. Mag kommen, was will.«

Er saß rascher atmend. »Kann ich denn mein Heft leer abgeben?! Ostern sitzenbleiben? Die Eltern ... heute früh. Es straft sich.«

Grübelnd: »Es? Was? – Es?«

Schneller: »Nein, das hilft mir nichts. – Müller, lass mich abschreiben. – Ich kann nichts sehen! – Nein, so geht es nicht. Schieb das Heft rüber, weiter! – Wie ist das? – Was heißt das? Sinus α? – Es geht nicht!«

»Ich habe noch eine halbe Stunde. Ich schreibe an Arne.«

»Natürlich!«

Er schrieb. Der Zettel wanderte.

»Goedeschal, drehen Sie sich nicht um!«

Es war geschehen, Bäcker war wach geworden!

»Durch mich!«

Die Klasse schwieg, dann fiel ein Lineal rasselnd zu Boden, Zurechtrücken, Bücherklappen. Kai wagte nicht aufzusehen. Aber dann kam die Stimme wieder, und nun schob Kai den Federhalter weg. »Nutzlos!«

»Nun, wie weit sind wir? Hat jemand die ganze Arbeit fertig? Aufstehen!«

Kai überflog sie: Müller, Wellhöhner, Thümmel, Klotzsch, ach, so viele, und, dort hinten, Arne!

»Hat jemand schon vier Aufgaben fertig?«

Wieder.

»Und drei?«

Andere Köpfe, die hochschießen.

»Und zwei?«

(›Ach! Schneller, schneller!‹)

»Und eine?«

Kai sah nicht mehr auf.

»Und gaaaaar keine?«

Es zerrte und schob ihn aus der Bank. Er stand.

Es war ihm, als sei er sehr hoch über der Klasse, in anderer Luft. Und sehr allein. Sein Gehirn war abgestorben. Kraftlos und matt hingen die Hände herab. Kein Laut schien zu ihm zu dringen. Was sagten sie? Lachten sie? Hatte Bäcker gesprochen? Aber dann war die Stimme wieder da: »Goedeschal, bringen Sie Ihre Kladde!«

Das war die einzige Stimme, der einzige Laut, und sonst gab es nichts auf der Welt. Kai griff das Heft. Es suchte sich, zwischen zwei Fingern aufgehängt, ihm zu entziehen. »Was will es? Habe ich etwas vergessen? Nein! Nichts?«

Dann: »Doch, habe ich etwas vergessen! Aber ich weiß nicht mehr.«

Noch immer an seinem Platz fühlte er die kühle Glätte des Papiers zwischen seinen Fingern.

»Doch weiß ich. Aber ich kann jetzt nicht daran denken.«

Er ging auf das Pult zu, er musste sehr vorsichtig auftreten, sonst zerbrach etwas in ihm. Die Gesichter seiner Kameraden waren gespenstergleich und aufgeblasen an den Seiten seines Weges, unter ihm wie Kohlschosse aufgewachsen. Automatenhaft rollten ihre Augen auf ihn zu. Hier war die Stufe zum Katheder. Ganz hoch auf den Zehenspitzen, versuchte er die Beine anzuziehen, die zu tief unter ihm waren. Bald wäre er doch gestolpert.

»Geben Sie schon her!«

Und nun durfte er es wieder wissen: »Warum habe ich denn *die* Seite nicht herausgerissen?! Vielleicht hätte ich's doch gekonnt.

Sind noch andre da? Hinten in meinem Hirn wird ein Film abgerollt, aber vorn denkt's: noch kann ich zugreifen, ihm das Heft fortreißen. Alles besser, als dass er die Verse findet. – Ah! …«

Die Hände hatten aufgehört zu blättern. Kai wusste, was auf *der* Seite stand. Warum machte niemand in der Klasse Lärm? Kai stampfte mit dem Fuße auf, aber nur ein kleines, dürres Geräusch wie das Knarren einer Sohle kam zu ihm herauf.

Professor Bäcker schloss das Heft. Für einen Augenblick hielt er es in der Schwebe, legte es dann auf den Pultdeckel. Und wieder griffen die Hände zu, die Kai als seltsam zerfressen und in geweitete Haut gesteckt aus dem Augenwinkel sah, schoben es rechtwinklig zum Holzrand. Sie glitten zurück, und nun war alles entschieden.

Professor Bäcker räusperte sich. »Hierüber kann ich nicht befinden. Ich werde mich mit Herrn Direktor ins Benehmen setzen. – Gehen Sie, Goedeschal. Hefte einsammeln, Wellhöhner.«

Aufstürzender Lärm. Pultdeckelschlagen. Die Tintenfässer klapperten. »Herr Professor … ich … ich … Sie … Sie …«

»Ich sage Ihnen ja: ich kann nichts entscheiden. Setzen Sie sich.«

Wieder saß er. Der Nachbar flüsterte: »Was ist denn?«

Er zuckte die Achseln. Überall drinnen brachen die Tränen hervor, und in seinem Innern rauschten sie wie endlose graue Vorhänge.

Der Primus zögerte an seinem Platz. »Was war denn los? Karzer?«

Kai reichte ihm das leere Reinschriftheft.

»Auch das kommt noch! Strafe! Karzer! Die Eltern. Endlich triumphiert Mama. Ich muss flehen, betteln, traurig sein, bereuen. – Aber er hat uns betrogen! Bis eins hatten wir Zeit, und um halb eins hat er die Hefte einsammeln lassen. Ich wäre fertig geworden, bestimmt. – Aber nein, ich sage den Eltern nichts, ich kann nicht. Ich flehe *ihn* an. Gleich nach der Stunde, auf dem Gang.«

Und sein Heimweg trat vor ihn, plötzlich überfiel ihn die Vision all der Häuser, rechts, links, vorn, hinten, über ihm und an seinen Füßen entlangschleichend. Hinter diesem Meere von Scheiben lebten Schicksale, Lachen, Weinen, Sorgen, und nichts hatte mit ihm zu tun. Auf allen Seiten war er eingeschlossen von fremden Tränen und Gelächtern; sein klägliches Geschick, gänzlich unbeachtet von tausend andern, sehnte sich nun nach Wärme.

»Ilse«, und dann wieder nur dies: »Ilse – Ilse – Ilse!«

16

An die rotgestrichene Wand gelehnt, atmete Kai angstvoll. Das summende Geräusch der tiefer liegenden Gänge wurde stiller.

»Dort hinten, zwischen jenen befleckten und plumpen Säulen entscheidet sich nun mein Schicksal. Dort zerren sie aus einem mir entwundenen Geschehnis Folgerungen, die mich verpflichten zu leiden. – Nein! Nein! Sie dürfen es nicht! Sie müssen begreifen, dass diese aufgefangenen, ihnen nicht gemeinten Worte wie ein nie dagewesenes Ding versinken müssen. Sie werden sagen: es ist nichts geschehen, wir erinnern uns an nichts.«

Nun, in den Säulenwinkel geschmiegt, sah er das Öffnen einer Tür, das Lachen auf den Gesichtern der beiden Lehrer verzog seinen Leib zu einem krampfigen Zittern. Die Fingerspitzen in die körnige Wandfläche gepresst, folgte er mit einem Blick dem vorbeigehenden Professor.

»Alles ist entschieden! Das Urteil gefällt. Nichts lässt sich ändern. Er kennt meine Strafe!«

Trostlos hörte er dem Schritt des Wissenden zu; Zerfetzen der Verse, Entreißen des Heftes, Flehen vor der Rücksprache – alles versäumt!

»Vielleicht bestraften sie mich nicht? Welch Ausweg! Ich werde nicht fragen ...«

Aufatmend verharrte er. Ein Wirbel packte ihn, seine Hände lösten sich von der Wand, Boden glitt fort. An der Wange des Treppengeländers von neuem festgehalten, stammelte er: »Herr Professor! Herr Professor!«

»Was ist?! Was wollen Sie? Mich so zu überfallen ...!«

›War ich es, der vorsprang? Wie sinnlos ist das nun!‹

»Aber, nun was denn? Wo kommen Sie her, Goedeschal?« Die Hand des Lehrers ließ den hart umspannten Gehstock locker. »Stehen Sie manierlich da! Was für eine Art, einen Lehrer zu erschrecken! Wo haben Sie gesteckt?«

Kai schwieg. Angst verebbte, da er auch ihn, dem Mädchen des vorigen Abends gleich, nur erschreckt sah. ›Muss ich auch jetzt flüchten? Nein, schon zwingt er mich in seine Kreise.‹

»Antworten Sie endlich, Goedeschal! Wo haben Sie gesteckt?«

›Ja, freilich, das ist das Wichtige, wo ich gesteckt habe.‹ Dann, laut: »Dort, hinter der Säule.«

»Sie haben uns belauscht!« Und als Kai stumm mit dem Kopf schüttelte: »Was wollen Sie denn?«

Rasch, leiernd, gleichgültig: »Ich wollte Herrn Professor fragen, welche Strafe Herr Direktor für mich festgesetzt hat.«

»Ungewöhnlicher Weg, sich zu erkundigen! Aber denn: zwei Stunden Karzer. Morgen von vier bis sechs. Sie schreiben in der Zeit die versäumte Arbeit nach.«

›Karzer – also Brief den Eltern. Kein Verheimlichen möglich. Beichte. Beichte. Dann sitzenbleiben. Wieder ein Jahr mehr. Endlos.‹

Räuspern des Lehrers, darauf breit: »Ja, mein lieber Goedeschal, Sie hätten früher klug sein dürfen, jetzt ist es zu spät.«

Er wandte sich ab, Kai starrte auf die beulige Linoleumfläche. ›Er will mich erschrecken. Unmöglich, dass diese Verse … Gleich sagt er: Alles ist gut.‹

Bäcker zuckte die Achseln. Das verfallene Gesicht dieses Jungen rief den Wunsch, gut und weich zu sein. Freundlich mit Handbewegung sagte er: »Mahlzeit!« und ging.

Jede Hoffnung war fort. »Hier bin ich allein, mit Last aus anderer Hand.« Und nun die Bilder: des Vaters Kopf, fremd zurückgelehnt und nicht zu umfassen. Arne ging rasch eine entlaubte Allee herab, und dann erblickte Kai sich selbst, trostlos weinend, in aschengrauem Morgendämmern hingekniet an der Leiche Catilinas. »Ruhe. Ruhe. Schlafen. Schlafen ohne Traum. Sich verkriechen können, wohin niemand reicht. Robinson. Auch vergessen, wer Ich ist.«

Die Tür seines Zimmers schlug auf. Gelbliche Gardinen entfernten die Welt. An der Schwelle fiel jede fremde Last. Dort, hingeworfen in den am Fenster stehenden Langstuhl, selbst das Licht weit ab von den gar zu brennenden Augen, würde er im aufspiegelnden Mahagonirot seines Sekretärs wärmeres Versprechen fühlen.

Feindselige Dumpfheit der Korridore, blöd grinsendes Milchglas in den Fenstern zwang den Erwachenden zur Flucht. Am Ausgang die breite Eichentür schien ihn für endloses Irren und qualvollen Hungertod halten zu wollen. Harter Zugriff erzwang Blick in die wahrere Welt.

17

Denn draußen erstaunte er. Nach Staub und entmutigender Trostlosigkeit war hier Sonne über einem weiten Platz. Das sich in Schneewasserpfützen spiegelnde Himmelsblau verlockte zu tieferem Atmen und weitem Marsch.

»Was war ich dumm! Können *sie* mir etwas tun? Dies allein bleibt.«

Er schob die Mütze aus der Stirn. »Welche Tragik! Um zwei Stunden Karzer! Die Eltern müssen verstehen, wie das nicht zählt. Freilich …«

Er schwankte. Dann, Ilses Wohnung zugehend: »Jetzt noch nicht nach Haus. Zu spät bin ich sowieso. Vielleicht treffe ich sie.«

Er sah die Straße hinab. »Noch nichts. – Ich werde ihr entgegengehen.«

Zwei Hunde liefen umeinander. Die Füße im Schnee, sah er ihnen zu. »Es heißt nur darüberstehen. Lächeln können, humoristisch-überlegen sein. – Was beriechen sie sich so? Tun das alle? Warum? Was suchen sie? – Ekelhaft! Aber …«

Er meinte einen Blick zu fühlen und ging zusammenfahrend rasch weiter. »Schäme ich mich, weil ich den Hunden zusah? Die Menschen … nein, nein, jetzt nicht.«

Seine Stimmung verfinsterte sich. »Auch Ilse kommt nicht. Noch warte ich zehn Minuten.«

Er stand mit der Uhr in der Hand. »Warum sehen mich alle an? Wieder bekomme ich Angst. Der Mut, den mein Verstand befiehlt, ist nicht in meinem Herzen. Was stehe ich hier? Auch bei ihr werd ich mich fürchten. Und nichts sagen können. – Nach Haus?«

Heimgehend sah er über seine Schulter, blieb stehen. »Dort

ist sie! – Nein –: nicht, aber ich werde noch zehn Minuten warten.«

Auf das Zifferblatt starrend: »Schon vierzig Minuten Verspätung. Wie wird Mama schelten. Dann Karzer, dann der Hase. Wenn wenigstens Ilse käme! Ich würde sagen: Ihretwegen tat ich's. Dann hätt ich Mut. Sie allein kann helfen.«

Kai erschrak. »Dort ist sie! Allein!«

Versteckt hinter Wagen beschwor er: »Ilse! – Sie sieht mich nicht. Nein, ich weiß nichts zu sagen.«

Er folgte ihr, nah vor ihm schlug der blaugraue Stoff ihres Kostüms Falten. An ihrer braunen Pelzmütze war ein weißer Streif. »Vielleicht sieht sie sich um.«

Ein Mann stieß ihn an, die Mappe entglitt Kai. Sich bückend, dunkelrot: »Wenn sie mich jetzt sähe.«

Die Haustür fiel hinter ihr zu. Von der andern Straßenseite überflog er die Fenster. »Nun ist sie oben. Vielleicht sieht sie heraus. Nichts. Nichts. Ach, warum sprach ich sie nicht an! Verbogen ihr nachschleichend, sehnte ich mich, sie sprechen zu dürfen und – schwieg. Nun wieder stehe ich vor ihren Fenstern. Plötzlich mutig geworden, erträume ich Kombinationen, in denen sie mich liebt, der ich Gelegenheit hatte, ihr alles zu sagen. – Sie kommt nicht. Worauf warte ich noch? Warum ging ich ihr entgegen?«

Auf einem Eisstreifen gleitend, fallend wusste er: »Ich hatte Angst vor den Eltern! Das war alles. Wer versteckte mich vor mir?«

Er klopfte sich den Schnee ab. »Und nun gehe ich nach Haus. – Es hilft ja doch nichts.«

18

Hinter sich ließ das Mädchen die Tür zum Arbeitszimmer des Vaters den Blicken Kais offen. Noch schliefen die Eltern. Vom Klappern der Teetassen aufgeschreckt, langte der Vater tastend nach seiner Zeitung.

»Ist Kai gekommen?«

»Der junge Herr? Ja, Frau Staatsrat. Vor einer halben Stunde.«

»Rufen Sie ihn.«

Und Erna warf Kai im Fortgehen einen Blick zu, der lächeln zu wollen schien. Ihr Kleid rauschte, eine Falte streifte seine Hand. Dann ging die Tür. »Und nun ...«

»Hier, dein Toast, Heinz.«

Kai trat vor. »Guten Abend, da bin ich.«

Im Aufblick fragte die Mutter: »So spät! Hast du schon gegessen?«

»Alles erledigt. – Die Mathematikarbeit dauerte so lange.«

Indem sie die Teetasse absetzte: »Es ist doch gut gegangen?«

»Nein. Leider nicht. Ich habe Pech gehabt.«

»Wie denn? Pech! Hast du die Aufgaben nicht herausbekommen?«

»Nein. Nein. Ich habe sie nicht herausbekommen.«

»Alle nicht?!«

»Alle nicht ...«

Die Uhr tickte und tickte. Das Muster des rotsamtigen Sessels war Kai ganz nahe, er strich darüber hin. Eine Zeitung knitterte, die Stimme des Vaters sagte: »Und das sprichst du so ruhig aus ...! Wenn du keine Aufgabe gelöst hast, so bekommst du eine Fünf, und das bedeutet bei deinen früheren Leistungen ein Ungenügend in Mathematik. Dann bleibst du zu Ostern sitzen. Hast du dir das klargemacht?«

Ein Teelöffel klirrte, das Uhrwerk zerriss wieder Zeit in unzählbare, endlose Stücke.

»Ich wünsche eine Antwort, Kai …!«

»Ich schreibe die Arbeit noch einmal, morgen Nachmittag …«

»Du schreibst …« Der Vater schwieg, überlegte, dann rasch: »Sie war also zu schwer? Sie wird nachgeholt? Unter leichteren Bedingungen? Du hättest das gleich sagen sollen, Kai, klar und präzis. Es ist also gut. Geh und trink deinen Kaffee.«

‚Ja, nun könnte ich gehen, wenn der Karzerbrief nicht wäre.‹ Er sah auf, zu seiner Mutter.

Sie rief rasch, zitternd – ›oh, Verräterin!‹ –, wies auf sein Gesicht: »O Kai! O Kai! Heinz, sieh den Jungen an.«

Er sah auf, unwillig, stand dann. »Was ist noch? Rede, sprich! Hast du gelogen? Schreibst du die Arbeit nicht nach!? Bekommst du die Fünf?«

»Nein.«

»Du schreibst sie nach? Deutlich!«

»Ja.«

Pause. Dann langsam, überlegt: »Du allein?«

»Ja.«

»Warum?« Dann ungeduldig: »Was frage ich?! Sieh den Bengel an, Margrit, steht er nicht da wie ein Stockfisch! Muss man nicht alles aus ihm herausziehen! Statt nun wenigstens offen und ehrlich zu beichten … Ach was! – Die andern lösten die Aufgaben?«

»Ja. Zum Teil.«

»Zum Teil, das heißt: sie lösten wenigstens einige. Was tatest du?«

Schweigen.

»Triebst du wieder einmal Nebendinge? – Ah so! Andere Arbeiten gemacht?«

»Nein.«

»Romane gelesen?«

»Nein.«

Er fasste den Jungen bei den Schultern. »Himmelherrgott, Kai! Keine Winkelzüge mehr. Was hast du gemacht?« Er schüttelte ihn. »Was du gemacht hast, frage ich.«

»Gedichte …«

Die Hände des Vaters fielen von Kais Schultern. Staatsrat Goedeschal trat zurück. Wieder kam das Ticken der Uhr herauf. Die Mutter machte eine Bewegung, als wolle sie reden, der Vater hob die Hand. »Also Karzer?«

»Karzer.«

Den Kopf an die Scheibe gepresst, starrte der Vater ins Dunkle. Kai murmelte in sich: »Nimm es doch nicht *so* schwer! Es ist ja nicht so schlimm! Ich habe dich doch lieb, du darfst nicht traurig sein, nur das nicht.«

Er wollte reden, machte einen Schritt.

Staatsrat Goedeschal sagte: »Geh auf dein Zimmer. Kai! Siebzehn Jahr bist du bald, und was hatten wir von dir? Sorgen. Sorgen. Sorgen. Sieh hin, deine Mutter weint. Du tust uns Übles auf Übles.«

Ganz nah an ihm stehend: »Und du schämst dich nicht einmal. Wenn du zu Ostern sitzenbleibst, dir ist's egal. Aber wenn ich bei *andern* Eltern höre, deren Söhne sind versetzt, und meiner, der blieb sitzen! Natürlich, er hatte ja keine Zeit zum Lernen, er musste ja Gedichte machen, der Herr Sohn. Geh! Geh! Ich mag dich nicht mehr sehen.«

Abschließend: »Du isst von jetzt an auf deinem Zimmer, verlässt es nur zu den Schulwegen.«

Kai hob sein Gesicht: der Vater stand einen Schritt vor ihm und sah ihn an; Kais Blick floh, kroch zu Boden. »Warum kann ich ihn nicht einmal ansehen! Ihm nicht einmal sagen, *wie* lächerlich er ist!«

Aber Schritt hinter Schritt entfloh er diesem Blick. Rückwärts. Tastete blind nach der Klinke. Die Tür fiel zu, er stand allein auf dem dunklen Vorplatz. »Sicher, er holt mich zu sich. Er sagt: *doch* liebe ich dich!«

Drinnen sprach die Stimme der Mutter Beruhigendes, Sanftes. Der Schritt des Vaters ging her, »Nun ruft er«, und hin. »Nichts!«

Von der Küche kam jemand. Kai floh auf sein Zimmer.

19

Das Zimmer wie stets. Nichts verändert. Wie sonst der Langstuhl am Fenster, das Bett mit der gehäkelten Decke wie immer.

»Du da, du Tisch, was stehst du so! Fühlst du nicht, dass ich Schmerzen habe! Warum leidest du nicht mit? Warum kommst du nicht und drängst dich an meine Hüfte? Ach, niemanden haben, in den man hineinweinen kann, niemand, der einem hilft, immer allein ...«

Er stürzte zum Fenster. Sperrte mit Gardinen die Welt ab. Im Stuhl liegend, während die Hände über ihn fortliefen und an Falten und Uhrkette rissen: »Ich hätte ihn schlagen sollen, ins Gesicht. Stets von neuem muss ich mich verleugnen. Warum tu ich nicht, was mein Herz befiehlt? Zuckte meine Hand nicht nach ihm? Warum kroch ich zur Tür?«

Es riss ihn hoch. »Dieser starre, dieser *gerechte* Blick! Habe ich Unrecht? Ja, ja, ja, ich hab's!«

Stehenbleibend, riss er den Spalt zwischen den Vorhängen

zu. »Unrecht? Ich? Nein, nur das nicht! Man quält mich umsonst, ich bin im Recht!«

Seine Hände fielen herab: wieder stand er klopfenden Herzens auf dem Gang: »Warum bat ich nicht? Flehte nicht Bäcker an? Alles war zu ändern. Nun geht Papa unten, hin und her, immerzu. Und Arne! Was ließ er mich im Stich? Tat ich nicht immer alles, was er wollte? Und nun?«

Von unten her meinte er die Schwingungen unermüdender Schritte zu hören, schwang mit, bis im dunkelglänzenden Spiegel sein schattenhaftes Gesicht aufstieg. Er riss ihn von der Wand, entflammte das Licht, hielt ihn vor sich. »Ja, so sehe ich aus! Maske! Totenstarre! Die Wangen wie sonst und die Lippen und das Haar. Leidest nicht einmal du mit! Bin ich denn dann ganz allein! Von mir selber verlassen! Ich muss weinen, weinen, kommt, meine Tränen, kommt, kommt, kommt, ich muss es sehen, schmecken, spüren an eurer Nässe, dass ich leide.«

Er sah starr auf sich. Der Ausdruck seiner trockenbrennenden Augen schien ihn zu verhöhnen. Aufs Bett hingeworfen, wühlte er das Gesicht immer tiefer in die Kissen. »So dunkel! Dunkel! Nur Nacht! Gelbe und grüne Räder gehen auf, drehen sich.«

Die Haut glühte, in die Backen presste sich der Überzug, die Zähne verbissen sich darin. Die Luft fing an zu brausen wie eine Muschel; dann musste er wieder hoch und Atem holen.

Er starrte irr das ruhig erhellte Zimmer an. Es machte seinen Taumel nicht mit. Die Gardinen hingen ruhig und steil, der auf dem Tisch gebliebene Spiegel warf einen weißen Reflex zur Decke, die Bücherrücken sahen von ihm fort.

»Ach, auch ihr seid angefüllt von Leben und Leiden! Auch in euch schreit Schmerz. Aber immer geht irgendwo auf euern weißen Seiten eine strahlende Sonne auf. Nein, ich will nicht, ich muss suchen, darf den Mut nicht verlieren.«

Über das erhitzte Gesicht rann Wasser. Durch die geöffnete Tür lauschte er der Stille des Hauses zu. Er schlich die Treppe hinab. Stufen knarrten. Die Täfelung knackte. Vor der Zimmertür des Vaters meinte er zu fallen vor anstürmenden Herzwellen. Drinnen sprach's halblaut, ruhig.

»Eingesperrt! Nein, ich will nicht! Ich will nicht! Befehlt! Kommandiert! Ich tu, was ich mag.«

Laut auftretend ging er an der Tür vorüber. Das Reden stockte. Von einer neuen Furcht gepackt, riss er Mantel und Mütze an sich, rannte ins Dunkel.

Nach ihm schien ein Ruf des Vaters zu greifen.

20

Der Wind, der die Straße hinter ihnen hinabjagte, holte sie ein, stürmte auf den Markt und war plötzlich verflogen und verstummt.

Aufatmend zeigte Kai zum ruhigen Nachthimmel empor: »Sieh die Sterne! So viele. So still.« Arne folgte seinem Blick, heftiger fragte ihn Kai: »Wenn du sie anschaust, was denkst du?«

Er zögerte; mit dem Finger an seinem Mantel herumtastend, flüsterte Arne schließlich von weißen Füßen kleiner Kinder, die sich in einer Kirche verirrt haben.

»Steht bei Hofmannsthal«, sagte Kai, »schade, schade.«

»Und du? Was denkst du?«

»Ich …, ja, du, übrigens die Margot …«

Arne riss den Blick vom Himmel los und sah Kai an: »Ja, du, die Margot. Süß, nicht? Wie sie uns die Hand gab!«

»Und wie sie ›liebe kleine Jungen‹ sagte.«

»Ich wäre ganz sicher …«, begann Arne, aber Kai unterbrach ihn: »Was glaubst du, ob solche Mädchen glücklich sind?«

»Glücklich? Ich weiß nicht. Glaube kaum. Immer um Geld.«

»Ja, siehst du«, sagte Kai leise und griff nach Arnes Arm, »das alles ist doch nur Taumel, Rausch für sie. Am Morgen aufwachend, entdecken sie, wie viel schöner die Welt war, als sie noch draußen waren, Fliederblüten und Jasmin, und statt greller Cafés Waldflächen und Feldbreiten sie erwarteten.«

»Ja, und?«

»Ja, ich habe gedacht, Arne …, aber du darfst keinem Menschen ein Wort davon sagen, versprich es … Ich habe gedacht, ob man sie nicht glücklicher machen, ihnen helfen könnte.«

Arne schwieg. Kai sah rasch auf. »Sie sind so allein. Alle verachten sie. Die reine Liebe sein sollten, haben nichts als Verachtung. Wenn man sie erlöste …«

»Aber wie! Kai! Wie denn?«

»Ich habe gedacht … Luther ist nicht das Richtige. Aber was meinst du, Christus? ›Du hast viel geliebt, darum soll dir viel vergeben werden.‹«

»Und du meinst, Margot …?«

»Du musst mich nur recht verstehen, Arne. Siehst du, ich will ja nichts von ihr, ich will etwas für sie. Ihr helfen.«

»Wie sie lachte. Als sie auf den Stuhl stieg, schwankte das Sektglas in ihrer Hand, sie sang: ›Wenn ein Mädel einen Herrn hat‹ …«

Kai sah zur Erde. Einer Vision gleich, war es da: der Rock, im Hinaufsteigen auf den Stuhlsitz verschoben, entblößte

Knöchelansatz und ein Stück Wade. Kleine Schreie aussto-ßend, sang sie.

»Auch diese Welt gibt es. Sie wissen alles.« Lauter: »Ihr helfen!«

»Aber wie, Kai? Du redest, aber sagst nicht wie.«

»Vielleicht, dass ich ihr einen Brief schriebe …?«

»Einen Brief? An Margot? Die blonde Margot?«

»Dass ich ihr endlich wieder sagte, wie es einmal war, früher, alles, was sie vergessen. Dass da nur eines ist, wert, gelebt zu sein: ein wenig lieb haben, ein wenig gut sein.«

»Sie wird ihn zerreißen.«

»So bekommt sie einen neuen.«

»Sie wird darüber lachen, ihn ihren ›Kolleginnen‹ zeigen.«

»Der Stachel bleibt!«

»Verrückt, Kai, total verrückt, so ein Mädchen aus einem Nachtcafé.«

»Grad darum, Arne.«

Er zuckte die Achseln, schwieg. Wieder sahen sie zum Himmel. Neu aufjagender Wind prickelte ihre Gesichter mit feingefrorenem Schnee.

»Ich muss nach Haus, Kai.«

»Also denn morgen in der Penne.«

»Und du bist nicht mehr böse, Kai, wegen der Mathematik …«

»Nein. Nein. Servus, Arne.«

»Servus, Kai.«

Den Wind im Rücken, verdunkelte Straßen durcheilend, dachte Kai: »Wenn sie gemerkt haben, dass ich fortging … Ach, ich werde an Margot schreiben, sie wird mich lieben.«

21

Im Bett hochfahrend, während kaum ein erstes Dämmern die Gardinen durchdrang, murmelte Kai: »Was ist geschehen! Irgendetwas vergaß ich! Was …? Ich kann es nicht finden.«

Aber nun, über die Waschschüssel gebeugt – Wasser rann von seinem Gesicht –, entglitt der Schwamm den Händen. »Wo war ich? Alles vergessen? Und Hans? Hans! Nicht an ihn gedacht, er allein, im dunstigen Dunkel des Kohlenkellers ihnen ausgeliefert.«

Er sah sie, sah die flüsternden Schatten der Eltern, die leise waren. »Ja, sie gingen auf den Zehenspitzen, ob sie schon wussten, dass ich nicht kommen *konnte*, ihnen zu allem Anfang darum unterlegen, weil mich die Schule hielt, als sie suchen durften.«

Er zerdrückte das Handtuch. »Nein, ich lüge für mich! Nachmittags, nur an *meine* Befreiung dachte ich. Er – allein.«

Weichheit durchrann ihn. Bebend leugnete er Berechtigung zum Verdachte, schon geschehenen Verlust. »Nein, er ist da! Die Schnauze an das Drahtgitter gepresst, wartet er auf Kohlblätter aus meiner Hand.«

Wie süß schmeckte im Munde diese umsonst gefühlte Angst! Doch jetzt, die Kellertreppe hinabsteigend, verzögerte sich sein Schritt, an den Türpfosten gelehnt, suchte Kai mit seinem Blick das beschmutzte Dunkel zu durchdringen. Seine Hände tasteten in den Winkel, bestreiften sich staubig an erstarrtem Koks, feuchteten sich neu mit der verschlickten Nässe des Backsteinbodens.

Nichts! Leer der Winkel. Kein wolliger Anprall des endlich sehnsuchterfüllten Tierleibes an die Käfigbretter.

Kai stand. Um ihn das Dunkel, aus missförmig getürmten Kohlenhaufen erhöht, schien nun lautlos in eine unbegreifliche Tiefe zu stürzen; allein blieb er stehen, grenzenlos erhöht, getrennt von den Menschlichkeiten der andern, auf einem handtuchbreiten Stück Bodens, das schon abbröckeln zu wollen schien, um auch ihn hinabzustürzen in Tiefen einer verwaschenen Zusammengeschlossenheit, aus denen es keine Rückkehr in Alleinsein gab.

»Erst die Puppen. Nun auch du, du Hans, mir fortgenommen! Keine Trennung hilft. Sie reißen die Wände nieder. Im Verstohlenen mich aufspürend, werden sie, zur Rede gestellt, alles für einen Scherz erklären.«

An die Treppe vorgesprungen, die harte Hüfte ins Geländer gepresst, schrie er zu jenen oberen Räumen hinauf: »Wie ich euch hasse! Soll ich sagen, wie ich euch hasse! Ach, ihr wisst nichts von Reinheit, die ihr alles durch Teilhaben beschmutzt.«

Deckenwölbungen fingen den Klang der Worte, gaben ihn weiter, und jetzt wiederholte einer, im Dunkel hinter ihm stehend, zum Unkenntlichen verzerrt, jene Sätze, die nun ganz von irgendwelchem düsteren und geheimnisvollen Sinne erfüllt schienen – wiederholte sie in sein Ohr.

Herumfahrend suchte Kai im Dämmer des gekalkten Bodens diesen, der das Wort »Reinheit« wie einen unwahren Vorwand aussprach, doch die Wölbungen waren von Tönen entleert, versteckt jener Sprecher; aber nun schien am Boden, einem kläglichen, immer wieder beinahe versickernden Rinnsal gleich, ein kleines Kratzen entlangzuschleichen, das sich an seine Füße wie eine Beruhigung hockte.

Näher dem klaffenden Türspalt mied er den Anblick jenes Griffs, um den er, gestern scheinbarer Sieger, heut schon besiegt, mit seiner Mutter gekämpft.

Später erschaute er am alten Platz den Käfig; niederstürzend zerriss er seine Nägel am Vorstecker, der Öffnung des

Gitters verschloss, – doch da hockte wieder Jenes auf seinen Knien, nun spürte er an den Händen die ölige Wolle des Aufgefundenen, und während seine Augen gleichgültig den am Käfig befestigten Zettel durchstreiften: »Du darfst ihn behalten … Deine Eltern«, murmelte er, ganz von Hingebung durchtränkt: »Ich war schlecht zu dir, nun bist du doch wieder da, mein Hans!«

Doch als jetzt, nach endlosem Absturz jenes erlittenen Verlassenseins, sich endlich wieder die spürende Nase des Tieres in seine Handfläche drängte, sah er auf und begriff. »Geschenkt! Zum Geschenk bekommen von anderen, ihn, dessen Liebe ich mir selbst schenkte! Nun werden sie bei Tisch fragen, wie es dir geht, die Geschwister werden dich sehen wollen, über deinen Pelz streichen fremde Hände.«

Jener Zettel breitete seinen weißlichen Schein über den ganzen Horizont aus. »Jetzt bist du nicht mehr mein: jetzt für den ersten besten gemeint. Aber *ich* will es sein, was hülfe mir an alle Verschwendetes!«

Die Hände hinter sich gelegt, suchte er mit seinem von Tränen überströmenden Blick das geduckte Tier. Vom aufzuckenden Bein ins Wanken gebracht, von den Knien im Hinabgleiten aufgehalten, füllte es nun Kais Schenkel mit nur ihm geltender Wärme; im festeren Zusammenpressen ging zages Sträuben der Tiermuskeln auf, das seine Nerven mit nie geahnter elektrischer Wärme tränkte, – flimmernd schienen sie in seinem Leibe zu segeln wie Wasserpflanzen, durchkämmt von der Strömung eines Baches, feierlich schleppten sie und bebend in ihm gleich jenen an Quallen hängenden Spürfäden.

Dann aber, ganz verloren an den trunken peinigenden Rausch dieser Minuten, sahen seine verwirrten und schmerzlichen Blicke auf die plötzlich erwachten Hände, wie sie

– von selbst – sich um den Hals des Tieres schlossen, dass der schwere Körper in der Luft hing, gekrümmt; und nun, in kehlzupressender Arbeit der Finger, zwang sich der Leib unter wildem Zucken zum Kreise, fiel in der Lockerung des Umklammerns schwer hinab, und schon wiederholte sich dieses totenhafte und starre Spiel: Loslassen, Zupacken, Verkrümmen, letzter Atem und neues Hoffen.

Aber in alldem – überströmt von seinen Tränen, einem verzweifelten Schmerze ausgeliefert – blieb jener allein des Sehens wert: jener bewegliche und ganz fremde Tanz seiner Finger, in deren auf der Innenseite gewölbten Spitzen Sensationen aufzugehen schienen, während elektrische Funken sie nadelspitz durchstachen. Und in diesem Leiden war plötzlich das Leben da, so von je geahnt – plötzlich heroisch aufgetan und entfaltet, dem flammenden, lang verborgenen Futter eines Mantels gleich, über dessen scharlachene Farben dunklere Schatten gespensterhaft huschten; war das Leben da: nicht fremd, unerkämpft, ohne Pläne, Vorbereitungen, Sorgen, lehnte sich an seine Brust und hauchte in seinen Mund eine sengende Glut, die in den Eingeweiden wie Messer wühlte; war das Leben da, das liebe Leben, bis – bis die letzte Krümmung verebbte, bis über den weggefallenen Kadaver fortschreitend nur noch Kai dies eine blieb: in die Schule zu gehen und sich der Täuschung einer allgemeinen Bravheit und Beflissenheit anzuschließen.

22

Im aufgelichteten Himmel trieben nun weiße Wolken langsam der Sonne entgegen, ihr Abglanz streifte die Flächen der Schneewasserpfützen; blau umrahmt hob er sich blind der besonnten Weite zu. Auf einem Baum lärmten Vögel. Wie sie, im Aufflattern, die Luft mit kleinen, knatternden Geräuschen erfüllten, war es Kai, als müsse er sich über Ilses Hand beugen: »Dass ich Sie noch getroffen habe!«

»Wie Sie gelaufen sind!«

Im Aufbrechen ihres Blickes floss Wärme über sein Gesicht, nun schien, nahe bei ihm, eine Schwester jener ferneren Sonne am Himmel sich entschleiert zu haben.

Er tastete in die Tasche, griff mit zwei Fingern das Buch; aber dann, zögernd: »Ich habe es vergessen …! Wann soll ich es Ihnen nun geben?«

»Darum liefen Sie mir so nach, um am Ende zu finden, dass Sie das ›Jettchen‹ vergaßen? Nun, an einem andern Mittag, auf dem Heimweg.«

Er murmelte, während die Stimme von diesem übergroßen Mut bebte: »Mittags! Wie oft werde ich Sie verfehlen! Und so wenig Zeit! Wenn es ein andermal … nachmittags …?«

Sie zweifelte, dann rasch: »Wenn Sie wollen. Ich gehe heut um fünf zu einer Freundin. Wenn Sie mich dann hier treffen wollen?«

»Ja, o ja, vielen Dank!«

»Also um fünf. Und nun auf Wiedersehen.«

»Auf Wiedersehen – um fünf.«

Es schien ein Zwang, sich, sie noch einmal zu sehen, umzuwenden, ein Zwang, dem er trotzte und der verging, und dann, rascheren Schrittes, schob er das Gesicht in den Wind, schlenkerte die Schulmappe und fühlte nur noch ganz fern diesen grauen Morgen, dessen Nebel sich längst in der Sonne zerlöst hatten. Im Niederbücken griff er eine Hand voll Schnee, ballte ihn, und ein Ziel suchend, sah er drüben den gebückten Schatten von Klotzsch, merkte ein schreckhaftes Zusammenfahren, als der Ball traf, und schrie: »He! Werner! Werner, hier!«

Als jener nur abwehrend winkte, lief er schräg über den Damm, fasste die Schulter. »Was hast du, Mensch?«

»Keine Zeit. Essengehen.«

»Ach, was, Essengehen! ›Der Tag ist heut so schön! Wo ist Chasseur?‹« Er lachte. Dann, Schritt haltend, als Klotzsch schwieg: »Du bist mies?«

»Und du fidel!«

»Hab ich nicht Ursache? Karzer geschenkt, nur Nachsitzen!«

»Kaum Grund genug«, murrte Klotzsch und ging schneller.

»Heißt?«

»Nun, Ilse – Fräulein Lorenz getroffen!«

»Sahst du uns?«

»So was nicht sehen! Halbe Stunde habt ihr euch angehimmelt!«

»Und du hast so lang zugesehen?«

Klotzsch zuckte die Achsel. Kai griff nach seinem Arm, den Werner unwillig befreite. »Lass!«

»Im Ernst: was hast du, Werner?«

»Was soll ich haben? Nichts.«

»Sag mal, Mann, ich glaube, du bist verdreht!«

»Ihr habt nichts miteinander …?«

»Werner! Klotzsch!«

»Dein großes Ehrenwort?«

Kai zögerte.

»Da siehst du's! Ausspannen willst du sie mir!«

»Mein großes Ehrenwort! Wir haben nichts!«

Klotzsch verlangsamte den Schritt, blickte auf. »Wirklich?«

»Wenn ich doch sage: großes Ehrenwort.«

»Sei nicht böse, Kai, ich glaube wirklich, ich war etwas verdreht.«

»Das warst du: verliebt.«

»Nun ja.« Klotzsch lächelte, stolz, doch nicht ohne Verlegenheit.

Sie schwiegen, gingen langsamer. Kai fragte: »Und der Wandervogel?«

»Sonntag. Also morgen. Wenn du magst.«

»Ich mag schon. Aber ob der alte Herr … Ach was, natürlich! Wo mir der Karzer erlassen ist.«

»Also morgen früh um sechs. Am Bahnhof. Auf Wiederschauen.«

»Servus!«

Stehenbleibend sah Kai ihm nach. Wie Werner dort, rascher und aufrecht nun, sich entfernte, war auch er jenem toten Hans beigesellt, einmal geliebt, und schon ganz ausgelöscht und nichts als ein Belangloses.

23

»Wieder so spät, Kai! Kannst du nie zur Zeit kommen?«

Er murmelte, wollte sich setzen, fand seinen Platz ohne Gedeck. Die Mutter sagte: »Du weißt, Papa hat dir verboten, mit uns zu essen. Geh nach oben, ich schicke dir das Mädchen.«

Die Geschwister lächelten. Eines flüsterte: »Der Dichter«, und Lachen verstärkte sich.

Durch die bunt verglasten Scheiben fiel der Abglanz einer Sonne, die man nicht sah, die aber da war und an der man eben noch teilhatte. Schon schien Bitten besser als Ausgeschlossensein: »Bitte, Mama, lass mich doch mitessen. Sicher erlaubt es Papa: der Karzer ist mir erlassen.«

»Dir erlassen? Das wird Papa freuen. Und die Mathematikarbeit?«

»Soll ich nachschreiben, es ist aber kein Karzer.«

»Ja, ich glaube … Ich denke, dann wird es Papa recht sein.«

Lotte meinte: »Lass ihn nur mitessen. Wenn er schon keinen Karzer hat. Und überhaupt – – – Dichten ist kaum ein Verbrechen.«

»Ich bitte mir aus, Lotte …!«, rief die Mutter.

Tief verwirrt drehte Kai den Löffel in der Hand. »Fünf soll ich Ilse treffen. Und von vier bis sechs nachsitzen! Wie konnte ich das vergessen!«

Während das Gespräch der andern ferner und getrennt dahinfloss: »Sie wird warten, eine viertel, auch eine halbe Stunde. Sie ist zornig, sie geht. Ihr Mund dünn, ganz schmal. – Ich darf sie nicht warten lassen! Wenn in den dunkelnden Straßen der Umriss ihres Rückens verschwindet, dann erst habe ich alles verloren. Ich muss ihr schreiben. – Aber der Brief kommt zu spät!«

Über den Flur ein Schritt, Schlüssel klappern. »Papa«, sagt die Mutter, sie rückt auf dem Stuhl, seufzt leise. Ihr rascher Blick, der Kai streift, erfüllt ihn mit einer leichten Angst. Die Luft ist mit Spannung geladen. Noch ein leises Schaben der Löffel am Tellerboden. Kai senkt den Blick.

Beim Eintritt des Vaters scheinen die noch glitzernden Fenster in der kälteren Luft zu erblinden. Er küsst die Mutter. Weiteressend murmeln die Kinder: »Guten Tag.«

Papa sieht auf. Seine Stirn wird faltig. Nach Kai blickend, setzt er sich. »Halte dich grade, Kai!«

Es wird noch stiller. Das Klappern eines Löffels klingt auf und verstummt wie der Klang einer berührten Stimmgabel. Eine entschlossene Bewegung des Vaters: er legt die Serviette neben sich. Über den Tisch gebeugt: »Du hast Kai erlaubt, mit uns zu essen?«

»Ja, Heinz, ich dachte … Er bat so, seine Strafe ist ihm erlassen.«

Kai fühlt auf seinen Augenlidern einen Blick. »Karzer erlassen, Kai?«

»Ja.«

»Warum?«

»Ich weiß nicht … Papa!«

Draußen fällt eine Tür ins Schloss, in der Täfelung knackt es. »Weswegen, meinst du, verbot ich dir, mit uns zu essen? – Weil du Karzer bekommen hast?«

Hinter dem Stuhl, Kopf gesenkt, Hände auf der Lehne, steht Kai. ›Ilse … Ilse …!‹

»Karzer – eine Schulstrafe, die mir nicht genug schien. Darum bestrafte ich dich mit Ausschluss. Lächerlich, zu glauben, dass ich dich einer Strafe wegen bestrafte.«

Um die Lehne die Hände gezwängt, sieht Kai in der blauroten Haut weiße Kreise aufgehen. ›Still, nur still! Dies hier gilt nicht. Draußen mit Sonne Wahrheit des Erlebens.‹

»Dein Schweigen sagt, dass du das alles sehr gut wusstest. Umso jämmerlicher, deine Mutter zu bebetteln, zu bereden, in der Hoffnung, ich käme so spät, dass ich nichts merkte. – Du gehst auf dein Zimmer!«

Stille, durch die leise nicht mehr zu verhehlendes Schluchzen der Mutter dringt.

»Wird es bald! – – – Auf dein Zimmer!«

Ein Wagen rasselt. Stille braust wie ans Ohr gebrachte Muschelhöhlung. Die weißen Kreise sind noch immer da. Hinter einem erfrorenen Gesicht werden Gedanken sein, von denen man nun nicht weiß. ›Und morgen der Wandervogel!‹

»Kai, ich sage dir zum letzten Mal: auf dein Zimmer! Eins … zwei …!«

Die Stimme der Mutter schwirrt auf: »Schlag den Jungen nicht, Heinz!« Sie zerbricht im Schluchzen. Und mit der Drei ist ein Schlag da, ein nicht schwerer Schlag, der Kai doch vom Stuhl reißt und befreit. ›Wie ich dich hasse! Oh, wie ich dich hasse! Bin ich Dreck, ein Verbrecher! Draußen das Leben! Und hier?! Das Kaninchen tot, von dir gemordet!‹

Im sinnlosen Stammeln zerfließt Wut; nun weiß es Kai: nicht er Mörder des Hans, nein, der Vater, um der Liebe willen jenes erschlagen. Kai nur Werkzeug.

Ins Zurücktreten des Vaters klingt mütterliche Anklage. »Zu hart, Mann! Zu hart! Alles soll nach deinem Kopf gehen. Alles knechtest du!« Hilflos weinend, im Anblick seines Gesichtes: »Auch mich! Mich auch!«

Sitzend umschaut der Vater den Tisch: Kais halb ins Dämmer verfließendes, von Tränen beströmtes Gesicht; die Kinder, ihre Augen schluchzend in Hand oder Mundtuch verborgen; gebeugt, geröteten Auges, Margrit. Und nun, die eigenen Tränen mit zornigem Lächeln verdeckt: »Bin ich ein Tyrann? Meine Tafelrunde weint!« Aber dann, im Verstehen: »Margrit, ich dich knechten! Du das mir!«

»Du bist so hart, Mann, so unnachgiebig!«

Und nun eine andere Stille; ein Wanken dann, ein Fall, das Gesicht in der Mutter Schoß verborgen, schreit der Vater: »Wach auf, Margrit, das ist doch nicht wahr!«

Und Kai – wo ist Zorn, Empörung, wo Hass? Beim Zusammenbruch des Vaters – was ist das für eine Stimme! – ist nur die Liebe da, die alte Liebe, die hinstürzen möchte und flehen: »Nicht dies ist wahr, nicht dies!«

Aber von Lotte fortgeführt, ist hinter jener Tür dort unten Gemeinsamkeit, ihm genommen und abgetrennt, und allein in seinem Zimmer – umsonst die Opfer! – Einsamkeit wie nur je.

24

»Wie klagte sie! Ihr Gesicht von Tränen überströmt und gerötet! Auch sie in Knechtschaft! Mein Leid wäre nicht einzig? Schreit es, klagt und stöhnt man um mich, tags wie nachts, und bin ich nur taub? Zu sehr in mich versenkt, um den stockenden Atem anderer zu hören? Bin nicht allein; schon für Trost bereitet durch Einblick in ihr Gesicht, bis aufs Herz beruhigt im Neigen über ihre angstvolle Hand? – Nein! Alles anders; keine Hilfe in dem. Stürzte Papa nicht vor ihren Tränen auf die Knie, fing er nicht, ihr zur Hilfe, schluchzendes Leid in seinem Arm? Wie sah er aus! So blass! So viel Falten! Ach, unmöglich, selbst ihnen noch zu glauben. Nirgends Einheit. Nicht einmal ihn kann ich von jetzt hassen, auch er leidet. Vielleicht liebt er mich. Liegt auch er nächtens wach, zählt die Uhrschläge vom Turm und bedenkt Wege, die zu gehen sind? Sucht, fieberhaft hochfahrend, neue, andere: bessere? Wo ist Rettung?«

Er stöhnte auf. Zum Becken gehend, sah er im Spiegel die überquellenden Augen, das tränengenässte Gesicht. »Nein, nicht mehr weinen! Wie stand ich vor ihm! Ich habe ihm meinen ganzen Hass ins Gesicht geschrien, meinen ganzen Hass, den ich schon nicht mehr habe.«

Es klopfte. Das Gesicht gegen die Scheibe gelehnt, hörte er den Singsang des Mädchens. »Herr Kai möchten zu den Eltern kommen.«

»Es ist gut.« Er rührte sich nicht. »Schon wieder wollen sie mich. Noch nicht genug? – Merkwürdig, die Tür hat nicht geklappt? Ist das Mädchen noch da? – Nein, ich will mich nicht umsehen. – Ich muss. – Nein, nein.«

Das Genick versteift, die Augen gebunden: »Dort die Spatzen auf dem Draht: ein, zwei, drei … fünf … sieben. Ich will warten, bis zwölf dort sind oder alle fort, dann erst darf ich mich umwenden.«

Er schloss die Augen, und neu sie öffnend, flehte er: »Wie blau ist der Himmel! War er je so blau? Er ist unendlich. Sonne, Mond und Sterne in ihm. Dort die Venus. – Ach, hinter mir atmet etwas. – Ich darf mich nicht umdrehen.«

Seine Augen suchten die Vögel. »Fünf … neun – noch drehe ich mich nicht um, ich verspreche es mir, ehe nicht zwölf … aber ich muss. Welche Angst.« Er wandte den Blick: ihm zu Gesicht stand das Mädchen, den Kopf gebeugt – »wie fettig glänzen ihre Haare!« –, mit vorgestoßener Stirn, die Augen unbelebt ihm zu. Lange, ohne Blinzeln. Ihr Atem stürmte.

Was war das Fremde? Luft roch schweißig. Sie stichelte an der Haut. In den Taschen die Hände bebten. Plötzlich stürzte Blut und Blut durch seine Wangen, Feuer brannten lodernd im Hirn. Verdunkelnder Qualm füllte das Zimmer, machte die Lungen zucken.

Sein Blick verließ sie, fiel. Er murmelte: »Was wollen Sie noch, Erna?«

Breit, wie lahm gedreht in den Gelenken ihre Hände. Bebend quirlten die Finger umeinander.

»Was stehen Sie hier, gaffen? Spionieren Sie?«

»Nicht traurig sein, Herr Kai, wir mögen Sie alle – so gerne.«

Ganz leise: »So gerne.«

Wie denn? Hatte es nicht geklungen, ein fernes Läuten, das näher stürmend an ihm sich brach: Wir mögen Sie – alle – so gerne?

»Nicht wahr, du? Der Himmel ist blau? Sonne träuft von den Dächern. Die Lokomotiven kreischen Freiheit in die Luft … Wie dunkel. Vorhänge fallen. Ist hier kein Fenster …? Ich bin so schwindlig … Ja, so, so an deine Brust. Wie rast dein Herz. Schreit es auch …? Ich glaube, ich versinke … Die Spatzen schreien. Ich weiß, ich habe mein Wort gebrochen. Aber nun liege ich so … Bist du das, Erna? Ist das Fleisch, diese Nähe …? Nein, nicht dein Mund. Nicht dein Mund! Ich kann nicht! Ich sterbe … Die Welt ist untergegangen. Still! Still! Du!«

Er wird ruhig, sein Stammeln löscht aus. Über den Schuppendächern des Bahnhofs verglimmt fahler Schein. Seinen Kopf zwischen den geröteten Händen, sieht sie über ihn fort, starr in die Weite des Horizonts. Ihre Brust atmet ebenmäßig.

»So. Ja, so wie Wellen. Immer geschaukelt. Einschlafen. Vergessen. – Deine Brust ist Tod, Grab und die ewige Seligkeit.«

Stille, ganz lange Stille. Auf der Straße entflammt man die Laternen. Das Mädchen räuspert sich. »Junger Herr, es ist Zeit. Sie müssen runter.«

»Ja, ja, gleich, nur eine Minute. Ich bin so müde.«

Die Spatzen sind aufgeflogen, den schwarzen Himmel beziehen Wolken. »Es ist Zeit, junger Herr.«

»Ich kann nicht erwachen. Nur schlafen.«

Sie hebt seinen Kopf. Stellt ihn gegen das durchleuchtete Fenster. Er schrickt auf. »Ich muss gehen.« Er greift an seine Augen, reibt die Stirne, zwischen den Fingern sein Haar knistert trocken. »Erna … wie? Waren Sie das wirklich? – Erna …! Nein, nein, ich habe geträumt.«

Er sieht die beschmutzte Bluse – versank dort sein Leid? Er duckt sich zusammen. Klein; zu sich: »Nein, ich darf es nicht sagen … Doch, ich muss.« Lauter dann, noch mehr gebückt: »Erna, neulich auf der Treppe – ich habe Ihre Beine gesehen, Ihre Beine bis zum Knie.«

»Junger Herr!«

Er bewegt die Hand, vorwärts schleichend, von unten in ihr Gesicht geflüstert: »Schöne Beine, weiße Hosen, rote

Bänder …« An der Tür, plötzlich gestrafft, schreiend: »Alles habe ich gesehen! Alles!! Alles!!!«

»Junger Herr, junger Herr, wenn ich gewusst hätt, dass Sie so sind …«

Und er, wieder leise geworden und ganz entleert: »Ja ja, Erna, Enttäuschungen. – Adieu.« Er geht – beim Öffnen fällt vom Türrahmen eine Last auf seine Schultern. »Habe ich meine Schiffe verbrannt?« – Trocken schluchzt er auf.

25

Kai stürmte die Straßen entlang. Kaum dem Lichtschein einer Laterne entronnen, rief ihn der freundlich erhellte Abglanz der nächsten; seinen huschenden Schatten atemlos überhastend, sah er ihn wieder, weit vorn, stürmisch bewegt, automatenhaft stumm.

»Ob ich sie erreiche? Es ist halb sechs vorbei. Wie wenn sie nicht wartete? Fort, unerreichbar? Wäre ich eher geflohen! Niemand hätte es gemerkt, wie es niemand jetzt merkte.«

Er schlug mit dem Arm, den Schritt zu beschleunigen. »So viele Menschen und so langsame! Nichts, ihren Schritt zu beschwingen? Kein Wunsch? Keine Hoffnung?«

Verhaltend streifte er die nasse Riefung eines Hauses. »Heut Mittag, sie reichte nicht die Hand. War es, weil ich sie wiedersehen würde? Ich muss sie sehen.«

In ihrer Straße: »Hier ihr Haus. So dunkel. – Nein, sie ist nicht da, gegangen, gegangen vielleicht vor einer Minute.«

Neubelebte Hoffnung ließ ihn die Straße hinabstürzen, einem Schatten nach, der, erreicht, ihm ein fremdes und abweisendes Gesicht zukehrte. »Nichts. Von der andern Seite werde ich am Haus emporsehen. – Hinter welchem dieser erleuchteten Fenster ist sie daheim! Ach, daheim sein, irgendwo mit ihr!«

Zurückgelehnt fühlte er das Wehen von Schnee über sein Gesicht: »Dort wird ein Fenster dunkel. Wer ging aus dem Zimmer und löschte das Licht? Sie? Sie! – Ach, wie kam es? Ist Liebe so? Gestern Spiel und heute – warum sehne ich mich fort von mir in ihre Hände? Ich glaube, ich habe nur für dich gelebt. Endlich erfüllt, reiche ich mich dir ganz.«

Er stürmte vor. »Ein Schritt auf der Treppe! Sie kommt. – Sie ist es!«

Mit einer raschen Drehung sah sie die Straße hinauf und abwärts. Er querte den Damm. »Endlich sind Sie da. Wie lange habe ich gewartet! Immer auf und ab und all die Lichter in den Fenstern. Sie erloschen, und andere kamen und vergingen wieder, aber immer und immer vergebens.«

»Sie haben gewartet?«

»Um fünf wollten Sie unten sein ...«

»Ja so, entschuldigen Sie, dass ich ...«

»Aber nein, es macht gar nichts. Auch solch Warten ist schön. Es ist Sehnsucht und Verzweiflung und immer wieder Hoffen.«

»Das Buch?«

»Hier ist es. Sie müssen, Sie werden es lieben. Das arme Jettchen! Wie sie hintreibt! Und dann kommt nach so viel Wehren und Bitterkeit doch alles, wie es kommen muss. Ihre Angst, ihr schmerzlicher Kampf: umsonst. Am Ende angelangt, sieht sie alles verloren.«

»Aber nein, nichts kommt, wie es kommen muss. Wie schwach ist das! Unser Leben in unsrer Hand bringt, was wir wollen.«

»Nein, nein, wir sind schwach, wir treiben – ›like water willy-nilly flowing‹ (Sie kennen Khayyam?). – Wir lassen den

Dingen ihren Lauf. Fielen nie Ihre Hände in den Schoß, die Flächen zum Himmel: Komme, was kommen mag?«

»Und wenn auch. Einmal sind wir schwach. Aber dann heben wir von neuem die Hände, einem andern Tag entringen wir den Gewinn, den uns sein gestorbener Bruder verhielt. Das gute Ende heißt allein: Sieg.«

»Vielleicht sind Sie stärker. Aber ich – – –. Manchmal früher, als ich klein war, meinte ich, es müsse irgendwo jemand sein, genau der, der auch ich bin, und jener tut alles, was auch ich tue, leidet, was ich leide, freut sich und ist stark. Aber ich, sein Schatten, ein Spiegelbild, erlebe nur für ihn, und was mich bewegen sollte, in ihm klingt es. Leben, Hass, Arbeit und Lachen, Verzweiflung, Scham und das bisschen – Liebe: alles nur für ihn. – Ich weiß heute: er ist nicht da. Keiner erlebt, was ich zu erleben hätte. Seitdem bin ich ganz allein. All mein Sein taube Frucht.«

»Kommen Sie, wir wollen hier am Park entlang. Es ist dunkel, nur wenige Menschen.«

Ihr Atem zögerte, seine Hand streifte Schnee von den Büschen. »Und ist alles immer so trübe für Sie?«

»Nicht immer. Manchmal hoffe ich, jenen andern zu finden – und dann nur gut sein, dann nur liebhaben, ein wenig. Kein Vorbeireden mehr möglich, jedes für den andern gemeinte Wort macht alles gut.«

»Aber zu Anfang dieses: wahr sein.«

»Auch das: wahr sein ist aller Anfang und Grundlage.«

Sie blieb stehen, heftiger atmend, umklammerte sie mit ihrer Hand den Schaft eines Baumes. »Wahr sein … Sie hatten nicht auf mich gewartet, Kai! Ich war unten, Sie waren nicht da, am Fenster lehnend wartete ich Ihres Kommens. Sie kamen spät.«

Er tastete blind nach ihrer Hand. »Nicht das. Nicht wieder

Misstrauen, keine Lüge. Sie verstehen mich nicht. Ihre Hand. Es ist so dunkel. Ja, ich kam spät, ich hatte Karzer, aus Scham verschwieg ich's. Verzeihen Sie. Vergessen Sie. Es war nichts. Sie müssen vergessen.«

»Sie dürfen nicht so. Kommen Sie. Ich habe vergessen. Es war nichts. Ich hätte schweigen müssen. Kommen Sie.«

Er grübelte: ›Warum log ich? Log ich überhaupt? War es nicht, in diesem Auf-und-Abgehen, als hätte ich Stunden gewartet? Und schon von neuem sehe ich mich verstrickt: ich hatte nicht Karzer. Auch das wird sie erfahren.‹

Und laut: »Und der Karzer – wissen Sie, warum? Nein … niemand weiß es, nur ich und gleich Sie.«

»Nun?«

»Es liegt im Buch. Ich dachte an Sie. Man fand es – das Konzept.«

Sie gingen rascher. »Ich komme zu spät. Kehren Sie nun um.«

»Darf ich nicht noch …?«

»Nein, es ist anders besser.«

Sie gaben sich die Hand. Von ihrer Wärme erfüllt, im Dunkel ihr Gesicht ahnend: »Wir sind Freunde?«

»Ja – ja.«

»Und Klotzsch?«

»Wie? Klotzsch?«

»Ist er auch Ihr Freund?«

»Ich mag ihn sehr gern … anders.«

»Ich danke Ihnen, Fräulein Ilse. Und nun lesen Sie ›Jettchen‹: alles kommt, wie es kommen muss. Gute Nacht.«

»Alles kommt, wie ich es will. – Gute Nacht.«

26

In dunkle Alleen lief er. Überquellende Schneewasserpfützen schimmerten blank und flach im Schein spärlicher Laternen. Er sprach mit sich, aber stets von neuem abbrechend, lauschte er dem Klang einer Stimme, die irgendwohin im Dunklen zwischen Stämme einen Satz gestellt hatte wie: »Ich bin nicht allein.«

Schon stutzte er: ein seltsamer Doppelsinn schien diesen Worten zu gehören, und indem er die Gestalten Margot und Ilse, schon ihm verknüpft, beschwor, sah er zurückschreckend ein anderes, hingekauert an das schwärzlich triefende Wurzelwerk eines Baumes, missgestaltet, das Gesicht – wenn es denn ein Gesicht für dieses Ungeheuer gab – im Fortblick verborgen: Es.

Er stand, murmelte: »Eben noch rühmte ich mich verlorener Schüchternheit. Zum Zugriff bereitet schien mein Leben vor mir zu liegen. Der seit Tagen unter Schmerzen erschlossene Reigen jener Gestalten, die, meine Hände greifend, mich einem Getrenntsein entzogen, das mir bald lieb, bald leid war – schon zerrinnt er mir wieder, der ich ihm nicht zu glauben vermag.«

Indem er die dunkle Unform zu enträtseln versuchte: »Schon misstraue ich allen liebenden Gesten. Durch das undeutliche Gewurzel eines Baumes erschreckt, zweifele ich, ob *mir* diese so plötzlich an den Tag getretene Liebe gilt oder nicht mehr *jenem*, das ich, kaum als Verräter meiner selbst entdeckt, nun schon in allem zu finden meine.«

Er zuckte die Achseln, ging weiter. Vor ihm entbreitete die Horizont füllende Gebärde eines Unbekannten jene Sensationen der letzten Tage; seufzend ihren Sinn umkreisend, schien er finden zu müssen, dass den stets neu verlockten Fuß eng und nahe entäußernder Verrat umspann. »Vielleicht bin ich wirklich krank? – Papa, als er heute Nachmittag, erbleicht und in den Schläfen vergilbt, mir befahl, das Geschehene auszustreichen und ganz zu vergessen, er auch schien dies zu fürchten. Warum sonst hätte ich jetzt, von ihm beordert, zum Arzt zu gehen?«

Im spitzbogigen Ende eines Baumganges leuchteten starr Hausfenster; schon streifte Kai öfter der Arm der Vorübergehenden, Straßenlärm brandete nah, und nun, ganz von ihm eingehüllt, die spärlichen Hände vom grellen Schein der elektrischen Lampen verlängert, verharrte er noch einmal. »Also krank? Man wird das Leiden finden, ich erhalte Medizin, und dann ist alles wie vor diesem und Ilse ist nichts mehr, Margot ausgelöscht und Erna selbst ganz fortgenommen?«

Er wandte sich scharf, sah starr in ein Gesicht. »Nein«, sagte er, »nein, nicht um diesen Preis, lieber krank.«

27

Auf sein Klingeln sagt das Mädchen: »Die Sprechstunde ist vorüber. Herr Doktor bedauert.«

»So … Es ist gut.«

Er dreht um, steigt wieder die Treppe hinab, langsam. Dann: »Aber ich bin angemeldet. Ich muss zu ihm.«

Zögernd wehrt er ab. »Das Mädchen. Gleich hätte ich es sagen müssen.«

Auf dem Treppenabsatz von neuem verharrend: »Papa wird meinen, ich habe nicht gewollt. Ich muss zurück.«

Vor der Tür: »Ihr Gesicht war mürrisch. Sie wird schelten. – Aber ich muss doch! – Nein! Nicht klingeln: zu laut.«

Er klopft: niemand kommt. Klopft noch einmal: nichts.

Ein Schritt geht die Treppe herunter. Beschämt steht Kai neben der Tür, als warte er nach Klingeln auf Öffnung. Ein Blick, der missbilligend zu sein scheint, trifft ihn; dann aber, als die Haustür ins Schloss gefallen, klopft er von neuem.

Ein Ruck öffnet die Tür: vor ihm steht der Arzt.

›Er hat mich belauert!‹

»Kai? Ich schalt schon das Mädchen, dass es Sie wegschickte. Bitte, hierher.«

Das Bild einer Venus an der Wand stört Kai, er dreht ihr, sich setzend, den Rücken. ›Sich ausziehen und sie schaut zu!‹

In Gedanken verloren wirbelt der Arzt den Brieföffner in der Hand. Plötzlich: »Sie haben Differenzen mit Ihrem Vater?«

»Differenzen – aber wie denn? Differenzen – nein, nein!«

Und Scham wuchs auf, dass dieser hier wusste, Zorn, dass Papa geredet hatte. ›Steht *er* so hoch darüber? Hat *er* nicht auch …? Nein, nein, jetzt nicht daran denken. Aber immerhin, dies ein Übergewicht, eine Stärkung.‹

»Nun, Differenzen, vielleicht zu stark; sagen wir: Meinungsverschiedenheiten. Sie kommen sich unterdrückt vor, zu wenig selbständig. Auflehnung, Zorn, Schwäche, Machtlosigkeit, bittere Wut – ist's nicht an dem?«

Ja, so war es. Aber leicht zu raten, da gemeingültig. Die Väter waren zu alt. Aber es zugeben, ihm, der gleich ans Telephon laufen und es Papa sagen würde? Nein, und so meinte er denn: »Aber nein. Nichts von alledem.«

»Sie sind also mit Ihrem Vater völlig in Harmonie? Nichts auszusetzen?«

Im Spott stählte sich Trotz. »Ja, natürlich. Wie denn sonst?«

Der Arzt legte das Papiermesser auf den Tisch, rückte daran, beugte sich vor. »Sehen Sie, Kai, zu mir können Sie doch reden. Von mir erfährt niemand was. Ich bin ja als Arzt verpflichtet, diskret zu sein. Sie wissen: Schweigegebot.«

Und er lehnte lächelnd sein Gesicht zu Kai.

»Reden Sie also. Ich sehe *doch*, dass was nicht in Ordnung ist. Dunkle Ränder um die Augen, das Gesicht spitz, Pupillen ohne Reaktion. Na, Sie kennen das alles. Nicht? Kein Buch über Aufklärung gelesen? Nun … Die Hände – spreizen Sie die Finger. Nein, nicht so. Das Handgelenk frei. Sehen Sie, wie die Finger zittern. Ein richtiger Tatterich. – Onanieren Sie?«

»Was? Wie? Was ist das?«

»Machen Sie mir doch nichts vor. Wir sind doch hier nicht Diplomaten. Ob Sie onanieren, sich selbst befriedigen? Sie wissen doch recht gut, was ich meine.«

Kai senkte vor dem gleichgültigen Blick die Augen. Noch die Finger gespreizt, dachte er: ›Alles Mache. Er tut, als sei es beiläufig. Dabei entschieden wichtigst. – Was es nur ist? Nie hörte ich davon! Aber es muss schlimm sein. Er will mich fangen. Wenn ich ja sagte? Besser‹, und nun laut: »Nein, natürlich nicht.«

»Ich denke, Sie wissen nicht …«

»Nun, so überraschend …«

»Was soll das Genieren! Hören Sie, Kai. Sie sind doch aufgeklärt?«

Und, auf eine Bewegung des andern hin: »Ich meine, Sie wissen über das Geschlechtliche Bescheid?«

»Ja, aber wie denn? Natürlich. Ich und nicht Bescheid wissen! Schon lange. Ich weiß alles, alles. Nein, sagen Sie nichts, ich weiß ja schon! Ich weiß schon, hören Sie denn nicht! Und überhaupt, was soll ich denn hier? Was soll denn dies Fragen?

Ich bin doch nicht krank. Hier so sitzen und ausgefragt werden.«

Er schweigt, weiß nicht weiter. Aber schlimm ist, wenn er länger schweigt, wird der Arzt zu reden anfangen und vielleicht darüber sprechen, über – es. Oh, man ahnt schon, was er will, aber so geht es nicht: ›Ich mag es ja schon und ich will es, aber ich werde dann schwach, ich verliere, sie machen mich gesund. Und dann nicht er, nein, nicht er. Er hat nackte Frauen an der Wand und zu Papa petzt er. Beide sprechen sie dann von – dem. Immerzu muss ich reden, dass er nicht zu Worte kommt. Gleich geht es los. Schon setzt er an.‹

»Ja, und Differenzen mit Papa, was soll da sein? Er ist ärgerlich, wenn ich Karzer habe, aber, Herr Doktor, das sind doch keine Differenzen, das ist doch verständlich, ganz selbstverständlich. Und nein, krank bin ich gar nicht, ganz und gar nicht, wie eine Schwalbe in der Luft, so munter. Aber … jetzt muss ich zum Abendessen, schon zu spät. Ich darf doch gehen? Nicht wahr, ich darf gehen? Alles in Ordnung. Das Ganze ein Irrtum. Adieu, Herr Doktor. Nein, ich muss wirklich gehen. Sehr freundlich, nein, nein, ich kann nicht bleiben.«

Er ist aufgestanden, geht rückwärts zur Tür. Die Augen gesenkt, aber auf den Lidern brennt des andern Blick, der ihn halten möchte. ›Ihn nicht ansehen, ist das Beste, aber auch das Beste ist schlimm, denn nun weiß ich nicht, was er tut.‹

»Nein, Kai, das geht nicht, hier so einfach wegzulaufen. Erst muss ich Sie wenigstens untersuchen. Ihr Abendessen wird schon warten. Gehen Sie mal zum Diwan, ziehen sich aus. – Nein, nicht nur den Oberkörper freimachen, ganz ausziehen.«

›Ich will nicht, aber ich muss. Und sicher habe ich schmutzige Füße. Nein, nun lege ich mich so hin, Hände und Arme werfe ich ganz fort, all den Fleischkram, den ich verachte. – Was tut er? Warum kommt er nicht und beklopft mich?‹

»Was haben Sie an den Armen, Kai? Gebissen?«

›Natürlich habe ich mich gebissen. Aber ihm das erzählen?‹ Und er legte den Kopf zurück. »Ich weiß nicht.«

»Nun lassen Sie mal diese alberne Trotzerei. Sie sind doch hier, dass ich Ihnen helfe. Wenn Sie nicht wollen, so stehen Sie auf und gehen. Aber hier rumliegen und maulen …«

›Oh, ich ginge schon. Aber er sagt das nur. Er hielte mich wieder.‹

Und dann, ganz plötzlich: »Hören Sie, Herr Doktor, es hat gar keinen Zweck, dass sie mich untersuchen. Wissen Sie, ich zieh mich an. Sie haben's ja selber gesagt. Nun tu ich's. Und, nein, nicht umsonst, ich kaufe mich frei von Ihnen, richtig frei. Ich erzähle Ihnen was. Papa, mein Vater, nun, das müssen Sie wissen, der ist erst richtig krank. Den müssen Sie mal untersuchen … so, gleich, ich gehe doch. Gleich sage ich es Ihnen, erst muss ich bei der Tür sein, dann sage ich Ihnen das Richtige, dass Sie mich gehen lassen, sonst halten Sie mich ja doch. – Nein, jetzt nicht reden. Wissen Sie, warum ich es sage? Sehen Sie, Sie haben mich gequält, nun quäle ich dafür Papa. Jetzt fühlt er's, glauben Sie mir, er fühlt's. Sie meinen, ich schäme mich. Nein, ganz und gar nicht. Ich, müssen Sie wissen, kaufe mich ja frei. Von Ihnen und den Eltern: dann sind nur noch drei da oder vier: Ilse, Margot, Erna, Arne. Und versteht sich: Kai. Kai. Kai. Nein, kommen Sie nicht her. Jetzt bin ich frei. Jetzt habe ich die Klinke in der Hand. Also – nein, ich sage es Ihnen näher«, und er beugte sich zum Arzt, der ihn unverwandt ansah, »nun denn, die Sache ist die: heute Mittag, der Papa, der Vater, ach, der Herr Papa mit dem Spitzbart, heute Mittag, jetzt also – sogar die Serviette hatte er um den Hals (das ist übrigens gar nicht wahr!) – fällt er auf die Knie vor der Mama, und sie weint! Sie ahnen nicht, wie sie weint! Fällt er vor ihr also auf die Knie, fasst sie um und um. Und schreit: ›O Margrit‹, schreit er, ›Margrit, warum hast du mir das getan!‹ Und nun adieu, Herr Doktor, zu Ihnen, da komme ich ja auch lange nicht wieder. Nehmen Sie den Herrn Papa, den alten Herrn, da lohnt's. Da können Sie fragen, was Sie wollen. Mich zu schicken! Nein! Und nun wirklich adieu. Ich danke Ihnen, danke Ihnen vielmals.«

Die Tür geht. Er steht draußen. Der Arzt kommt nicht nach, lässt ihn gehen. »So ein dummer Kerl, nicht zu merken …

Hier schon die Treppe. Aber immer noch kann er nachrufen, nachlaufen. Und doch, ich darf nicht rennen, keine Angst bekommen. In der Furcht bricht drinnen alles zusammen, und dann liege ich. Sieh, schon die Haustür.

In seinem Zimmer ist kein Licht mehr. Was? Kein Licht! Er schleicht nach, will mich belauern, einfangen. Was tun? Denn dieses ist das oberste Gesetz, in ihm hängen Moses und die Propheten, nicht umsehen, immer grade aus. – Wie weh der Nacken davon tut. Er verhärtet sich, wird Stahl, der scharfkantig auf Fleisch drückt. Eigentlich – die Haut darunter müsste ein feuchtes Weiß sein, das sich geworfen hat. Ob auch Ohrwürmer darunter sitzen wie unter den flachen Steinen im Garten? – Nein, er kommt nicht, aber oben, in seinem Zimmer, im Dunkel allein, hängt die Venus. Die Nacht liegt richtig an ihrer nackten Brust, die so drängt, gar nicht zugedeckt, nie zugedeckt. Tausend Jahre.«

Er setzte sich auf eine Bank, und mählich fühlte er, mit dem Wind, der durch die Bäume strich, eine schwer machende Beruhigung in sich hineinwehen. Stolz kam auf. Er reckte die

Arme. »Was für eine Abfuhr. Kein Wort sagte er. Verstummt lauschte er dem Fluss meines Vortrages. Sieger; Sieger über ihn, Sieger über Papa. – Sieger?«

Er zögerte und nun wusste er's. Wie von einem Blitz dem Dunkel entrissen, war es da, blendend vor seinen Augen, und: »Sieger? Trauriger Besiegter! Wieder verraten, überwältigt, in Gänge gejagt, die *ich* nie gewählt. Was soll werden? Was? Alles verraten. Dieses bei Tisch … und Papa wird's erfahren. Immer weiter geht es. Und kein Ausruhen!«

Er stand auf. Das Gefühl äußerster Wehrlosigkeit nahm Lust zur Abwehr. Er schlich in die Stadt. Die letzten Lastwagen polterten mit trabenden Pferden, die klirrend die Köpfe warfen, in kaum erhellte Torbögen hinein. Schon waren die Läden geschlossen. Über den Fenstern der Cafés wanderten leuchtende Zeichen.

Aus der Beruhigung des Altgewohnten wuchs ihm, wie nur je, Vergessen, und das Gefühl, machtlos zu sein im Kommen der Dinge, ließ ihn stiller und rascher seinem Heime zuschreiten.

28

Staatsrat Goedeschal reichte dem Arzt die Hand. »Verzeihen Sie, lieber Herr Doktor, dass ich Sie spät noch aufsuche. Eine wohlbegreifliche Unrast wegen Kais Befinden, auch der Wunsch, meine Frau zu beruhigen, zwangen mich hierher.«

»Bitte, Herr Staatsrat. Kai war bei mir. Von einer körperlichen Untersuchung glaubte ich absehen zu dürfen …«

»Wie das?«

»Weil sowohl die Mitteilungen, die mir Ihre Frau Gemahlin übermittelte, als auch mein persönlicher Eindruck dafür sprachen, dass wir es hier allein mit einer nervlichen oder besser – verzeihen Sie, wenn ich einen so vagen Ausdruck gebrauche! – seelischen Überreizung zu tun haben.«

»Diese seelische Überreizung – ich werde Sie nach Abschluss Ihrer Ausführungen um eine Erläuterung dieses umschreibenden Ausdrucks bitten – steht Ihres Erachtens nach fest?«

»Sie steht fest. Um nun aber eine Prognose stellen zu können, ist es notwendig, die Entstehung dieser Überreizung zu erklären.«

»Hierin gehe ich mit Ihnen konform.«

»Und ich muss zuerst um eine Bestätigung bitten. Sie haben Ihren Sohn sexuell nicht aufgeklärt?«

»Nein.«

»Sie glauben auch nicht, dass Ihrem Sohn eine solche Aufklärung von anderer Seite geworden ist?«

»Hierüber kann ich eine bindende Erklärung nicht abgeben.«

»Mein lieber Herr Staatsrat, ich brauche keine bindenden Erklärungen. Ich möchte Ihre, natürlich gänzlich unverbindliche Ansicht hören.«

»Nach unser, der Eltern, heiliger Überzeugung ist Kai noch vollkommen unschuldig.«

»Unschuldig …? Nun gut. Es ist demnach auch unnütz, Sie zu fragen, ob Ihrer Ansicht nach Ihr Sohn Kai den unter jungen Leuten seines Alters üblichen – ich will nicht sagen Missbrauch, also – Gebrauch seiner Geschlechtskraft teilt?« Auf einen fragenden Blick: »Ich meine die Onanie.«

»Ach so! – Nach meinen soeben abgegebenen Erklärungen erscheint mir eine derartige Frage allerdings vollkommen unnütz.«

Der Arzt lehnte sich zurück. Der Seitentasche seines Jacketts eine silberne Dose entnehmend, griff er aus ihr eine

Zigarette, die er entzündete, ohne eine abwehrende Bewegung seines Gegenübers zu merken oder zu beachten.

»Ich kann meine Ausführungen danach in fünf Sätzen zusammenfassen: Die seelische Überreizung Ihres Sohnes hat ihre Ursache in seiner vollkommenen sexuellen Unaufgeklärtheit. Indem er plötzlichen aus der Pubertät resultierenden Verschiebungen seiner Physis als etwas Rätselhaftem gegenübersteht, zwingen ebendiese ständig vermehrten Verschiebungen seine Psyche, sich unausgesetzt damit zu beschäftigen. Diese Überreizung ist bereits derart stark geworden, dass sie in ihren Äußerungen das Pathologische streift, wenn nicht gar schon sehr hierin übergreift.«

Staatsrat Goedeschal strich mit der Hand über sein Gesicht. Den starrer werdenden Blick auf den Arzt geheftet, murmelte er halblaut vor sich hin: »Pathologisch! Geisteskrank! Schrecklich!«

Unbekümmert dozierte der Arzt weiter: »Die versäumte Aufklärung ihm jetzt noch zuteil werden zu lassen, erachte ich für untunlich, da eine solche Aufklärung in Anbetracht des Umstandes, dass das Sexuelle schon übermäßig starke erotische Reizwirkungen, auch auf seine Psyche, in ihm auslöst, nur ein unnatürliches Moment mehr hinzufügt. Der einzige Weg, der Natur zu Hilfe zu kommen, ist der, ihn aus den hiesigen Verhältnissen fortzunehmen und auf das Land, am besten in eine bäuerliche Wirtschaft, zu bringen. Dort, losgetrennt von all dem Bisherigen, wird er in der natürlichen Behandlung des Natürlichen Gesundung finden, zu der es, wie ich zuversichtlich hoffe, stärkerer Mittel zur Zeit noch nicht bedarf.«

Staatsrat Goedeschal hatte sich erhoben. Er stieß den Stuhl beiseite. »Sie sehen mich sprachlos, Herr Doktor, einfach sprachlos!«

Der Arzt machte eine beruhigende Bewegung und strich die Asche seiner Zigarette ab.

»Ich verstehe Sie nicht! Haben Sie sich denn die Tragweite Ihrer Vorschläge klargemacht! Ich soll den Jungen für Wochen – denn um Wochen würde es sich doch handeln?«

»Monate! Monate!«

»Monate …! Also, ich soll Kai für Monate aus der Schule nehmen, ihn, der schon infolge der mit meiner Versetzung nach hier erforderlich gewordenen Umschulung ein halbes Jahr verlor! Das hieße ein weiteres Jahr verlieren; er würde bestenfalls mit nahezu zwanzig sein Abitur machen, also zu einer Zeit, da ich schon tief im Studium war! Ganz abgesehen davon, dass das Rektorat kaum seine Einwilligung zu einer solchen Versäumnis erteilen würde.«

»Auf Grund meines Attestes würde eine solche Einwilligung wohl ohne weiteres erteilt werden *müssen!*«

»Ihres Attestes … Und Sie beabsichtigen in einem solchen Attest die sexuelle Frage anzuschneiden?«

»Versteht sich.«

»Und Sie begreifen nicht … entschuldigen Sie, ich bin sehr erregt, ich meine, Ihnen ist nicht klar, wie unglaublich kompromittierend es für mich in meiner Stellung sein würde, wenn mein Sohn wegen, ich will sagen, einer sexuellen Überreiztheit, die ans Pathologische grenzt, – drücke ich mich richtig aus?«

»Ungefähr.«

»Also … wenn mein Sohn aus – sexuellen Gründen vom Unterricht dispensiert würde? Welche Rückschlüsse würde man auf mein Privatleben ziehen! Ich höre schon unter meinen Mitarbeitern Redensarten wie: ›Der Apfel fällt nicht weit vom Stamm.‹ – Unmöglich! Einfach unerträglich!«

»Diese Einwendungen betreffen nicht die Sache.«

Staatsrat Goedeschal warf sich in einen Sessel. Erregt an seiner Brille rückend: »Ich komme zur Sache. Und da muss ich sagen, dass ich mit äußerstem Befremden, ja, mein lieber Herr Doktor, so leid es mir tut, mit äußerstem Befremden Vorwürfe gegen meine Gattin und mich aus Ihrem Munde gehört habe, die wir uns nie und von niemand erwartet hätten! Ich bitte Sie! Sie reden von Versäumnissen, die ich durch Nichtorientierung Kais über das Sexuelle begangen haben soll!«

»Versäumnisse, schwerwiegende Versäumnisse, wie Sie aus den Folgen sehen.«

»Sie übertreiben einfach die Folgen! – Sie vergessen ganz, dass Sie sich mit Ihren Ausführungen in einem schreienden Gegensatz zu unserm Kultusministerium befinden, das die sexuelle Aufklärung für Oberprima festgesetzt hat! Auch ist, soviel ich weiß, die Frage pro et contra Storch in der Literatur noch längst nicht entschieden!«

»Die Massenaufklärung in einer bestimmten Klasse ist, verzeihen Sie den harten Ausdruck, ein barer Nonsens! Ganz abgesehen davon, dass Aufklärung dann schon zu erfolgen hat, wenn die erotischen Reizwirkungen noch möglichst geringe sind, ist es ein Unding, von einer bestimmten Klasse zu erklären: sie ist reif für Aufklärung. Natur lässt sich nicht kommandieren: der eine reift früh, der andere später.«

»Sie reden immerzu von Natur! Das Natürliche ist es doch entschieden, die Dinge sich entwickeln zu lassen, wie ich es getan habe, und nicht mit allen möglichen ausgeklügelten und plumpen Eingriffen dazwischenzufahren.«

»Das Natürliche ist es, wenn Kinder im nächsten Konnex mit Tieren, Pflanzen und Menschen Geschlechtlichkeit vom ersten Tag als ein Selbstverständliches betrachten. Aufklärung wird für diesen Idealzustand stets nur Surrogat sein, ist deswegen aber nicht weniger notwendig.«

»Ihre Ansicht betreffs Entstehung dieser Überreiztheit ist falsch, das Sexuelle spielt dabei überhaupt keine Rolle. Mein Sohn ist unschuldig, das ist die heilige Überzeugung meiner Gattin und …«

»Und Ihr Sohn ist schuldig, wenn er über Sexuelles orientiert ist?«

»Meinem Sohn fehlen die Voraussetzungen für Ihre Theorien! Er stammt mütterlicherseits aus den Kreisen der Geistlichkeit, väterlicherseits von Juristen ab. Bei Niederschrift eines Stammbaums gingen mir genügend Dokumente durch die Hand: es befindet sich unter allen Vorfahren kein übertriebener Erotiker. Ihre Behauptung ist blasse Theorie, sie widerspricht jeder Vererbungslehre.«

»Vererbung als ein Rechenexempel anzusehen, muss ich ablehnen.«

»Von einer Versäumnis kann überhaupt keine Rede sein, das alles ist von uns genau erwogen. Erst vor ein paar Tagen hatte ich mit meiner Frau dieserhalb ein eingehendes Gespräch.«

»Dieses Gespräch hätten Sie vor drei, vier, fünf, sechs Jahren führen sollen!«

»Ihre Ausführungen sind mir unverständlich!«

»Und mir Ihre Einwendungen!«

Atemlos betrachtete Staatsrat Goedeschal den Arzt, der sich hastig eine neue Zigarette anbrannte. »Wenn Sie wenigstens nicht rauchen wollten! Ich kann Zigarettendampf gar nicht vertragen!«

»Ach, verzeihen Sie!« Und er zerdrückte die brennende im Becher. »Vielleicht darf ich Ihnen eine Zigarre anbieten?«

»Aber deswegen sagte ich es doch nicht! – Nun, sehr liebenswürdig!«

»Hier ist Feuer.«

In den Sessel zurückgelehnt, die ersten Züge einer milden Zigarre auf dem hinteren Gaumen kostend: »Ich hatte mich etwas erregt. So dienen wir der Sache nicht.«

»Zweifelsohne nicht.«

»Sie mögen in so manchem Recht haben.«

»Meine Vorschläge waren vielleicht zu weitgehend.«

»Sie sahen sehr düster, zu düster.«

»Vielleicht.«

»Eine Entschulung Kais ...«

»... ist vielleicht nicht notwendig, wenn andere Maßnahmen getroffen werden«, und der Arzt senkte die Lider.

»Darf ich Vorschläge erbitten?«

»Lassen Sie Kai unbehelligt. Er hat Bedürfnis nach Alleinsein, Selbständigkeit. Mag er's befriedigen.«

»Einverstanden.«

»Etwas Brom vor dem Schlafengehen. Kalte Abwaschungen morgens und abends.«

»Sehr wohl.«

»So wird sich die Nervosität beheben lassen.«

»Wie unnütz meine Erregung! – Ich danke Ihnen vielmals.«

»Keine Ursache. Ich bitte um Empfehlungen an die Frau Gemahlin.«

»Werden dankend ausgerichtet.«

Staatsrat Goedeschal wandte sich zum Gehen. »Noch eins. Kai möchte gern in den Wandervogel. Was meinen Sie dazu?«

»Wandervogel? Dieser Jungensverein? Ausflüge? – Natürlich. Wie gesagt, nicht behelligen.«

Eine Pause. Sie betrachteten ihre nach der Erregung wie verwelkten Gesichter.

»Und ihm Szenen ersparen, Szenen jeder Art.«

Auf einen fragenden Blick: »Bestrafungen ... nun, Sie wissen schon, was ich meine, sehr verehrter Herr Staatsrat. Guten Abend.«

»Guten Abend, mein lieber Herr Doktor.«

29

»Träume ich? Wandelst du im Schlaf, Kai? Hier stehst du im Keller, die im Windzug flackernde Kerzenflamme entreißt einer Dunkelheit, die Nirwana ist, unförmige Gestalten, am Tag Tisch und Schrank, nun seltsam erstarrt in einer Stunde, da du ungebetener Gast bist.«

»Tritt näher. Nein, nicht fällt die Decke auf dich. Scheint sie auch im huschenden Lichte zu stürzen – schon meinst du das Rieseln von kalkigem Schutt zu spüren –, so will *sie* doch nichts von dir. Anderes will dich.«

»Was zögerst du? Tritt näher!«

»Du verweilst? Dort in der Schrankecke – kein bleiches Gesicht hebt sich als zuckende Blume dir zu; es ist ein Tuch, das die Mädchen auf der Leine vergaßen. – Dort am Boden der Verkrümmte, er greift nicht nach deinem Fuß; ein zusammengerollter Teppich, ohne Leben. Anderes will dich.«

»Tritt näher. Dort im Winkel …«

»… du atmest nicht …?«

»Ah! Du weißt!«

Kai glitt, stürzte. Wände taumelten, schwarz und weiß funkelten sie in seine Augen, kaltes Sausen zerblies seinen Nacken, ein endloser Arm griff nach ihm, – das zu Boden geglittene Licht erlosch.

Eine Stimme, fiebrig und ganz klein, blies ins Dunkel

Worte, schon aufgelöst und nie dagewesen: »Papa! Mama! Papa, hilf mir! Hier liege ich! Sie greifen mich! Hilfe! Hilfe!«

Das Gesicht, den Leib dem Bretterboden angeschmiegt, fühlte er Kälte in den nur hemdbekleideten Leib aufsteigen, Kälte, die von jenem kleinen Schwarzen in der Ecke streicht.

»Wie eisig mein Arm! Schmiegt er sich an mich? Hans! Hans! Es war Papa! Es war Papa!«

Er lauscht. Es ist still, schwarz und still. So schwarz: Es kann sich auf ihn legen und ihn erfrieren machen, nichts wird er kommen sehen. Schon schleicht es vielleicht. Und in dieser Stille wird jeder Hilferuf verhallen, wie ein Stein, kaum aufspritzend, in den schon wieder geschlossenen Wasserspiegel fällt.

»Was zauderst du? Entzünde die gefallene Kerze. Es ist nichts. Hebe den Kopf. Die Hand vor das Licht gehalten, richte seinen Schein nach jedem Winkel. Alles wie sonst.«

»Fürchtest du etwa das Kleine dort, das Gestreckte, das Starre, das Eisige? Auch das ist nichts – ein krepiertes Kaninchen, das du verscharren wirst.«

»Tritt näher. Es tut dir nichts. Es ist ganz tot. Nicht mehr da. Nur noch Form.«

»Was zitterst du? Deine Hände beben. Du brauchst es nicht anzurühren. Schiebe den Spaten darunter.«

»Hier, den Gang. Der Schlüssel zum Garten steckt im Schloss. Öffne!«

»Ah! – – – Siehst du, im Garten ist Mondschein. Den erwartetest du dir nicht. Lass das Licht auf der Treppe.«

»Leise. Der Kies schmerzt kaum an den Sohlen. Denk dich hinein in das über den Spaten stehende, das Starre; so wirst du nichts wissen. – Linkerhand.«

»Hier, auf den Laubhaufen lege es. Grabe. Kaum ist der

Boden gefroren. Du musst es ja tun, auch diese Form will Ruh haben, selbst das Ausgeleerteste ist noch so erfüllt von Leben, dass du's vergraben musst, sonst zersprengt es dich.«

»Die Grube ist tief genug. Du magst ihm aus Laub, vergilbt, ein Bett richten. Lass es hineingleiten, langsam. Langsam! Es erwacht nicht, aber du!«

»So. Gib Erde darauf.«

»Sieh nicht hin!«

»Zuerst die Pfoten, der Leib, – du brauchst nicht hinzuschauen, es ist recht so. Gleich ist es bedeckt. Noch ein Spaten voll.«

»Sieh nicht hin!!! – Zu spät, dass du das Gesicht beiseitezwängst ...!«

Kai erschauerte: stumpf zum Mond das blaue Kaninauge, bestreut mit einem Krümel Sand, zerstört das Glasklare.

»Hans!!!«

Zusammenschreckend umkrampft er den Spatenstiel; in Klage das verzerrte Gesicht zum Durchleuchteten erhoben, stößt er den Spaten in den Leib des Geliebten, den er zerklaffen fühlt; mit den Händen, den Füßen scharrt er die Erde darüber; stampft sie fest.

Vorgebeugt von der Verandatreppe sah er gegen die dunkle Bretterwand das weiße Kreuz des Spatenstiels. Und es schien ihm, seltsam erhoben wie erleichtert, als gäbe es von nun keine Sünde mehr, die nicht entsühnt sei durch Legen der Hand auf dieses Kreuz. Denn im haarumgebenen Fleisch mündend, schien es nur ein ander Symbol jenes zu sein, der, am Kreuz sterbend, eine Welt zu entsühnen begehrte.

»Kehre um. Zögere nicht, dies, leicht am Morgen zu finden, darf nicht bleiben. Entferne den Spaten.«

»So.«

»Du willst gehen? Noch ist deine Arbeit nicht getan. Von neuem scharre den Boden auf. Greif hinein, greif fest zu.«

»Was fürchtest du dich! Nicht noch einmal erwachst du. Nimm es, schwing es über den Zaun.«

»Es fiel. Hörtest du das Klatschen? Es ist fort, die Hunde werden es fressen. Schon ist es nicht mehr da.«

»Du darfst schlafen gehen.«

30

»Lehne dich gegen mich, Wind, blase nur zu! Und du, Regen, schlag deine langen und feuchten Schnüre mir ins Gesicht, überspül meine Hände, durchnässe die Kleider, füll die Schuh, du hältst mich nicht, – ich finde sie doch!

Hab ich schon verschlafen, habe ich auch den Zug versäumt, wandre ich hier immer allein in Regen und Wind ihren, nur geahnten, Spuren nach – am Ende, irgendeine Wegbiegung, ein sich teilendes Gebüsch, der weichende Stamm eines Ahorn, im Regen wie Lack glänzend, – irgendetwas über ein Kleines wird sie mir zeigen; ich werde nicht umsonst allein gewesen sein!«

Auf der Hügelkuppe verharrend, sah er fort zur verwaschenen Spur der Landstraße, die in dampfigen Schleiern mündete; herbstgepflügte Äcker, von Schneewasser durchlaugte und vergilbte Wiesen hoben und senkten sich dem Horizont zu; Wasserlachen glänzten auf; in den Winkeln der Böschungen lagen stumpf tauig zerfressene Schneehaufen; und dies alles und selbst das Surren der Telegraphendrähte war weich gemacht von der Ahnung des Kommenden.

Weitergehend: »Es ist ja wieder einmal nicht wahr, was die

Pauker moralisieren! Jeder Eindruck bliebe, grübe sich ein, zöge Folgen auf Folgen? Was war gestern, noch heut Nacht? Nein, nicht daran denken; jeder ist einmal ein wenig verdreht: heute bin ich ein andrer, mit dem neuen Morgen ist die alte Hoffnung wieder da, und gibt es auch Zuspätkommen, Verfehlen, Regen, Wind – bin ich denn nicht froh, liebe ich nicht das Leben?«

Die Arme gebreitet, ganz hingegeben, während der weichere Wind in die Lungen drang: »Du bist da! Ich finde dich. Alles gut.«

Und vorwärts wandernd ließ er neben sich die gestalteten Wünsche, erfüllten Hoffnungen gehen. Seine Hände, erfroren, blaurot, schienen sich zu füllen von einem Übermaß an Geschenken.

»Nein, nicht arm! Niemals arm!«

Dann, während er den erhobenen Blick gleiten ließ in das Aufgebreitete der samenwartenden Felder, in die endlosen Dehnungen und Dünungen der lehmigen Äcker, sah er ohne Erstaunen, als die selbstverständliche Einlösung eines Versprechens, auf den Wiesen neben den Weiden die kleinen schwärzlichen Punkte Wandernder und wusste: »Da bist du ja! Siehst du, nun habe ich dich doch!«

31

Er warf den Rucksack zurecht, übersprang Böschung und Graben. Der aufgedunsene Acker klebte unförmige Tonklumpen um seinen Schuh. Dem am Rand des Schlags über den Graben Springenden entglitt plötzlich der Boden: unterm Fingernagel Gras, das Gesicht glühend, trat er im Aufstehen sich die Füße: »Passt auf, ihr Lumpen! Passt doch auf!«

Über den Wiesen glänzte Wasser. Eisige Pfützen klirrten im Betreten, nässten seine Beine zum Knie. Auf dem feuchten Gras ausgleitend, stürzte er drei-, viermal, während der Rucksack ins Genick schlug.

Und nun waren Hindernisse da, nun, als schon näher die Röcke der Mädchen wehten, als die Melodie eines Marschliedes, noch kaum geahnt, ihn eilen ließ, zweifelte er: »Wie laufe ich ihnen nach! Klotzsch wird spotten! Und Ilse – in diesem Aufzug vor ihr!«

Unmöglich schien es: unter sie laufend, alle Gesichter ihm zugedreht, musternde Blicke, durchnässte Kleider, dieses erfrorene Gefühl in den Fingern, – und jetzt reden, den Mund auftun, erklären, sich unter sie mengen, der er eben noch ganz allein gewesen war mit den Bäumen, einem nur für ihn aufgezogenen Himmel und den endlos sausenden Windmelodien. »Nein!«

Zögernder, an die Büsche gepresst, langsam im Schritt, folgte er ihnen ferne. Dunkel aufquellende Trauer über so gänzliches Machtlossein lehnte ihn an den Stamm eines Baums; und jetzt, in das saugende Steigen all dieser Unklarheiten, war er erlösungsreich, jener halb unwillige Ruf: »He, du! Kai! Wo kommst du denn her?«

Den Büschen entkroch Klotzsch, das stopplige Kinn unterweht von den Spitzen eines roten Taschentuchs, mit den Fingern am Hosenträger knöpfend. »Nanu?«

»Gott sei Dank, Werner! Ich dachte schon, ich fände euch nie. Zug versäumt.«

Klotzsch zögerte; dann, näher tretend auf dem Bohlenbelag einer kleinen Brücke: »So eine Eselei, uns nachzufahren! – Besser, du kehrst um.«

»Umkehren …?!«

Ferner schon wehten die Kleider.

»Ja, du, Kai.« Sehr vorsichtig: »Wir sind nämlich schon zwanzig. Mehr dürfen nicht mit.«

»Jetzt noch umkehren!«

Der Herweg war da und dann das Zuhaus – drüben die Mädchen. »Es kann dein Ernst nicht sein?«

Schon schien Klotzsch stärker. »Du wirst doch nicht mitgenommen. Also mach gleich kehrt.«

»Aber nein!«

»Ich bitte dich darum.«

»Was kann dir daran liegen?«

»Wenn ich dich schon bitte, Kai.«

»Völlig außer Frage! Lächerlich, noch darüber zu reden! Ich verstehe dich nicht.« Dann, rascher: »Hast mich doch selbst eingeladen!«

»Du weißt recht gut ...!« Rot überkam es Werners Gesicht. Die Hand hinter sich, ihm ganz den Weg vertretend, stand er Kai gegenüber, während ein verlegenes Lächeln Trotz wurde.

Sie schwiegen lange. Jeder wartete. Erstes Wort schien schwerstes.

Schärfer, als er wollte: »Also kehrt, Goedeschal!«

Kais Fuß tastete nach den Brettern des Steges. Vorsichtig, probierend: »Du kannst mir nichts verbieten. Ich gehe, wo's mir passt.«

Werner spürte am wegwärts gedrängten Arm stärkeren Gegendruck.

Kais Handgelenk war gepackt.

»Lass los, Klotzsch!«

»Kehrt! Dummer Kerl! Ich will dich nicht! Meinst du, ich spür's nicht, wie du Ilse nachläufst?«

Weich, – schon schien Zurückgehen nicht mehr ganz unmöglich: »Mach keine Dummheiten, Klotzsch! Was geht mich deine Ilse an!«

Ganz weit vorn sah er sie. Wandte sich zu Klotzsch: »Nun?«

»Ich glaube dir nicht! Du willst nur zu Ilse!«, und er zerrte stärker.

Den Körper zurückgelehnt, versuchte Kai mit der freien Hand den Griff zu lösen. »Werner, ich bitt dich!«

»Ach was!«

Der heftige Riss am Gelenk schmerzte, in der Tasche wühlend, nun das Messer über Werners Hand: »Lass los, sage ich dir!«

Nachgeben war *nun* Feigheit. »Mach keine Dummheiten, Kai!«

Schmerzende Quetschung löste Schrei und Schlag: »Lass los, du Vieh!«

Doch schon da, noch das Zucken in der Hand, wusste er: ›Nur der Messerrücken ist's. Nur der Rücken. Nichts kann geschehen.‹

Und vorgebeugt, schneller atmend, sah er den rötlichen, flach gewölbten Handrücken, der sich langsam auftat: schmaler, entfärbter Mund, kleine Blutstropfen traten auf den Grund des Einschnitts und – – – dann überquoll es die Lippen, die Hand beströmend war Rot da, immer mehr Rot, schon lief es über, nun berührte es seine Hand, sie entglitt Werners Griff.

Wie plötzlich ganz blind geworden, hob Kai die Finger zum Gesicht, betrachtete sie, ohne Verständnis.

Dann, sie unmutig auf dem Rücken bergend, wies er mit der unbefleckten Hand auf Klotzschens Blut, stammelte: »Da … da … was da nun geschehen ist!«

Klotzsch, sehr bleich, weinerlich: »Da siehst du, was du getan hast! Hilf wenigstens. Dein Taschentuch in die Pfütze dort. Leg's über die Hand.«

Kai bückte sich; doch, als er die blutende von neuem sah,

ganz überströmt, das Hemd unterm Ärmelrand schon braunrot befleckt, wich er zurück, schrie: »Nein! Nein!« Sah noch einen Augenblick starr auf Klotzsch, drehte sich, das Geländer streifend, und stürzte davon.

32

Hinter ihm Rufe – er lief, durch die triefende Wiese näher dem Ufer des Flüsschens zu, unter Büschen entlang, nun gedeckt, niemand konnte ihn sehen; was hinten gewesen, war verlassen worden, kam nie wieder.

Freilich, dunkel fühlte er: »Das bleibt nicht so. Konsequenzen« – nein, hier stockte das Denken, versagte dieses Hirn, das stets rasender Rennen und Laufen befahl, den Raum zwischen Geschehenem und ihm zu vergrößern. Dann das Herz: nichts war fühlbar als das Herz, unumgänglich, daran zu denken. Ein Trommelstock wirbelte rastlos gegen die gestraffte Brust; sah man nach unten, kamen die Knie, die Füße hervorgeschossen, taumelten tapsig in Pfützen, aber eh noch Befehl zu größerer Vorsicht gegeben, waren sie eingeholt von neuen Knien und Füßen, die weiterzerrten.

Plötzlich kitzelte es: »Wenn ich mich umdrehte! Alles wirklich fort? Ganz ausgelöscht?«

Doch dort waren wieder die Pünktchen: vier, sechs, zehn; Gruppen, ineinanderfließend, untereinander verschoben, nun deutlich abgegrenzt die einzelnen Gestalten, helles Kleiderrot, das geruhsam satte Weiß eines Sweaters, ein Ruf, irgendwo weiter Lachen, und nun, im Anhalten, ließ Ruhe das Herz toll loswirbeln, ein Hexensabbat von Schlägen.

Kais Hand krampfte zur Brust. Aber im stiller gewordenen

Eintönigen sickerten breit wie dichte Regen Ermattungswellen in den Leib. Das Auge offen, die Hände vorgespreizt, stammelte er: »Kanaan! Kanaan!«

In einem Buch blätternd, hatte er dies Bild einmal bemerkt: dicht vorn bebuschter Graben, Pfützen, eine hängende Hand, entfärbt, nun überströmt: blutrot. Im Sinkenlassen des Arms entglitt das Bild. Täuschung. Sein weitgeöffneter Mund saugte Luft des Kommenden.

So, von der Süße des Augenblicks übermannt, ließ Kai den Unterkiefer hängen. Verhungert riss der Mund stets mehr Luft in den Leib, und langsam und warm floss Speichel über das Kinn.

Erwachen schob die Züge zurecht. Den Hut aus der Stirn ging er mit gleichmäßigen Schritten den andern nach, im Einholen winkte er erstaunt musternden Gruppen, sah Ilse, legte zögernd die Hand auf ihre Schulter. »Fräulein Ilse?«

»Was? Sie, Kai! Woher des Wegs? So plötzlich bei uns.«

»Ich bin – Ihnen nachgelaufen.«

Sie, mit einem Blick auf die andern: »Leise! Herr Goedeschal, nicht doch.« Dann entschiedener: »Und wo ist Ihr Freund Klotzsch?«

Im Anschauen: »Ich sehe ihn nicht. Eben war er noch da.«

»Ach! Bitte, lassen Sie Werner. Ich wollte Sie.« Ihre Farbe vertiefte sich, eine Weile schwieg sie. Der Blick schweifte am Boden, dann plötzlich, die Augen ganz allein für ihn aufgeschlagen: »Es ist schön, dass Sie uns nachkamen.«

Leiser: »*Mir* nachkamen.«

Kai stammelte: »Lernten Sie nicht eben Sehen, Ilse, Sie – nur für mich? Gingen nicht eben erst Ihre Augen auf?«

Er griff nach ihrer Hand, tastete nach der Wärme ihrer Finger.

»Nein«, sagte sie rasch. »Nicht hier. Die andern.« Aber den Blick weit über die ausgebreitete Landschaft geworfen, sagte auch sie, leise hingerissen von seiner Trunkenheit: »Die Felder – so braun. Sie drängen den Straßen zu. Und dann der Himmel.«

»Ja«, wiederholte er, »dann der Himmel.«

Im Aussprechen des Satzes zerglitt es: das Drängen der Landschaft erstarrt, plump glotzten von Lehm gefärbte Pfützen, ein Baum, gebrochen der Hauptast, ließ den irrenden Blick ruhen. Er zeigte: »Der Sturm!«

Und dem Erzitternden erschien das Gespenst jener Hand, die als Schwester eine Platane hatte streicheln wollen.

»Was hast du!«

Sie griff nach ihm, schon war er fortgetreten.

»Eben noch – alles war anders! Und nun? Sie hetzen mich. Wieder sind sie mir nach.« Näher zu ihr: »Retten Sie mich!«

Sie sah angstvoll auf ihn, fasste seinen Arm. »Kai, du, was hast du? Ich bin hier: Ilse.«

Er suchte sich zu befreien, dann plötzlich, den Oberarm fester in ihren Griff gedrängt: »Rette mich! Sag, dass du mich liebst.«

Ihr weißes Antlitz überglüht, ihre Hand fortgesunken: »Was ist Ihnen, Kai, kommen Sie doch! Sind Sie krank? Wie bleich Sie ausschauen! – Da ist die Führerin.«

Im Lodenjackett trat sie näher. »Wen haben wir da? So spät noch?«

»Zug versäumt!«

Missbilligung war zu hören: »Sie kennen Ilse?«

»Er ist ein Freund von Klotzsch. Vom Werner Klotzsch. Der hat ihn zu uns gebracht. – Haben Sie Klotzsch schon gesprochen, Kai?«

»Aber nein! Gar nicht gesehen.«

Die Führerin musterte ihn, dann im Weggehen: »Sie müssen sich gerissen haben. Ihre Hand ist ganz blutig.«

Kai versteckte sie. Ilse: »Zeigen Sie doch! Warum denn nicht? Nein! So viel Blut. Dass ich dies nicht sah!«

Sie rieb mit dem Taschentuch. Er wollte sich ihr entziehen. »So lassen Sie doch! Es ist nichts. Ich fiel ein wenig.«

Erstaunt aufsehend sagte sie: »Nichts zu sehen. Kein Riss. Gar nichts.«

»Ich sagte ja gleich, es ist nicht der Rede wert.«

»Wo Werner nur bleibt?«

Sie sah um sich, suchte, blieb stehen. Fragte die andern, alles verhielt.

»Abzählen!«

»Nur er fehlt.«

»Er wird sich verlaufen haben.«

»Ausgeschlossen! Klotzsch und verlaufen!«

»Wollen wir warten?«

»Er muss doch gleich kommen.«

»Oder zurückgehen?«

»Besser: warten.«

»Nein«, meinte Kai, »auch das unnötig. Er muss jede Minute da sein. Ich traf ihn vorhin. Er wollte gleich nachkommen.«

Sein Auge fing einen Blick. Ilse fragte: »Sie trafen ihn?«

»Ja, natürlich … Hatte noch was zu besorgen.«

»Was denn – zu besorgen?«

Einige brummten, manche lachten unterdrückt.

»Etwas lange«, meinte einer. Die Lacher verstärkten sich.

Ilse rief: »Kai, kommen Sie einmal her! – Sie sagten vorhin, Sie hätten Klotzsch nicht gesehen, nun sagen Sie wieder, Sie haben ihn gesehen; was ist da wahr?«

Er, leise stammelnd, verhetzt: »Nachher. Ich sage Ihnen alles …«

»Nein, jetzt …« Sie brach ab. Sie sah seine Hand, blaurot, kraftlos herunterhängen. Wie im Krampf schlugen die Finger umeinander, seine Knie bebten, sein Kopf war gesenkt.

»Es ist nichts«, sagte er mühsam. »Gar nichts. Sie brauchen sich nicht zu ängstigen.«

Sie prüfte ihn, er wich aus, schob sich zurück.

33

»Umsonst mein Drängen! Wie entglitt ich ihrem musternden Blick, in alle Gruppen eilend, dort zum Gesang der Lieder, da zum Schulgeschwätz, dass sie kommen würde: ›Wo ist Klotzsch?‹

Ich trieb sie vorwärts. Ich flehte. Nun halten sie hier doch, unter den Bäumen am Hügel, und erwarten über Holzsuchen, Feuerentzünden, Essenkochen ihn, der mich entlarven wird.«

Er wandte das Gesicht. Am Baumstamm hingelehnt, die ermüdeten Beine in die Nässe des Bodens gepresst, prüfte er die endlosen Wiesen. »Noch nicht. Aber gleich wird er da sein. Drüben aus jenen Büschen, aus diesem Hohlweg tretend zwischen den beiden, die ihn nun suchen. Gleich.«

Die Zurufe der Holzsucher belebten die Büsche. Bitterkeit stieg hoch. »Warum ich allein stets zurückgestoßen, sosehr ich die andern ersehne? Eben noch, auf der Landstraße wandernd, war mir sogar der Wind Gefährte und der Regen lieber Freund. Nun höre ich ihr Rufen, das eine Kette zwischen ihnen schlingt, freundlich schaukelnd bei jeder Lippenregung, hör es, gänzlich verbannt, mein Urteil erwartend.«

Zweige brachen nah. »Soll ich fliehen?«

Aber in sein Emporrichten trat sie, das Gesicht nun sehr bleich, der Mund klein geworden und die Fremdheit ihrer Augen ihm ganz zugewandt.

»Was ist, Kai, mit Klotzsch, Sie wissen etwas.«

Und, als er schwieg: »Mehr: Sie haben etwas getan.«

Er lachte auf, verlegen, hustete. Sein Arm wies nach draußen. »Nichts«, meinte er leicht, »noch kommen sie nicht.«

Sie trat näher, sah auf ihn hin. »Was ist mit Klotzsch? Sagen Sie mir doch, Kai!« Noch näher, eilig, den Blick den Wiesen zu: »Fühlen Sie nicht: um Ihretwillen frage ich, nicht um ihn. Reden Sie! Sagen Sie mir doch!«

Er schwieg, lehnte am Stamm, sah weiter hinaus. Ihr Reden rann neben ihn hin, ein ärmliches Wässerchen, dessen Tropfenfall kaum zu seinem Ohr drang. Sein Gesicht prüfend, fand sie es alt, tausend Falten schienen es zu überhängen. Grau. Seine Fremdheit erkältete sie.

›Was sagte ich ihm! Kenne ich ihn denn, was weiß ich von ihm?‹ Zaudernd, ihren Blick in den Daliegenden versenkt: ›Aber ich weiß doch: ich liebe ihn. Doch liebe ich ihn.‹

Und süß schien es ihr, die Trostlosigkeit dieser Augen an ihrer Wärme zu entzünden.

Er sagte: »Zu spät. Dort kommen sie.«

»Sind es drei, Kai, sind es drei?«

»Es sind drei.« Und schon aufrecht, bewegt, als sei noch rasch zu reden, alles zu regeln: »Sie müssen wissen. Er ließ mich nicht zu Ihnen. Ich hatte den ganzen Morgen gesucht. Nun hielt er mich fest. – Da – hier.«

Er wies das Messer.

Sie schrie: »Gestochen?« und trat fort.

Er ihr nach, zwischen Gebüsch, über ihre Schulter, immer näher den andern. »Nein, nein, nur geschnitten. Verstehen Sie doch: nur geschnitten! So, über den Handrücken fort, ein kleiner Schnitt!«

Stehen bleibend, hinter ihr hinsprechend, atemlos: »Ilse, ich beschwöre Sie. Ein kleiner Schnitt. Hören Sie doch: kaum fünf Zentimeter. Sagen wir: drei, zwei Zentimeter. Bleiben Sie!«

Er war allein. Zwischen den Büschen versteckt, spähte er ruhelos zum flackernden Feuer, sah ihr Kleid zwischen den andern, wartete, wartete, – oh, dieses Warten, während das Herz aufging und nun schon klein, wie gehämmert, die Brust zerschlagen zu wollen schien.

»Dort Klotzsch. Was sagen sie? Nichts zu verstehen! Aber ich kann nicht näher. Dies der letzte Busch, der mich deckt. Sie lachen? Sie lachen!«

Er lehnte das Gesicht in die Hand. »Sie wollen mich täuschen, ganz demütigen; gleich kommen sie, zerren mich zum Licht, klagen an, verjagen mich.«

Er wartete. Das Herz hämmerte die Sekunden in sein Blut, dass sie durch seine Adern tobten wie schwindelnder Schneeflockenfall. Nichts. Niemand kam.

Er begriff nicht. Und nun, näher dem Feuer, schon in seinem Schein, sie bespähend: »Sie sprechen nicht von mir. Ilse hat geschwiegen, Klotzsch nichts gesagt. – Muss ich nicht erleichtert sein?«

Er hob das Gesicht. »Sie sind froh, ich weine. Oh, so wie ich, eines Tages muss ich sie sehen, so gedemütigt, wie ich es bin; über ihre Gesichter mich beugend, werde ich auf ihnen den Abglanz alter Leiden lesen und, ganz bestrahlt, mich an ihm erwärmen.«

»Eines Tages werden sie tot sein. Ich werde keinen auslassen, sie sollen alle sterben.«

Trunken machend bezwang ihn diese Vision. Er sah ihre

zerstückten Leiber. Ihre nun ganz entleerten Hände flehten in mannigfachen Gebärden. Über das Gesicht von Ilse, nun bleicher und zerfallener als der Himmel, würde ein blutroter Schnitt laufen.

»Muss ich allein leiden? Für all das muss einmal Vergeltung da sein.«

Er zwang sich zwischen die andern. Trotz drängte ihn zum Feuer. Er fand Platz. Niemand achtete auf ihn. Nur einmal schien der Blick Ilses da gewesen zu sein, aber über dem Wenden seines Nackens war er entflohen und nun ganz dem Feuer zugewandt und unwissend, wer Kai sei.

Jetzt sang einer allein, da bog er den Kopf in den gekrümmten Arm, ließ alles, aber auch alles auf sich beruhen und schlief ein.

34

Irgendwoher wandernd, Dunkelheit hinter sich, in der es nicht nottat, das Auge zu öffnen, überkommt es ihn nun zu blinzeln, mit den Nerven zu tasten, mehr zu sein. Die Glieder verbogen und starr. Wind in den Baumkronen, ein zusammengefallenes, unter Asche verlöschendes Feuer, ungläubiger Aufwurf des Gesichts, Hochfahren: niemand da!

Am Waldrand, über sich kaum merkbaren, fahlen Schein des Himmels, sucht er: Nebel, späte, öde Dämmerung. Der Tag ist vorbei.

Knackte nicht ein Ast? Wer hockte dort im Dunkeln?

Jetzt, die Zunge vor Angst bebend, wirft er sein Rufen in die Weite, der Wölbung des Waldes zu: »Werner! Werner!«

Verfangen. Verloren. Nur der Wind ist da.

»Ilse! Ilse!«

Indem er ihren Namen in die Dämmerung wirft, biegt er sich vor, zaudert, hofft endlichen Widerhall, Endigung des Scherzes.

Die Baumkronen scheinen zu verhalten, warten mit ihm, auf den klaren Schrei, irgendwoher aus der Nähe.

Dann wehen sie wieder.

»Sie sind fortgegangen. Alle sind sie weg. Hier um das Feuer saßen sie. Ist es nicht grad so, als wären sie, wie in meinem Traum, tot, erschlagen, verblutet? Hier in der Asche noch der Abdruck eines Fußes. Wie ein Leichnam, ein leer gewordenes Ding. – Still!«

»Ilse! Ilse! Ilse!«

»Wie ein Kuckuck rufe ich ihren Namen, nicht meinen Namen, ihren Namen, der mein Name sein könnte. Noch einmal suchen. Sie haben sich versteckt.«

Und nun, seinen letzten Stolz preisgebend, hob er die Hände zum schlafenden Unterholz, wies um sich, bat: »Kommt doch! Ich fürchte mich so!«

Und wieder: »Kommt doch! Ich fürchte mich so sehr!«

Die Hände glitten herab. Noch einmal, ganz leise: »Ich weiß ja, ihr habt euch versteckt. Kommt doch!«

Von neuem am Feuer, kam die Versuchung, hinzusinken, zu weinen.

»Nein. Ich muss fort.«

Als er den Rücksack hochhob, glitt, flatterte ein kleines, weißgraues Ding herab, er erhaschte es noch. Im Licht der Kohlenglut versuchte er's zu lesen. Zu dunkel. Er riss den Rucksack auf, suchte die Streichhölzer, sie waren durchnässt.

Die Sachen auf dem Rücken, den Zettel fest in der Hand,

gewann er die Wiesen, den weißlichen letzten Himmelsschein. Aber die matten Zeichen, die er nun sah, verrannen, lösten sich in Grau auf.

Der Gegend unkundig, lief er den Weg zurück, den er gekommen. Am Graben, eine kleine Plankenbrücke: Werners Gestalt schien aufzuwachsen. Er erschrak. Vorüber.

Nun die Straße, belebt von den Erwartungen, den Träumen des Morgens. Welche Hoffnung, welch grenzenlose Enttäuschung.

Aber auf der Dorfstraße nicht, nicht im Lichte der Laternen, im Wartesaal nicht wagte er den Zettel zu entfalten. Nur dies: nach Haus.

»Dort, in der Enge meines Zimmers werde ich hören, dass sie zu mir spricht, wieder zu mir spricht.«

Später dann, die Kleider abziehend, mit jedem Stück einen Teil des Tages fortlegend, schien am Ende nach dem durchnässten Hemd alles ausgelöscht, nur ein Geschenk blieb, unverdient.

Er las: »Es ist besser, wir sehen uns heute nicht mehr. Alles kam, wie es kommen musste: ich habe dich lieb Ilse.«

Im Dunkel weinte er hellauf.

35

»Schlafe ich denn nicht? Ich bin ganz wach. Dort steht der Waschtisch, seine Marmorscheibe glänzt dumpf in einem Lichtstrahl, der durch den Vorhangspalt fällt. Eben noch war ich ganz ertrunken in einem wattig-wolligen Gewoge von Schwärze, nun treibe ich wieder oben, auf dem Teich der Nacht.«

»Ja, ich könnte nun träumen, dass ich in einer Kajüte liege, ganz allein, an der Seite plätschert das Wasser, immerzu, und oben gehen ewige Schritte, hin und her. Draußen ist helle Nacht, bei mir ist es dunkel. Ich bin rundherum eingepackt in meine Decke, alles ist weg von mir, ich bin ganz sicher in meiner Koje.«

»Auch das hilft nichts. Ich könnte ja nun Seeräuber kommen lassen und siegreich mit ihnen kämpfen, oder ein Sturm geht auf und ich bin der einzige Gerettete und werde Robinson, von der ersten Nacht im Baumwipfel bis zu Freitag; aber all das hilft nicht.«

»Ich bin so hellwach, ich werde endlos lange nicht einschlafen können. Wenn ich aufstände und Licht machte, irgendetwas läse oder schriebe? Was denn?«

Und plötzlich ist er doch wieder tief gefallen, über die Bettkante, in den schwarzen Teich – es ist als streichele Samt seine Schläfen –, er ist ganz fort und nun schon wieder aufgetaucht, rasch hoch emporgehüpft über den Wasserspiegel wie der Kork einer Angelschnur, grad noch rasch genug, um eine Uhr schlagen zu hören, langsam, weit weg: Mitternacht.

»Oder hat sie nicht geschlagen? Habe ich nichts gehört? Es mir nur eingebildet? Es klingt aber noch immer in meinem Ohr!«

Und er reicht seine Ohrmuschel weit von sich, dass er den Klang wieder hören kann. Doch ist es still, kein Laut zu vernehmen, nicht ein Laut, im ganzen Hause nichts, auch die Uhren ticken nicht, ganz still. Und immer stärker hält er sein Ohr hin, nur um einen Ton zu hören.

Aber dann weiß er plötzlich, dass er sich nur betrügen will, dass dies nur Tuerei ist, über das fort, was in seinem Innern pocht und pickert, immerzu.

»Nun denn! Was ist es nur?«

Er weiß es nicht, er muss furchtbar nachgrübeln, doch fällt es ihm nicht ein. Und alles hängt davon ab, dass er es findet.

»Ich muss es ja finden.«

Und nun kommt schon wieder der Samt geschlichen, er legt sich rund und voll, ohne Ritz und Loch um seine Beine, er ist ein Fell geworden und gleicht der Pelzjacke von Mama, die man endlos streicheln kann. Und Kai muss sich sehr anstrengen, dass er die Beine ein wenig bewegt, und kalte Luft unter die Decke bringt, mit der er den Samt borstig macht.

»Ja, und nun will ich wieder suchen.«

Die Nacht ist so still. Aber nun plötzlich, grad, wie das Pochen in den Kopf huschen will, springen alle Uhren im Haus auf ihn los: »Tick. Tick. Tick. Tick. Tick. Tick!«

Sie rasen und zerreißen das Werdende. Kai hört sie alle, den Wecker neben sich und seine Taschenuhr und die kleine Uhr im Esszimmer und die Kaminuhr in Vaters Zimmer, und nun hört er auch im Nebenhaus Uhren, und er kann sie alle nennen: diese ist von der Schneiderin, die immer das Fenster nach der Straße aufhält, dass man große Puppen ohne Köpfe und statt eines Halses einen gedrechselten Schwanz stehen sieht, seltsam lückig bekleidet, und jene gehört dem Herrn mit dem wehenden Vollbart, der Kai wegen dieses Schneeballs nach seinem Fenster ausschalt.

Und die und die und die, alle kann er sie nennen, aber eine ist dazwischen, er hört sie genau aus dem Sturmlauf der andern: »Wie heißt die doch?«

Er zergrübelt sich, er muss nun finden, wem die gehört, – aber nein, das ist ja Unsinn, er muss diesen Gedanken suchen, der grad, als die dummen Uhren anfingen, in sein Gehirn schlüpfen wollte. »Wie war es doch? Was wollte ich?«

Er denkt scharf nach, aber nun kommt es von neuem angestürmt: »Tick. Tick. Tick.« Und wieder ist der fremde Mitläufer dabei.

Kai richtet sich ganz hoch auf, er streift die Decke zurück und winkt mit der Hand. »Seid doch still! Ich werde ja verdreht vor Geticke, ich habe nachzudenken.«

Da sind die Uhren versunken, nur eine schleicht ganz langsam ihres Weges noch, schlappsig und beutlig klingt's.

»Sie muss weit weg sein. – Nein, ganz nah.«

Er bückt seinen Kopf zur Wand, vielleicht tickt sie dahinter; aber schon ist es da, er sagt laut: »Das ist gar keine Uhr, das ist mein Herz.« Und da geht ein Bein aus seinem Bett und nun das andere.

Licht ist angebrannt, er weiß nicht warum, alle Bewegungen fallen aus ihm. Er hat nicht die geringste Zeit, über sie nachzudenken. Nur aufpassen muss er, dass ihm keine entgeht, denn sie regen sich so klein in ihm wie die Hände von Babys, die aufwachen möchten, über den Bettdeckenrand zucken.

Und nun zieht er das Nachthemd über den Kopf, und nackt sitzt er am Schreibtisch, Briefpapier liegt vor ihm, ohne Zögern und Hast geht der Federhalter zum Tintenfass und von da zum Briefbogen, er schreibt: »Liebe kleine Margot.«

Da ist er frei, es wird so warm, er lächelt hell, seine Glieder werden nun ganz voll und scheinen irgendetwas zu betreiben wie Gesang. Und er lächelt und schreibt.

36

Liebe kleine Margot,

ich weiß schon, es ist dumm, dass ich an Dich schreibe. Du wirst auch kaum den Brief zu Ende lesen, weil er Dich langweilt oder weil die Schrift zu schlecht ist. Du wirst's nicht mehr gewöhnt sein, solche Briefe zu lesen. Oder, wenn Du ihn liest, wirst Du lachen, – oh! – so herzlich lachen.

Ich sehe Dich lachen. Ich mache die Augen zu und sehe Dich, wie Du lachtest, neulich Nacht, im großen Wandspiegel mir gegenüber, als Du an Deiner Geburtstagsfeier einen kleinen Schwips hattest. Ich mache die Augen zu und sehe Dich, denn ich bin maßlos verliebt in Dich.

Aber trotz allem schreibe ich Dir; doch warum? – weiß ich selbst nicht, vielleicht, diese Liebe loszuwerden, die seitdem immer in mir ist.

Du wirst kaum mehr wissen, wie es ist, wenn Dich einer liebhat. Du kennst nur das Lieben mit seinen Erfüllungen. Und ich weiß, diese Erfüllung ekelt Dich oft, sosehr Du Dich zwingst, nicht an sie zu denken. Aber in grauen Stunden kommen die Gedanken doch einmal und stellen sich um Dich und sehen Dich mit todtraurigen Augen an und fragen: weißt Du noch?

Da wird alles wieder wach: jene Zeit, in der Du zum ersten Male liebtest, in der Du nichts wusstest von Schuld und Fehle, da Du auf seine Schritte horchtest, da der Flieder ganz anders um Dich duftete als in diesem Jahr, da der Himmel blauer war und die Wolken seliger weiß. Du denkst an jene Zeit dann, da Du die Augen zumachtest und fühltest ein rotes Leuchten in ihnen vor lauter Sonne und Glück, hörtest die Vögel singen und das Blut in den Adern heiß und sehnsüchtig klopfen. Warst lachend und weinend.

Kleine Margot, mache die Augen zu, denke an jene Zeit, dann weißt Du, wie mir jetzt zumute ist. Jede Blutwelle spült Deinen Namen herauf, und mein Herz klopft den ganzen Tag nur Dich. Kleine Margot, weißt Du noch, wie's damals war? Verstehe mich, dann fühlst Du, dass ich Sehnsucht nach Dir habe.

Liebe kleine Margot, ich denke sehr viel an Dich und möchte gern bald ein Blatt Papier von Dir in der Hand halten. Ich kann den Abend neulich nicht vergessen. Nun hat Dich lieb

Dein Kai.

P. S. Wenn Du schreiben magst, so schreib: »Hauptpostlagernd: Kai.«

37

Nun, im Erwachen, noch brandete weiß Gellgeschrei des Weckers, war es da, wuchs auf, breitete sich, staubige Windwellen durchtrieben das Zimmer, ein zäher, schläfenzwingender Druck quoll: Montag. Sechs Tage Schule.

Und ein wenig vorgebeugt, ein wenig schon den dürftigen Rücken der ungelüfteten Kissenwärme enthoben, zählte sie Kai, diese Tage von Montag mit Thème über des Mittwochs Geschichtsprüfung jenem endlos fernen Sonnabend zu, der ihn freigeben würde …

Sicher nicht frei! Sondern Träger frischer Demütigungen, einer bisher nicht gefühlten Kränkung, ging er neuen Wochen, neuen Leiden zu.

»Wenn ich zögern dürfte! Prüfen, durchleben! Doch nein, schon drängt Neues: Werners Hand winkt Vergeltung, noch umtanzt er mit Lehmann, die mir gehört, Ilse, und dort, im Winkel, hockt mit gesenktem Lid, feindlich, ›Es‹, einer anderen List nachgejagt, die mich verführen soll.«

Schwammig sah er's, von der Hefe seines Denkens getrieben, das unförmige Sorgengematsch; da nichts besser war und ruhiger als das Wachsenlassen aus Geschehen, quoll zwischen seinen Fingern Tat, quoll auf, beschattete ruhenden Genuss.

»Penne mit Thème und Geschichte, Klotzsch, Lehmann,

Ilse« – dehne die Pause, atme wieder und wieder; Ilse ist kein Ende, Atemholen vielleicht, und was kommt, heißt doch: »Margot!«

Vom weißen Nachttischmarmor der Zettel. Eine dünne Neugierde, süß ein bisschen auf dem Gaumen. Und nun, hie und da nachdenksam – ein Schaukeln im Leibe, ungelenken Rhythmus, schulterentsprungen, auf den Hüften wellenhaft strandlaufend –, sah er im Aufbrand des Erstaunens beide: Zettel und Brief; fragte: »Aber Ilse? Süßestes Erleben, da ihr Wort mich fischte. Doch – kaum im Netz ihrer Liebe geborgen, atme ich einer neuen Göttin zu? Margot?«

Er lauschte. Irgendwo weit fort rief's Antwort, wie die Speisemädchen der Wirtschaften Gerichte zur Küche rufen, ins Gebrodel der Töpfe und Tellergeklirr, zu weit fort für Verständnis.

Stärker schwangen die Schultern. »Aber ich liebe sie doch! Nicht wahr? Ilse?«

Dem Schweigen enthob sich Gewissheit. *Sie* war bei ihm, immer war ihr weißes Gesicht da und dort und hier, über seiner Schulter, im Ofendunkel, beim Bettpfosten, hier und dort und da.

Wartend hob er die Hände zum Dach seines Scheitels, fühlte das Rieseln kommender Antwort mit spitzem Gekitzel zur Haut, hob die Ferse: »Es!!!«

In den Langstuhl geworfen, übereinander die mageren Beine gelehnt – vergeblich suchte die Wade den blauen Knöchel zu wärmen –, spähte er weiter, prüfte, fand Bestätigung. »Von neuem überrascht. Da Es Ruhe in Ilse erkannte, bekämpft Es nun sie. Sie allein meine Rettung.«

Er tanzte. Geckenhaft und verludert schwangen die Beine. Triumph enttriefte dem Hirn über Brust zu den Weichen, die prickelnd erwärmten.

Sieg sang er: »Ich habe dich! Ertappt, gegriffen, entblößt.

Sieghafter Kai! Zerschmettertes Es. Wolltest Ilse rauben? Armes!«

Die Kleider haschend, das Gesicht mit Wasser benässt, sprang er geziert in Hemd und Hose. »Er wird nicht abgeschickt, der Brief. Frei bin ich.«

Und er stopfte ihn in die Tasche.

38

Leicht ist ihm. Zweistufig verspringt er die Treppe, zielt dem Esszimmer zu, da streift – der Vorplatz ist dunkel – eine Hand die seine, umschlingt den Arm, es flüstert: »Ich muss Sie sprechen, Herr Kai, privatim.«

»Müssen Sie? Bitte! Bitte!«

»Nicht hier. Wenn jemand käme …«

»Wo dann?«

»Im Herrenzimmer?«

»So.«

»Kommen Sie, Herr Kai!«

Er tritt zurück, leise: »Nun kenne ich den Feind. Kaum entronnen, seh ich neue Schlingen, mir von ihm geknüpft. Durch den Ärmel schlug Hitze.«

»Kommen Sie!«

Sie greift nach ihm. Er entzieht sich ins Dunkle. ›Wie ihr entgegnen?‹

Ihr Atem bläst Glut. Durch das Dämmer torkeln die plumpen Hände ihm zu.

›Mut! Mut!‹

Sie flüstert von neuem: »Wir werden allein sein, hier unten.«

Sie bedrängt ihn. Ihr Arm, blind zu ihm ausgeschickt,

streift sein Gesicht, Hüfte drängt Hüfte zu; plötzlich saugt es an seinen Wangen, wirft ihm die Lippen auseinander, beißt: ihr Atem schmeckt.

Schon schwingt er ihr zu, seine Lippen blühen auf, da sieht er ihn im Winkel, blitzende Helle zeigt sein Gesicht, krötig bewarzt. Er reißt, wird frei. Bebend: »Nicht hier. Gleich. Nur noch ein eiliger Brief.«

»Sie wollen nicht.«

»Aber ja!«

»Der Brief ist nicht wahr.«

»Schweigen Sie, Erna!«

»Ich stecke ihn ein. Geben Sie her, Kai!«

Er zögert. Dann: »Hier.«

»Und Sie warten auf mich?«

»Ich warte auf Sie.«

Die Tür klappt. Er flieht, das Zimmer des Bruders umfängt ihn, in den Sessel am Schreibtisch geworfen, hat er über dünnen mit Kurt gewechselten Sätzen Zeit zu bedenken, was geschah.

Doch wer erkennte nun den Sieger?

›Wohl entrann ich ihr. Kurt an meiner Seite, beim Frühstückstisch, auf dem Schulweg werde ich sicher vor ihr sein. Aber Preis dieser Freiheit ist jener Brief. Ihn unterwegs, ihren Händen gesellt, seine Sätze vor ihr aufgeblättert zu wissen, ist Verrat an Ilse genug.‹

»Ja, es wird Zeit zum Frühstücken.«

›Aber ich nicht, *ich* wollte ihn nicht senden. Nur ein Preis ist er, einer Summe Geldes gleich, von mir für mich bezahlt. Ich weiß nichts von ihm, vergessen, geleugnet schwebt er wie ein Blatt in der Luft, ein Ding, das jedem und keinem gehört: *Ich* liebe nur Ilse.‹

»Ja, gehen wir.«

39

In der Vorhalle – Schnee rann kotig am Boden – hielten sie. Die Gänge brausten. Hinter Rücken der Lehrer geworfene Türen kündeten Unterrichtsanfang.

Kurts Kopf perpendikelte. »Immer mach's gut, Kai. Petzt Klotzsch, fällst du rein.«

Und er stob davon.

»Wird sich hüten.«

Dies erreichte ihn kaum noch. Und jetzt auch ein kleines beunruhigt, ersprang Kai die Stufen. »Wird sich hüten. Aber wenn er sich nicht hütet? Seine verbundene Hand wird stärkste Waffe gegen mich.«

Noch, als er die Mütze zum Haken warf, johlte es drinnen. Über seinem Eingang wurden sie stumm; flüsterten, als er sich setzte. Zum Nachbar wandte Kai das Gesicht. »Morgen.«

Müller schwang fort, das Wort fiel ins Leere.

In einem Buch blätternd: ›Also doch! Sie sind gegen mich, alle. Der helfen könnte, Arne, ist noch nicht da. Was wollen sie? Was geht *sie* das an? Ich habe nichts getan, nichts gewollt. Sie sind es, die Unwirklichem Leben hauchen. – Aller Augen warten auf mich.‹

Da gellte es: »Hoch der Messerstecher!«

Lineale klappten, Schuhe schurrten den Boden. ›Natürlich Marzetus, mit jedem Stank durch dick und dünn. – Nicht aufsehen!‹

Es prasselte überall: »Rinaldo Rinaldini!« – »Forscher Willem!« »Blut, sag ich, Blut!« – »Die abgeschnittene Hand.«

Er flüsterte: »Gemeinheit. Ich habe Recht.«

Seine Lippen bebten. Vor seinen Augen schwang Weiß. Er sah auf: vor ihm, in weiße Gaze gehüllt, trieb Werners Hand.

»Bist ja mächtig still, Goedeschal.«

›Wie gemein! Wollte ich gestern dies?‹

»Seid still! Das Jungchen hat Angst.«

Sie schwiegen wirklich. Einer hetzte: »Kssst!«

»Hast wohl dein Messer vergessen?«

Noch bebend: »Leider.«

Werner fasste die Bank, nun stand auch Kai. Die Gesichter zuckten näher: Klotzsch, erglimmend, trank alles Rot aus Kais Haut.

›Er will mich prügeln!‹

»Feste druff!«

Ihr Blick glitt ineinander, bohrte, verhakte, verzahnte sich.

»Hast wohl Angst, Goedeschal?«

»Mach dir nur nicht in die Hosen …«

Ihre Schultern streiften, schlugen zurück, fassten Druck. Noch schien es schwer, die Hände zu heben – »so wird Recht Unrecht« –, da schwang es Kai zu, er sprang zurück, stieß vor, packte, schrie. Krach donnerte auf, Staub schmeckte. Wollig vergriffen fühlte er tiefer Fleisch, riss es, rollte geschlagen, kam hoch, atmete glotzig und tauchte neu hinab in staubige Röte, bis es die Schultern brach, Arme verknäuelte, hoch schwang.

Er taumelte. Seine Zähne rieben Dreck.

»Schämt ihr euch nicht?«

Bebenden Auges ersah er auf Arnes blickweisender Hand, im Türrahmen gedrängt: Pennälergesichter, die Brauen gezirkelt, mit genüssigem Mund. Hände zuckten gelächtergleich.

»Schmeiß sie raus, die Kerls, Krebs! Und ihr –«, Arne wandte sich, seine Stimme dunkelte, »seid ihr des Teufels! Was ist los?«

Alles prappelte.

»Einer! – Du, Klotzsch!«

»Goedeschal … Messerstich … mich …«, er keuchte, die Weste zerrissen, beweisend fuhr der Verband zu Arne.

»Hast ihn gestochen, Kai …?«

»Aber nein! – Doch ja, natürlich ja!«

»Und warum?«

Leise in sich: »Hier dies entspulen? Vor glotzköpfiger Klasse?« Und mit der Stimme schlenkernd, laut: »Gänzlich privat.«

»Anderer Ansicht scheint Klotzsch. Er hat berichtet, nicht wahr?«

Sie nickten.

»Also …?«

»Ich denke nicht dran, hier, coram publico …«

Er hob sich; sie waren hinten. Ihre kleinen, greifgierigen Gebärden verwies er. »Ich bin Ich. Zwang? Nein! Verantwortung? Nichts da.«

»Dir scheint Geprügel vor allen gemäßer? In einer Stunde weiß es der dümmste Sextaner, in zwei die Arschpaukerei. Wartest du drauf?«

Bejahend stieß Wellhöhner Luft. Sein Stoppelkinn klotzte. »Wir müssen eingreifen, klarstellen. Eh erst die Pauker …«

Die Tür knallte. Bäcker stieg zum Katheder.

Kai sah sich allein. Ihre Blicke straften ihn Luft. Arne, erreicht, schwang zur Seite. Wenig Trost war`s, Klotzsch in Gleichem zu wissen.

»Sie verdammen mich ungehört. Mein ist das Recht, so und so.«

Er wog es, aus Hand zur Hand. Es hielt stand, war *sein* Recht. Ihm war es, als müsse er nun, vortretend, erhöht über sie – auf dem Katheder etwa –, Zeugnis ablegen für sich und das dunkle Gewölle in ihm, das, gewägt und erwogen, sein Recht hieß. Es erbitterte so, den Mund versiegelt, Ecke zu stehen, mit der Hellheit in sich.

Die Glocke schrillte Anfang der großen Pause. Man drängte hinaus, er verblieb im Zimmer, und, trotzig, trieb er sich hoch, bis es ihm zuschrie: »Goedeschal! In die Retirade! Zu Schütt!«

»Ich werde reden!«

Zwei Mann, Posten, wiesen den Andrang Bedürftiger ab, zur Ecke am Turnsaal. Es schimpfte, brummte und lachte, trieb fort. Drinnen im Dämmer vier, gar fünf mit Oberprimaner Bischoff. Es stank. Klotzsch, seitlich, zog am Verband.

»Mache«, dachte Kai.

Bischoff läutete urtiefen Bass: »Ihr seid Schweine. Prügelnd, erweckt ihr Gelächter den Kleinen, Gespötte den Knoten. – Ihr erkennt das Schiedsgericht an? Beugt euch dem Urteil, wie es auch heißt?«

Klotzsch stieß eilend ein Ja, länger verzog Goedeschal, dann: »Das Schiedsgericht wohl. Aber nicht die Sache ...«

»Dies wird sich finden. – Beginne, Klotzsch.«

Der stieß es aus sich, verwildert, zerknüllt, warf die Hände, wies die Brücke auf, das Messer, berichtete Schlag und Verweigerung von Hilfe. Hielt, griff zurück. Sein Gesicht zuckte, das Auge glänzend, warf er eine Klage zu Kai, beugte sich, tiefer greifend schien er etwas zu heben, deckte es auf und ...

»Genug, wir wissen Bescheid. Nun du, Goedeschal.«

Er zögerte. Sein Herz blühte auf. Nah und leiser: »Wie ich schon sagte: das Tatsächliche stimmt. Aber die Tat erkenne ich nicht an als mein. Ich war es nicht.«

Lustig, wie ihre Gesichter rauchten! Flackerfeuer glomm auf, ihre Hände flogen ihm zu, griffen nach seiner verstoßenen Tat, für ihn zu verwahren.

Ärgerlich tönte Bischoff: »Red keinen Unsinn.«

»Gar nicht! Es ist so. Er barrierte den Weg. Ich wollte zu Ilse. Nicht mehr als Freiheit des Wegs war, was mir anlag. Alles darüber wollte ich nicht: diesen Schnitt, dies Gericht; tat's also auch nicht.«

Protest knatterte los. Zurückschauend sah Kai alles unklar gesagt, begann: »Anders: ihr wollt Verantwortung. Verantwortung setzt Tat voraus. Tat setzt Wille voraus. Hier Wille zur geschnittenen Hand. Also?«

Er lächelte. »Wie ein Exempel.«

Bischoff hob in den Lärm die Hand. »Silentium!«

Sich drehend: »Habt ihr so was gehört?«

Ungeduld trieb Kai. »Noch nicht klar! – Also: schlecht ist nur das, was ich fühle als schlecht. Sünde nur meine Sünde. Ein Ochs das Kind spießend, sündigt er ...?«

Er schwieg. Eine Lücke tat sich auf. Irgendetwas war nicht so klar, wie es gesollt, stimmte nicht. Er setzte an: »Meine Sünde, mein Gewissen ...«

Sein Blick suchte. »Hier! Mein Wille! Ich hab es nicht gewollt, da ist es!«

»Und hast es getan!«, schrie Bischoff. »Hör auf mit diesen Narreteiereien! Red vernünftig!«

›Wieder stimmt es nicht.‹

Er stand versonnen. Seine Laune fiel von ihm ab. ›So dunkel. Es quillt unten. Ich fühle es. Könnt ich's erheben, aufweisen, mir selbst, den andern. So nur *fühl* ich, ich hab Recht.‹

»Hör zu, Goedeschal.« Arne zwang seine Schulter. »Wenn du jetzt nicht sofort den Blödsinn aufsteckst, vernünftig antwortest, ganz sauber aus der Sache trittst, sind wir geschiedene Leut.«

»Arne! Verstehe mich doch. Das hieße Verantwortung

tragen, mein Recht beschmutzen. Ich bitte dich, versuch doch …«

»Du weißt Bescheid.«

Kai sank in sich. Nun baute sich's auf: Hass der Klasse, Schweigen, und, an den Wänden schwänzelnd, den Kopf lieblich zur Luft gestoßen: Klotzschus triumphans: Nein!

»Wenn ihr's anders nicht kapiert … Er hatte kein Recht, mir den Weg zu versetzen.«

»Hatte ich! Er wollte nichts als poussieren!«

»Und du, Klotzsch? Bei Ilse abgefallen! Daher deine Wut, nicht?«

»Silentium, Goedeschal! – Halt's Maul, Klotzsch! Ihr habt zu warten … Bist du ruhig, Goedeschal!« Die Welle ebbte. Natürlich, nun noch das Ehrenwort, nicht zu vergessen.

»Das war Sonnabend Mittag, dass ich nichts gehabt hätt. Dass ich nichts haben würd, hab ich nie gesagt.«

»Achtung! Pauker!!!«

An der geteerten Wand, Hosen knöpfend, standen sie: Krebs, platzlos, durchzackte den Raum, die Klosetttür klappte.

»Nu, heern Se mal, das scheint mir cha hier eine richtche Versammlung! Der Esenwein aus der Sexta hat mir geklagt, Sie ließen 'n nich rein. – Gommen Se mal her, Schütt.«

»Einen Moment, Herr Professor.«

»Nu sachen Se mal …«

»Aber ich versichere Sie, Herr Professor …«

»Das derften Se wohl nur sachen als Achente …« Sie entschwanden, in Grammatisches vertieft.

Auf dem Gang verklapperte der Absatz des Lehrers. Zwischen das Lange der Hände ruhte Kai seinen Kopf. Klotzsch schien zu beten, süßlich die Lippen geregt.

Arne hob seinen Arm. »Das Schiedsgericht hat erkannt:

das Vorgehen Goedeschals war korrekt, wenn auch hitzig. Der Umstand, dass eine Dame im Spiel, rechtfertigt die Waffe. Die Gegner geben sich die Hand.«

Nun, auch das konnte man tun; aber, in das Heimstürmen der andern, fragte es wieder: »Warum begriffen sie mein *richtiges* Recht nicht? Ich selbst nicht? Warum?«

40

Schweigen wuchs im Zimmer wie Korn. Die Heizung summte. Unter dem Fenster auf den Steinplatten klappten Holzschuh.

Kai hob den Zettel. Eine geheimnisvolle Gestalt schien über ihm geweint zu haben: er war feucht, die Schriftzeichen verwischt.

Nun entglitt alles, im tieferen Schweigen war's, als schmeichelten weiche Ähren seinen Händen, wimprige Grannen legten die Nerven zur Ruh. Ein leiser Wind ging auf, die Welt schwankte, fasrig gerändert, glühte Mohn zur Sonne und in den goldfarben gleitenden Blütenstaub gab er mit: dieses vom Morgen, Sorgen, Kümmernisse; alles.

Es glitt fort; eine neue Pflanze entrang sich dem früh Gefühlten, nicht mehr aus sich wies er Verantwortung ab; tiefere Ursache ahnend, kam es ihm, dass er, dass andere hatten leiden müssen, damit sie diese Zeilen schrieb.

Sein Leben – nun war es geändert, sein Schwanken – nun hatte das Bastband Liebe es jenem Halt geknüpft: Ilse. Sein Leben ihrer Handwölbung einfügend, sah er es ruhiger glänzen, stillerer Schein rief Verpflichtung zur Güte.

Ja, Güte, Gutsein. Nicht mehr hob er die Hand gegen andere, wies sie aus sich; indem Ilse ihn fasste, ward sie das Bindeglied zu allen Menschlichkeiten der Weite. In ihrem

Schoß sein Gesicht geborgen, wird er von sich tun: das Unreine, das Fremde, das Selbstische.

Ihrer beider Sein war verknüpft. So wenig noch, kleine Jahre der Schule, stille Jahre des Studiums, und schon sah er sich, mit ihr, bei ihr für des Lebens Wachsen, Ernten und Zur-Ruhe-Gehen.

Und indem er sich zwang, durch Ilses Herz zu denken, wies er nun sein geändertes Antlitz den Eltern, Geschwistern, Lehrern, Freunden – »Klotzsch!« Ein endloser Strom von Bitten entquoll seinen Lippen, eine dunkel rauschende Beichte, die er seinem neuen Leben, die er Ilse ablegte.

Nun war sie Anfang und Ende. All jene Dinge, die dem Irrenden ein unverständliches Leben aufgezwungen, brachen fort; befreit, erleuchtet von der Güte des Zweiseins sah er sich klarer, einliniger einer neuen Heimat zuwandern.

Zuwandern? Sie war da, ein paar Straßen weiter wartete sie sein, eine Breite, darin neu einzusäen all ihr entwachsenen Samen des Gutseins, Sonne, sich dreinzulegen, warm zu werden nach Liebe hin.

Er ging zu ihr, hinter der Tür summte die Heizung, wartendes Schweigen wuchs im Zimmer wie Korn.

41

Kleine, süße, dünne, dumme Rederei!

Ein roter Sessel knarrt auf, jäh belastet. Langsam verseufzt er. Schaffner stürmt zerrissenen Gesichtes. »Meldung: Dekan neigt das Ohr. Relegiert! Studiosus Martens ist relegiert!«

Schweigen. Frau Regierungssekretär Lorenz strahlt äugelnd. Knospen stickt Ilse, blickgestreift von Kai. Stimmklangbetäubt neigt Fräulein Lotte die Stirn. Schaffners Faust knöchelt. »Wie?!«

Niemand hatte gemuckst, Beruhigung schien gestattet. Flach und steil wie nur je hingen die gelben Gardinen.

Schwarzbewestet straffte sich Schaffners Brust. Ausatmend: »Man belegt Vorlesungen. Man schwänzt. Trotzdem fängt man Attestat. Da gewesen! Alles! Aber Fälschung! Unterschriftsfälschung!«

Sein Blick prüft Gesicht um Gesicht. »Herr Goedeschal! Unterschriftsfälschung!«

Kai starrt auf. »Unterschriftsfälschung. Jawohl. Herr Schaffner.«

Beruhigend meint Frau Lorenz: »Sie taten die Pflicht.«

Schaffners Lider sinken, stichelnd linst der gesperrte Blick. »Anzeige *war* Pflicht.«

Endlos dunkelrot zieht Ilses Arm einen Faden.

»Liebe Ilse. Lange Fädchen, faule Mädchen.«

Neu scheint dies nicht. Schaffner überschielend wägt Kai Einschlaf. Vielleicht sang man's ihm zum Wiegentakt. Es macht so müde. »Fädchen. Mädchen. – Wohl von ›fade‹.«

Schaffner murrt fernstes Achsgeklapper. »Pflicht! Gewissenspflicht!«

Frau Lorenz schmalt die Lippen. »Mein Gatte, von der Regierung brachte er heim so eine melodiöse Melodie! Geh, Lotte, sieh, ob du's auf dem Klaviere bringst.«

Fräulein Lottes Rücken ist beschwebt von einer breiten Schottenschleife. Das Piano stürmt. Ein Lichthalter klirrt. Verseufzend schweigt es.

»Es klingt so süß!«, zuckert Schaffner, wirft das Auge zum Deckengips.

»Nicht wahr? Wie er's erst singt!«

»Mehr, ich bitt Sie, Fräulein Lotte.«

›Man weiß nicht, was Ilse etwa so denkt. Vielleicht ist sie zufrieden. Warum nicht? Papa spielt wohl besser.‹

Noch einmal knarrt das Pedal. Gerötet, gesenkten Blicks erreicht Lotte den Rohrstuhl.

»Herrlich, Fräulein Lotte.«

»Sehr melodiös«, bemerkt Kai und wird gemissbilligt.

»Dies Letzte wohl nicht so sehr.«

»Ich meinte das Vorge.«

Wollig wickelt das Gespräch weiter. Jörg hat eine Fünf in Latein, der Gatte wird unzufrieden sein. »So unzufrieden!« Lotte bekam Frost in die Hand. Schaffner empfiehlt Mandelkleie.

Kai neigt zu Ilse: »Ilse, du liebe Ilse.«

»Wie, Herr Goedeschal?« Frau Lorenz streckt das Gesicht. »Nichts? So. Ich dachte. Und die Herren Eltern? Das Befinden?«

»Vorzüglich. Völlig vorzüglich.«

Dies scheint Belohnens wert. »Lotte, biete Herrn Kai die Zigaretten ...«

Er greift spitzfingrig zu.

»... obwohl man nicht weiß, ob der Herr Papa ...?«

Rauchen sei ihm bewilligt.

(›Zwar nicht wahr. Aber nun was denn?‹)

»Nehmen Sie immer.«

Geklärt scheint's der Dame im Sofa noch nicht.

Wieder versinkt Kai, während nun das Gespräch ins Theater schaukelt. Er stemmt seine Schulter. »Was ist dies? Erlösung? Hinsturz? Dankgebet? Gelöbnis?«

Fern sieht er sich, den Hoffnungserregten. »Geschwafel! Geschwafel!«

Er muss sich versichern, zur Fenstergardine gewendet. »Das Leben bleibt. Draußen. Nun denn! Hier auch heute geleugnet, kann es ein andermal in Ilse gezwängt sein.«

Greisenhaft brabbelt das Gas. Wieder versinkt er. Noch schultergedreht den Kopf, kneift er das Auge, bemerkt: »Entschieden zu gelb! Zu gelb!«

»Wie denn, Herr Goedeschal? Man versteht kaum bei abgewendetem Sprechen …«

»Verzeihung! Wie – ach nein, nichts, gar nichts.« Der Kopf dreht zurück, errötend. Gallig gefärbte Gardinen versinken. Hinten.

Die Hände gerungen, gerundet flötet Kastor Schaffner: »Verzeihung! Zu lang schon …«

»Aber gar nicht.«

»Das Kirchenrecht wartet. Ohne dies wird mein Schlaf mir nicht leicht.«

Neckisch erhebt sich der frauliche Finger. »Sieh da! Ertappt! Trocken, das Jus?«

»O nein, nur dieses …«

Hoch schiebt es Kai. Er verneigt sich, Empfehlung den Eltern empfangend. Vor Ilse, plötzlich belebt: »Und wie bekam dir der Ausflug?«

Endlich klingt ihre Stimme: »Vorzüglich. Bin's ja gewöhnt.«

Leiser: »Komm morgen. Besser ist's dann.«

»Ilse! Wo sind Herrn Schaffners Galoschen?«

»Hier, Mutti!«

Von Schneeschmutz genässt ist die Treppe.

»Genussvoller Abend. Nicht wahr, Herr Goedeschal? Rechts oder links? So? Rechts? Dann auf bald.«

Schnee stäubte. Der unleidliche Rücken verging. Ein Hund bellte. Kai wandte sich heimwärts.

42

Aufgekraust von der Winterluft überliefen flache Wellen den Teich seiner Langweile. Schon war es, als müsse er, schlank emporlohend, über die erleuchteten Fenster oben den Schein einer so innig gewollten Reinheit werfen, leugnen das lässige Zurücklehnen in Schweigen, da er für die neue Güte zeugte, die nun sein Blut sang. Die kleinen albernen Gebärden des Nachmittags wehten nur, kindische Flatterfahnen, um die Peripherie seines Seins, in dessen Zentrum geballt, unangreifbar und tatsüchtig, ein sehnender Wille hockte.

»Ich kehre um. Wieder die Treppe. Der Vorplatz. Auf dem alten Stuhl. Die Gardinen zurückwerfend, werde ich die von Leben angeglosten Scheiben weisen, meine Tatscheu zu tilgen.«

Er zauderte. Schon umfing Kälte ihn. Der Lichtschein der Laternen übertanzte einen Schatten, näher kommend, winterlich verhüllt.

»Ah!«

Im Schnee knirschten beider Absätze.

Aber sie wandten sich nicht. Ihre Augen tranken sich ein. So verharrten sie, gegenüber, wenige Schritte getrennt, reglos, bis der aufglühende Blick verfiel.

Kai drehte die Achsel, sein Fuß setzte an, schon wandte er sich, und gleich würden sie, zwei Rücken, augenlos, voneinandergehen, die Straße hinab, hierhin, dorthin, getrennte Wege, geschiedene Willen, gespaltene Freundschaft – (»Bäume«, dachte Kai, »unter Bäumen ruhen«) –, da verhielt er.

Den Blick über die polstrige Schneekruste horchte er der Stimme, die nun, leise, ihm kam: »Du, Kai …«

»Ja, Werner …?«

Still blieb's. Ein Windzug schüttelte Schilder, irgendwo schrie es: Kinder oder derart.

Nebeneinander … sein Arm tastete, schlang sich in Werners. Sie gingen. Schweigend.

Kein Mensch. Der beruhigte Schein jener Fenster überstand mondgleich das Bleiche aus Fleisch ihres Gesichts; er ging unter. Einer tieferen Dunkelheit zu, prägten sie dem verlöschenden Schnee ihre Spuren, Schuh um Schuh.

Gingen sie nicht wahrhaft in eine Nacht ein, wattegepolstert, in das Lautlose schmarotzender Gespenster, deren blutsüchtige Hände den Strick tanzen machten, an dem jener Kleinen Glieder automatenhaft regten? Blieb nicht hinten das Ersehnte, Sonne oder, wenn nicht Sonne, doch die kleine rauchgeringelte Helle eines Wohnzimmers mit den Gliederrührungen von Frauen, unbegreiflichen Wesen, die, berstend gefüllt, immer irgendwie und -wo Weisheit tropfen ließen und ein Streicheln der Hand?

»Nein. So kauert kein zuckflügliger Falter in dem rinnenden Sand eines Ackerwagengeleises, bebend, sonnenbestrahlt, wie sich der Blick einer Langgehaarten vom Stickkissen hebt und auf die Wange setzt oder deine Hand und ruht und verflattert vor Einfang.«

Klotzsch räusperte, Kai hob den Arm: still.

Und sie gingen weiter, weißer bestäubt, und Kai war es, als verirre er sich mehr und mehr in dem Gespinst einer Nacht, das seine Hände bewob und über sein Auge Fäden hing. Drüben, über den Dächern, in der Schlucht eines Hofes schlug man wohl große Trommeln, um ein Feuer kauernd. Wieder schrie ein Kind.

Kai bebte auf, murmelte: »Flucht!«

Klotzsch, im Flüstern sich neigend: »Kai?«

Aber Kai war fort. Sein Fuß trieb durch Heide, in der Sonne summte es, Kieferngekuschel dehnte sich endlos.

»Hier, hingestreckt liegen, versinken in das Rieseln des

Sands und nicht mehr ersehnen als einen Vogelschrei aus dem Blau und die Süße im Warmwerden und die Müdigkeit von Ausruhen. Tiefensee! Wunschlose Sommerwochen.«

Ja, drüben blaute es auf, über dem dürrgrasbewachsenen Hang mit den Pechnelken dehnte der See. Eine Kiefer starrte spitz. Vielleicht schlug die Dorfuhr, aber die Stunde war gleich.

Wo war das: Tat? Was war dies: Wille? Und Liebe? Und Güte?

Und Ilse?

Der Schnee sickerte, nistete, schwang seine Linien zu Boden.

Die Trommel brauste auf, dröhnend, und verstummte.

Werners Gesätz: »Wohin gehen wir?«

»Dort, wo die wandernd wehende Lichtfunkenreihe sich eint, steht der Bahnhof, Maschinengestampf übertönt Trommelbebungen, die neu beginnen. Knatternde Wagen reißen mich einer Welt zu, der ich Unbekannter mein Gesicht noch weisen kann.«

Er wandte sich fort. »Hierher. Nach Haus.«

Und: »Zu Haus.«

Das Zimmer dunkel. Zu den grauen Fensterquadraten tastend, hockten sie einander gegenüber. Still. Still.

Das Reden ging zu Schlaf, und Warten schwemmte langsam den Strand hin als ein Meer in windlosem Regen.

Leis schwankte Kais Haupt auf dem Wellengeschleich. Eine dumpf verschlafene Taubheit breitete die weichen Glieder über die Welt und ließ sie irgendwo in der Nacht Grenze sein – man wusste nicht wo.

Ein kleines Geräusch entfiel Werners Arm.

Dann war Kai nicht mehr. In seinem Haupte drehte langsam lautlos eine verglaste Laterne und entriss dem Hirndunkel endlose Zimmerfolgen, deren Leere von beschattetem Weiß aufging, unbelebt, totenstarr und schon wieder in tiefste Schwärze versenkt.

»Dort irgendwo liegt mein Leben; in einem Winkel, auf das ungesehene Gesicht gelehnt, schläft's. Nachts im Traum nach ihm suchend, durchfliehe ich angstvoll jene Räume, die durchscheinende Hand vor das Flackern der Kerze gestellt.«

Plötzlich stand die Laterne. Aufzuckend erlosch sie.

Ein warmes und weiches Ringeln durchwirrte die Brust, einem Hauf farbloser Würmer enthob sich blindes Tasten langer, streichender Köpfe; geisterhaft glitt es im Nacken, fasste ins Dunkel des Hirns.

Jemand rührte ein Glied.

Da nun klang eine Glocke; dumpf, widerhallend, langsam, sonor durchschwang ihr Dröhnen die bebende Höhlung der Brust.

Er neigte das Ohr näher.

Irgendwann war er dann fort vom Langstuhl am Fenster, stand am Nachttisch, eine Kerze flammte auf, flackte am Boden, ihr bleicher Schein warf auf Gesicht und Hand Plättchen, unregelmäßig gerandet, aus Weiß und Schwarz.

Kais Arm zuckte zur Tasche.

Da ging die Sonne über struppigem Haarwald der Föhren auf. Sand rieselte, Heidekraut blühte. Jemand träumte, das Gesicht zur Sonne gelehnt, von Luft und Verwiegen. In rinnender Wagenspur saß, flügelwippend, der Admiral.

Die Hand hielt an.

Neu ertönte die Glocke.

Aber nun entblühten der schwarztiefen Nacht farbigere Blumen, ihre wachsigen Kelchblätter durchpulste Röte, und während sie die leisen Lippen aneinanderzwängten und ewig hungrig neu öffneten, hoben sie sich von ihren Stängeln, durchsegelten das Dunkel – gekrauste Spürfäden wehten im Wind – und besetzten seinen Leib, den sie mit einer schwellenden Wärme erfüllten. Sie stürzten um, ihre rotfleischigen Münder seiner Haut angeheftet, saugten sie atmend Blutwärme aus ihr.

In der Tasche wühlte die Hand.

Und da, aufgesprungen, sah er's noch einmal: Hoffnung, du wehende Birkenallee, süßes, beseeltes Schwanken in Sonne, Feste, von Lachen überschwirrt, weites Gewoge aus Willen.

Aber drüben dehnte sich's dunkel, Verknotetes führte, ein Mundwinkel blößte, den mit dem Finger auseinanderzutun Lockung war, rot ging lippiger Riss einem Leibe auf, dumpfe Seligkeit, Verrat, Weinen nun und Weinen, Weinen in eine Nacht hinaus …

Es schwirrt. Viele Flügel regen sich. Durch einen Park geht Wind. Über Kais Bein weht der Rand eines Kleides.

»Allein! Allein! Ungeteilt!«

Und er stößt *den Zettel* zu Klotzsch: »Lies!«

Schwarzsamtiger Mantel überwirft die bunten Erschautheiten. Im Dunkeln entwächst unsehbar Gestaltlosem ein Gestaltetes. Weit von jenem laufen die in Sonne plätschernden Lebenswellen auf den Strand.

Klotzsch steht. Nach hinten den Griff der Hand, der torkelnden, fragt er: »Und?«

»Allein! Allein! Ungeteilt!«

An der Tür wendet sich jener: »Ich verzichte. Mit Dank.«

Und nun ist das Traben draußen, das Traben fliehender Flucht, auf den sandgestreuten Platten; er trabt fort.

Traben. Traben. Traben.

Und Kai hört's, in das Löffelgeklirr des Essens, im Klappern der Schachfiguren trabt's, und das Einschlafen ist gewiegt vom Traben Werners in die Nacht, vom Traben, Traben, Traben.

Aber am Rande des Traums steht Ilse, ihr Haar weht und sie winkt – winkt Kai allein.

43

Schleier Schlaf vor den Augen ward dünner und dünn. Über den Saum des entstreichenden letzten hob Kai die Lider. »Ich bin wach.«

An die Fenster stieß Hartes, rufgleich schrie es, ein bekannter Pfiff tönte melodisch.

Kai lehnte ins Kalte: im Sträucherschatten schlich es verkrümmt, trieb sich murrend empor, klotzte querüber den Fahrdamm und streute nun segnend die Arme über den Schnee.

Kies umprasselte Kai.

»Bist du blödsinnig, Arne!«

»Aufmachen! Colloquium nötig!«

»Leise! Der alte Herr ...«

Arne schrie dröhnend: »Mach auf!«

Fenster klirrten im Öffnen, schon sprenkelte Lichtschein die Scheiben am Platz.

Da: der Leuchter, die Treppe hinab, im gewohnten Versteck des Vaters fand er den Schlüssel zum Haus, öffnete.

An der Laterne im Schnee ruhte sich Arne, das Gesicht überklebt von Verachtung. Stählern stieß er ein Murren: »Schweine! Unwissende Schweine!«

Kais weißärmliges Winken lockte, zog ihn zum Halse des Freundes. »Auch du Schwein. Unwissendes Schwein. Gutes Schwein.«

Sie tasteten stolpernd die Treppe aufwärts. Alkohol dampfte.

In den Langstuhl hockte sich Schütt, das Auge vermiest durch Umkreisung von körnigem Grün, Gelb und Blau, die Finger den Hosen wulstige Falten entrollend.

Kai stieß ihn. »Was willst du? Gleich schlägt's drei.«

»Was ich will? Skriptum! Griechisches Skriptum. Gib's her.«

Arnes Tasche enthob sich Blaues, Zerknülltes. »Hast du's richtig?«

»Von Korn. Mach zwei Fehler rein. Dann wird's die Drei.«

»Los! – Was heißt das? Kein Schwein kann das lesen! – Und du?«

»Bekomme Zwei bis. Korn kriegt die Eins. Du hast dann also fünf Fehler.«

»Bockmist! Das hier ist nie im Leben richtig.«

»Mach's besser. Drei Fehler sind drin. Mehr nicht.«

Schütt stampfte das Heft in die Brust. »Anton sollte das wissen. So ein fleißiger Schüler, nachts noch um drei über dem Skriptum.«

»Leise! Ich bitte dich! Arne!«

»Natürlich. Versteht sich. Dein alter Herr. Denkst, ich bin knille? Gar nicht!«

Rücklings in ein Kissen gebettet, entzog er würdig der Zunge lächerlich aufgeplusterte Worte, formverlorene, im Umriss verzerrte: »Schriebst du schon Margot? – Recht so! Leg los. – Was! Keine Abschrift?«

»Lass sehen, vielleicht kann ich's so.«

Blasengleich trieb's Sätze empor ins Bewusstsein, der gleitende Blick rann zusammen. Aber noch klemmte es drinnen. »Ich bringe es nicht.«

»Los, Kind Gottes, stell dich nicht an.«

»Liebe kleine Margot ...«

Beinahe sang er's. Süß schmeckte der Gaumen, birkrutig wehten die Nerven. Im Schoß tanzte Gezier seiner Hände.

Er warf einen Satz. Zögerte. Aber dann ließ er sich gleiten, der Mund sang den Leib ihm zur Ruh. Über Arnes torkelnden Haarbusch schlug er das Ballspiel der Sätze, der Wortstrom strömte. Bitten warf er ins Weite und die Beschwörung des Flieders; über Ilses Gesicht goss er den Glanz weißseliger Wolken; ferner stand Margot; aber jenen dort, jenseit, schmeichelte er stiller nun Klang und Gelöbnis zur Seele, den namenlosen Begehrten, allen, die flaumig im Fleisch sich erwärmten. Spülte sich fort und hielt wie den Mond ein Lächeln des Trostes in Händen, eine Gewissheit von Glück allen, die dies Sein verwarfen. Glaubte sich selbst seine Liebe, Güte begehrend und wirkend, nickte, hob sich zum Ufer, lachte der Zukunft entgegen.

Arne, schiefwinklig den Kopf, sah dem Verströmenden nach, hob griffig die Hände. »Nanu! Du bist gut!«

Die Süße verschwemmt, schon sägte knarrend Protest. »Liga gefallener Mädchen! Rückkehr zur Unschuld! Luther! Christus! Statt dessen Liebeserklärung! Jeder Vereinbarung zum Trotz suchst du nur Sicherung deiner Lust.«

Kai hob sich. Indem er die Hände vor sich warf, konnte er's doch nicht hindern, das Fallen und Stürzen, nun entblößten sich Winkel, geheimer Sinn spann sich aus Sinnlosem, und weithin schien nichts zu bleiben als List, Verrat und am Ende: schmerzliche Niederlage.

Aber er drehte sich fort. Er wollte nicht sehen. Nicht dies. Noch nicht dies. Auch hier war noch manches mit kleinen Gebärden zu schmücken. Die Augen geschlossen fand man vielleicht einen Weg am Absturz vorüber.

»Du siehst nicht Gomorrha, Salzsäule. – Also dein Ehrenwort, dass du noch einmal schreibst. Heilsarmee mehr als Entblößung von Lüsten.«

Kai fuhr herum, seine Hand griff zu Arne. »Nie! Nie! Nie!«

»Aber keine Angst! Was soll das! Schreibst du?« Und Arne stieß auf den Boden. »Du schreibst, Kai? Noch einen Brief?«

»Ich bitte dich, Arne, sei still.«

»Bin's schon. Aber du schreibst?«

»Ich kann nicht.«

»Ich brülle das Haus zusammen. Ganz egal.« Ruhiger: »Das wär nicht amön? Du schreibst?«

Kai fasste ihn. »Arne, du verstehst es nicht. Aber glaube mir, es ist ein Komplott. Man will mich verraten. Schreibe ich den Brief, es hieße den Feind bestätigen. Glaube mir doch!«

»Red keinen Unsinn! Komplott! Du spinnst ja, Verehrter. Ich erzähl dir was Gutes ... von Margot ...? Aber du schreibst?«

Kai verneinte.

Arne stand. Der Stuhl fiel krachend. »Du schreibst ... Oder?« Er hob den Waschkrug.

»Um Gottes willen! Ich schreibe.«

»Ehrenwort?«

»Ja.«

»Ehrenwort?«

»Ehrenwort.«

Arne tastete um sich, griff Mantel und Mütze. »Servus, Kindchen.«

An der Haustür verhielt er, neigte sich langsam zu Kai, flüsterte: »Nun kommt's: ... ich war heute bei Margot ... Servus, unwissendes Schweinchen.« Und er ließ Kai dem Schlaflosen.

44

Das Schlaflose lag graulich wie Meer. Unendlich sich dehnend, bespülte es allseit Kai, lautfremd, und schon im Ertrinken, sah er über sich aufblitzen: weiße Hände, im Beten gebärdet, möwenflügelgleich. Sie flatterten auf über das Graue, und Angst war es, die Emporwurf befahl über Drohendes fort in Weitheit einer Wölbung, doch ohne Rettung.

Frühnebel bespülten die Wiesen. Ihre flockigen Schleier umzogen, wie betautes Gespinst von Spinnen, nässend die Stämme der Bäume, sie nisteten sich ein in den Ästen, und ihr taubes Silber entfärbte den Boden, bis er drohte.

Man versank darin. Keine Rettung kam, und wusste man schon oben drüber Blau, Sonne und gar Lerchengetön – hier unten lag man, und das Wissen half nichts in der Angst, im Grauen zu sein, einer lautfernen Welt geliefert, die gebärdenlos bedrängte, umspann, probend die Haut besog.

Und, wenn Kai den Blick auftat, – nun blähte das andre: einst sein Zimmer; unförmige Holzkloben entdrohten schwärzer dem Schwarz; ihre Konturen lösten sich, und mit einem Zucken, das ihre zu Schubladen geschweiften Bäuche überlief, waren sie näher, sie umdrängten die dämmrige Verfärbtheit der Laken, sie überhängten sein Haupt, und indem sie nur geahnte Lider klappten, schien ein Grinsen ihre Zerformung zu entblößen; ihren Atem, einen getrockneten Kiefernatem, ließen sie raspelnd über die erschauernde Weiche seines Gesichtes streichen, und ihre Hände, ihre noch verborgenen, aber schon gewussten Hände, deren Knöchel aus Astholz gedrechselt, stritten nur noch darum, welche zuerst die Sehnenbebung seines Halses umwerfen dürfte.

Kai schrie. Er wusste: er schrie.

In ihm sog es an, aus dem Bauch quoll es auf zur Lunge, überdehnte das Gefüge der Brust, durchpfiff stürmend die Tunnel des Halses und entbrach trompetig lippenblähend dem Munde – aber die Schränke, die Stühle, die Tische, der Sekretär zogen ihn ein, und der Schrei ging; aufgeschluckt und leergefressen ließen sie ihn, mit eingefallenem Bauch, dessen Nabel bebendes Gefältel umzog, während ein Schweiß aufging und die letzte Bindung der Glieder lockerte, löste.

Und nun, indem sie sich alle beugten, schlugen sie seine Augen zu, sie stürzten ein, kantig erfüllten sie Brust, drängten die Lunge, verletzten das Körnige des Hirns und blähten gedunsen den Schlingschlang der Därme. Sich öffnend, entließen sie ihren Fächern und Höhlungen Käfer, kleines, vielfüßiges Gekrabbel, Denkgetier, fremdes, und überstürzend ballten sie sich klumpig, ihre hornigen Flügeldecken erhoben Gesumse, seinen gänzlichen Verlust zu erhärten.

Kai regte die Hände. »Ich bin noch da! Neben ihnen allen flehe ich: Rettung! Über ihre Stimmen meinen Schrei setzend, flehe ich alle an: rettet mich!«

Da wies Arne den Brief. –

»Nein! Ich habe Reinheit gewollt! Liebe von Margot lag mir nicht an. Als sie sang, war sie schön, und dies war es: ihre Schönheit hinausreißen aus dem Gelächter-Beschmutzten des Nachtcafés in Sonne und Blau, das war *mein* Wille!«

Das Briefblatt schwankte. Eine Hand schien darauf zu schlagen, die Buchstaben überstürzten, unbegreifliche Zeichen bildeten sie tanzend.

»Ich war es nicht! Nächtens, nicht fasslich verlockt, schrieb ich Ungewolltes! Nie Gewolltes! Verachtetes!«

Dann flehte er fiebernd: »Ich bereue! Ich bereue!«

Aber seinem Flehen hielt das Briefblatt stand, Wind überwehte die Seiten, dass sie sich öffneten und auseinandertaten, in einer seltsam erhitzenden Weise; sie zergingen, und näher dem Flügelgereibe das Ohr geneigt, entklang ihm nun der Befehl zu neuem Brief.

Kai führte die Finger an die Augen. »Noch sehe ich nichts. Der Morgen ist fern.«

»So viel Zeit zu erliegen! Aber ich tue es nicht. Denn dies hieße ihn rufen, ihn anerkennen, der, jetzt noch ohne Recht, mich beherrscht.«

Er warf sich fort. Er übersprang dies. Einem Neuen zutaumelnd, erkannte er wiederum Arne, das Haupt geneigt und Worte flüsternd, Worte …

Dunkler überdrohte es schon Erlittenes, im Tanz der Rätsel trieb der Freund, Margot im Arm, und Unbegreifliches geschah.

Mochte Kai prüfen, mochte er Erlesenes, Erfangenes, Erahntes berufen, das letzte Rätsel blieb zu.

Was taten sie? Welche entsetzenswilden Geheimnisse entlockten sie ihren Leibern, ihrem Sein? Wie verschränkten sie die Finger? Wie fügten sie Mund zu Mund? Welchem unbegreiflichen Dienst widmeten sie ihre Hände, doch zum Fassen geformt, ihre Beine, nur zum Gehen gestaltet?

Jener wusste es, Arne wusste es! Aber hier, überschäumend im Einsamen, lag allein: Kai. Und ob er sich dem Erahnten zuwarf, ob er prüfte und die Reihen der Gedanken durchflog, fieberhafteren Fußes jedes andere Mal – er fand nichts.

In das Wattige fiel er, Nirwana gähnte und die Rätsel blieben, heute wie gestern und immerdar.

Die Rätsel blieben.

Und nun lag er, ein wenig hell im Gesicht und die Hände ausgeleert, und sah Helleres kommen, an den Wänden und der Decke, und das erste Morgengetön brauste auf, der Bäcker Weckengeschrei und das Blechgeroll der Kannen – er hatte den Brief nicht geschrieben, aber war es darum, dass er das Rätsel nicht riet?

45

Außer den Fenstern stand noch ein wenig verdämmernder Winterhimmel. Die Vorhänge fielen zu, schon summte das Gas.

»Und deine Mama?«

Eine kleine runde Regung wies ihm seinen Platz.

»Ist fort, im Kränzchen. Auch Lotte ist nicht da, irgendwo mit Schaffner …«

Ein wenig neigte sie sich vor. »Du musst dich gut mit ihm stellen, er wird sich mit Lotte verloben. Mama mag ihn.«

Kai wies dies ab. »Ich nicht.« Und zuckte auf ihren klagenden Aufblick die Achsel: »Was will man da tun? Er liebt sich zu sehr.«

Sie schob die Nadel über die genässte Garnspitze.

»Und du?«

»Und ich?«

»Liebst du dich nicht?«

Er beharrte. »Zu sehr?«

Da hob sie den Blick. »Ja. Zu sehr.«

Er griff in sich, ehrlich. »Sehr? Vielleicht ja. Zu sehr? Auch, obschon … Aber anders.«

»Das sagt jeder.«

Der Alltag war da, quietschte, quarrte, räkelte gähnend.

Doch Kai leugnete ihn. »Ja, aber nicht jeder mit Recht. Ich liebe mich sehr, verachte die andern. Aber mehr als mich liebe ich Schönheit. Und in der Wahl hätte sie zu leben, nicht ich. – Aber er?«

Sie hob die Augen – und nun schien sie ihm klein –: »Sagen kann man das. Doch Beweiskraft …?«

Er vorgebeugt, die Hände breitend, ihr zu: »Hier! Das ist dein. Sag: fort!«

Dringlicher, heißer, näher: »Sag: fort!«

Sie sachlich: »Wozu?«

Und er, indes seine Hände fortfielen: »Freilich ist es wertlos.«

Kai suchte sich: halblaut redend, kaum für sie, doch für sie, ging er sich nach. »Auch Kleineres nähme mich fort aus diesem Leben. Eine schlechte Note, Demütigung, Angst vor Strafe oder so. Warum nicht? Darum, weil ich Befehl anderen Willens brauche.«

Aber nun stärker erglühend: »Doch, wäre das nicht *schön.* Schön, für dich, für fremden Zweck, nicht um *meiner* Not willen zu sterben.«

Sie stickte. Irgendwo schlug eine Uhr.

Kai drehte Hand um Hand. »Du bist fort. Du willst mich nicht. Was ist?«

Näher zu ihr, die Luft saugend, atmete er neu Not. »Du! Musst da sein. Bei mir. Letzte Insel. Verliere ich dich, so …«

Er griff ihre Hände, sie sah auf. »Verlieren …?«

»Ja. Wo bist du? Wo ist deine Nähe? Spüre ich dich? Schmecke ich dich? Treibst du im Blut? Was ziehst du geduldige Fäden?«

Er umgriff die Gelenke. »Du! Nah her! Wärme mich! Sei da! Wachsein! Nicht schlafen! Der Tag kommt!«

Ihr Auge feuchtete sich, ins Weiße verschwimmend entglitt näherer Blickstrom der Pupille. »Du. Du.«

Er trat fort. »Weg! Du weg!«

Wies in die Ecke, ihrer Schulter überwärts; jagte den

Schatten mit Worten: »Komm nicht! Beflecke mich nicht hier! Bleib bei Arne, der bei dir war?«

Und leiser: »Küssen? Sie küssen?«

Aber dann, wieder ihr nah: »Nein. Das Ungemeine. Das, was aufwächst, von selbst. Was dem Boden entquillt. Nicht gesehenen Gebärden. Nicht das Erlesene, Erzählte, Geschenkte. Nur das Selbstgewachsene.«

Und von unten ihre Züge durchsuchend: »Nicht du? Auch das wird kommen? Noch bin ich nicht reif dafür. Nicht stark genug. In das Zurücklehnen, das Ineinandergleiten von Weichem würden sich Schatten neigen der Büchergestalten, und was wir täten, wäre nicht unser, sondern Jettchens oder irgendeines von jenen.«

Sie murmelte: »Verstehe ich dich? Nein.«

Aber er: »Erst verstehen. Alles andre später.«

Doch schien noch immer beißender Qualm im Innern zu treiben. Aber seine Schwäche fühlend, widerstand er hitzender Verlockung. »Unmöglich, dies zu tun. Warten. Vielleicht kommt es.«

Und er lächelte selig.

Da schien Wärme auch sie zu fangen. »Liebe ich dich nicht?«

Aber der: »Das ist wenig.«

»Wie? Mehr?«

»Wachsein! Dasein! Leben! Wirf die Saugwurzeln in mich, trinke mich aus, in dein Blut hinein, wie du völlig in mich fällst, bis zum Zucken der Brauen.«

Und er fühlte entkräftet, dass er *rede.*

Sie sann. »Du hattest Unrecht. Du schlugst ihn, belogst ihn. Doch liebte ich dich, schrieb ich die Zeilen. Weil du littest? Tiefer? – Littest du?«

Er zweifelte. »Weiß ich es?«

Schneller dann: »Heute? Noch heute? Weiß ich von mir?

Ob ich litt? Andere kenn ich vielleicht, in diesem und dem, mich – nie. In nichts.«

Müde: »Ich weiß nicht, ob ich je litt.«

Doch sie blieb dabei: »Deine Augen …«

Und er: »Meine Augen? Fremde Augen! Wo bin ich?«

Und näher, lauernd: »In dir? Etwa?«

»Geh«, murmelte sie, »geh.«

Aber er warf die Worte rascher, übertönte sich selbst: »Was liebst du? Hier die Hand? Den Kopf? Kai, der log? Kai, der schnitt?«

Drängend: »Sag!«

Sie flehte: »Geh doch. Du zerstörst?«

Aber er, lachend: »Sie sind fort, alle, alle Kais, die du kennst. Liebe den, hier!«

Er verzerrte das Gesicht, das sich ihr bot.

Und zweifelnd, indem er die Fläche der Hand mit dem Blick überprüfte: »Welchen? Den: hier?«

Sie sah auf, beinahe war es Trotz. »Doch liebe ich dich!«

Aber er, nun gänzlich gefallen: »Liebe? Was ist das? Warum sitze ich hier? Ich könnte sitzen … etwa da oder dort, überall ebenso gut.«

Und ergänzte leise: »Besser: bei Margot.«

Aber dann erschrak er: dies schien Verrat. Und er bekannte: »Nein! Nein! Nur hier!«

Und, da er zierlich zu sein wünschte: »Nur hier bei dir.«

Sie schwieg, und indem sie das Gesprochene forttreiben ließ, in den kleinen, heißen Luftwirbel etwa der Gaslampe oder in den eben bedrohten Schattenwinkel am Schrank, griff sie zum Kissenbezug und erreichte im Sticken stilleres Beruhigtsein.

Kai überschaute sie. »Sie ist nah gewesen, als ich fern war, und fern, als ich nah. Wir wissen nichts.«

Schon leugnete sie das Besprochene. »Wo Klotzsch bleibt.«

Als er schwieg, sachlich erläuternd: »Es ist sein Tag.«

»Du wartest umsonst, spare die Sehnsucht.«

Gekränkt fragte ihr Blick.

»Ich wies ihm, dass mit mir seiner Rolle hier ein Endes sei.«

Nun stand sie, schon konnte man sich fürchten, da man sie nun, die Empörte, sah: bleich, die Backenknochen überschattet, die Stirn verzackt und um das Kinn etwas gleich Mühlsteingemahle. Und dass die Empörung unverständlich, machte es besser noch, fortzutreten.

»O, pfui du! Er war so gut!«

Schon saß sie, ihr Rücken zuckte und feucht schien es den Händen überm Gesicht zu entquellen.

Sollte man steicheln? Das Haar? Die Hände fortziehen?

Man stand abseits und stammelte dieses und jenes: »O, Ilse! Nicht doch …! Was ist …? Ich verstehe nicht … Ich wollte dir nicht wehtun.«

Aber sie, Hass in der Stimme: »Was du tust! Was soll er denken!«

»Er? Denken?« Und wollte sagen: »Ist das nicht gleich?«

Aber dies schien nicht ratsam, und da für andres der rechte Ton nicht zu finden, schwieg man.

»Du gehst zu ihm! Gleich!«

»Ich gehe zu ihm. Sofort.«

Folgsam sagte er's, doch wusste er es anders.

»Es sei ein Irrtum.«

»Irrtum. Jawohl.«

»Prahlerei von dir.«

›Wenn schon …‹, dachte er. ›Gar nicht!‹

Sie bestand darauf: »Prahlerei von dir!«

Er, leichthin: »Prahlerei von mir. Aber gewiss.«

Aber sie, nun das Gesicht erhoben, genässt und eigentlich

beschmutzt von trostlosem Gereibe der Hände: »Nimm es nicht so leicht. Du musst es tun. Sonst …«

»Ich tue es.«

»Du gehst? Gleich?«

»Ich gehe gleich.«

Aber er blieb stehen.

Sie überflog ihn. »Warum tatest du es, Kai? Musst du Schlechtes tun?«

Und er: »Ich wusste nicht, dass es schlecht sei.«

Sie trat näher. »Es *war* schlecht. Siehst du es ein?«

»Ich sehe es ein.«

Aber drinnen schien es richtiger zu singen: mach End, o Herr, mach Ende.

»Du tust es nicht wieder?« Und ihr Blick schmolz.

»Nein. Nie.«

»Nie wieder?«

Und er hob bekräftigend die Hände.

»Du bist gut«, sagte sie und suchte ihrer Weichheit irgendeine Hingabe, fand sie nicht, setzte sich dann.

»Ich will gehen«, sagte er.

»Schon?«

Und er, sehr erstaunt schien es: »Zu ihm!«

»Du sollst nicht gehen, Lieber. Es wäre zu viel. Ich schreibe ihm.«

Und dann summte wieder das schon vergessene Gas, kleine Dinge ihres Lebens marschierten, ihm erklärt zu sein, und am Ende war alles Erlebte unwahr und das Taube im Hirn, das Hornige aus der Nacht hatte auch dies überdauert.

46

Kai ließ sich gleiten – Kissen schmiegten weich den Nacken, armselig und strähnig, der er war. Die Glieder ruhten. Im Windzug treibender Gedanken zerging flockig Alkoholnebel, Bilder kamen, sie glühten auf, eine schmerzliche Süße zwängte ihn diesen Munden zu und ließ ihn trüb nachträumen abgekehrten Schultern.

»Wieder wäre ich daheim. Diesen Nachmittag warf ich Worte, hetzte mich, weiter und weiter, am Ende lag ich doch, aus Schlafwandel gestürzt, an der Hürde des alten Rätsels. Seine Lösung suchend durchtastete ich Straßen, warf mich an diese und jene, aber nur Wind war ich, verblies mit dem kälteren Bruder an einer Ecke oder dort hinten, wo die Gläser der Laternen unter dürftig entlaubten Bäumen klirrten.«

»Mädchen streiften an meinen Schultern vorüber. Die einen hielten die Lider gesenkt, die lang waren, und wenn sie sich hoben, wehte ein leiser Wind mir zu. Andere richteten ihren starren Blick durch mich durch, meines Flehens nicht achtend, und sahen fernere Gestalten, männlichere, die ihre Hand nehmen würden. Alle aber schoben den Hals ein wenig, indem sie die Wange von den seidigen Streicheleien der Pelzkragen kitzeln ließen; süß tanzte ihr Kehlkopf, Feuchtes verschluckend.«

»Eine sah ich: sie hatte den Fuß auf einen Bordstein gesetzt und knüpfte die Bänder; der lange weichbraune Schaft ihres Schuhes war festgeschnürt, er umzackte zärtlich das Fleisch ihrer Wade. Im Schnee hätte ich liegen mögen, dort, und mit Lippen und Zunge die Bänder knüpfen, die verschlungenen, beschmutzten. Sie warf ihren Rock ein wenig links, als sie ausschritt, ihre Schulter wies die Welt fort, aber meinen Blick hatte sie nicht gesehen.«

»Jene andere fing ihn ein: über die braune Schulter kehrte sie ein blasses und steiles Profil; während der Blick prüfte, teilte rötlich und feucht ihre Zunge das Schmiegsame des Mundwinkels. Ich folgte, mein Herz schlug, wir durchzogen einsam gefüllte Straßen, am sinnlos erhellten Schaufenster spürte ich ihre Nähe; breit zerdrückt streifte ihr Rock mit einer Falte mein Knie, nackt besprang ihre Hand die Scheibe.«

»Dann kam der Blick, er schlug voll auf und verbot Flucht – ich weiß mein Zittern –, doch schon hatte sie mich erkannt, den Unwissenden, den Feigen, und strich fort unter die andern, während ihr Blick stärker und stärker wie ein zu großes Ding meine Aderwände weitete.«

Er seufzte. Sein gesenktes Auge hob sich, es durchirrte das Zimmer, halberschlossen fragte es da und dort und hier.

»Nichts? Gar nichts? Den ganzen Tag war ich fort, mit Ilse stritt und log ich, suchte den Gral, und nun, hier, wisst ihr nichts davon? Wie? Es wäre umsonst? Ich sei derselbe? Jedes Bild sickere fort aus der zu sehnenden Hand?«

Er schwieg neu. Ein Glas im Schrank klingelte nach und verstummte.

»Wie suchte ich! Das Goldstück zwischen Daumen und Zeigefinger ließ ich es dann und wann aufspiegeln, den Mädchen ins Auge, Lockung, da ich zu wenig Lockung war. Sie achteten auch dies nicht.«

»Jener im Café, – wie hoffte ich, er werde mit mir gehen in die Gassen, die dunklen, die wie Sturzbäche zwischen die Häuser eingerissen sind. Auf ihrem Grunde schaukeln die roten Kugeln der Lampen, – an seiner Seite hätte ich es gewagt, ohne Furcht, den Neuling verlacht zu sehen; aber eine schwarzlockige Dicke lockte ihn von meinem Tisch, und ich blieb allein.«

Er seufzte; es flog fort, das kleine Gerede, dürftig beschwingt, ein wenig wehmütig, und umhängte, ruhenden Fledermäusen gleich, den Stuckfries der Decke, kopfabwärts.

»Auch der Kellner achtete mich nicht. Trank ich schon viel, mehr als die andern, irgendwie erkannte er mich, und sein Ton klang, als sei es auch mein Amt, Bier zu schenken.«

Er sann, aber die Bilder trieben weiter, und er sah sie nun, jene Blonde, mit dem roten Hut, der er im Aufstehen gewinkt, mit dem Kopf auf die Straße verwiesen.

»Sie verstand mich. Ich durfte hoffen. Auch sie rief den Kellner zur Zahlung. Ich wartete. Schnee trieb. Viele gingen. Manchen lief ich nach, lange, um ihr Gesicht im Schein der Lampen als fremd zu verweisen, und kaum zurückgekehrt, flatterte ein neuer Rock. Furcht, sie werde es sein.«

»Ich entschloss mich, teilte den Vorhang: und sie saß da, und ihr Gesicht höhnte den Beschneiten, Erfrorenen, der gewartet hatte, trotzdem er außer Betracht. Ich ging.«

»Hier bin ich wieder«, murmelte er, und unablässig über die Innenseite des Gesichtes rinnende Tränen schienen ihn mit dem Winde äußersten Verlassenseins zu beblasen.

»Hier bin ich. Unwissend wie je. Arne nimmt Margot am Arm. Alle andern wissen. Ich?«

Er zögerte: ein Weg breitete sich auf, dunkel von Laub überhängt, Himmel sah man nicht, aber seitlich lohten Feuer. Am Ende erhöht lockte ein Weißes, es sang und klingelte mit Gläsern. Dann warf es die Beine.

Kai schloss die Augen: Ilse trieb weinend vorüber; Knechtung, Verlust drohte – »aber nein, wissen will ich!«

Und er schrieb den Brief an Margot.

47

Sie schritten auf Kai zu, kleine Schneewirbel stäubten vor ihren Schuhspitzen, die Arme hangelten lautlos. Mit den Filzrändern ihrer Hüte setzten sie groteske Kurven und Kreise in die trübe Luft; an ihren Bärten, im Gespinst der Schleier hingen Spinnen gleich Tröpfchen, halb erfroren.

Da diese vorüber waren, entschritt sie ins Freie der Tür, noch den Kopf gewandt und ein zu gerundetes Wort ins schwarz Klaffende werfend. Lang schlugen die Knie leichte Zucke in den blaugrauen Rock, den der Schnee torkelnd beflockte. Bauschig überquellend zerdrückte ein Barett die schweren Haarflechten.

Ilses Hand glitt auf den Grund der seinen wie ein gedunsener und süßlich erwärmter Leichnam. Sie lachte. »Wie du gefroren hast! Deine Nase ist blau. So blau!«

Doch verweigerte er dies, wenn schon ihre Achseln neben ihm zuckten, lustig, seinen Trübsinn in den Schnee hinter sich gleiten zu lassen –: er drückte ihn fest und beharrte darauf, verbissen aufwühlend, dieses: Frieren, Leidensmöglichkeit genug, Winter, feindlich im Glotzen. Die Eisbahn spiegelte: sein knöchelgeknicktes Humpeln, Spott und in allem knirschte die Kälte, die das Herz sprüngig gefrieren ließ, dass es glasachtsam schlug und zu leise: wie Zehentasten an die Geldlade des Vaters.

Dann schwiegen sie. Die Laternenreihen der Straße funkelten ihren Schritten vorauf –: aber am Ende ruhte das Auge im schließlichen Zusammenfließen der Schimmer, und indem man das erfahrene Schneiden der Parallelen im Unendlichen erwog, war es so ins letzte Hoffen ermutigungslos, dass nun die von einer Ilse Lorenz und jenem Kai Goedeschal dicht zu nah gesetzten Fußspuren sich nie treffen, schneiden, berühren, decken würden, sondern geheißen waren zur Weiterwanderung, getrennt, in alle Unendlichkeit und Ewigkeit hinein. Und er sagte dies.

Sie schlug den Kopf ein wenig auf die Seite, die lang bewimperten Lider wie meist gesenkt, ihr Kehlkopf entsprang rasch einmal dem Mantelschluss, aber schon in seine zögernden und mühsam gehobenen Endworte rollte sie ihre Hände und sagte ein »Nein« und »Immer Unrast?«.

Kai schmeckte es bitter: ja, sie wanderte diese Wege nicht im hoffnungslosen Verheißungszeichen wehender Hüte und Blicke, unter der gesenkten Heimkehrstandarte durchfrosteter Nacht und Seligkeit.

So liederte er denn nur dies und das Herabsetzende einer Heimatlandfremden, die, in Timbuktu geboren, nach Muskat duftender Wärme und pflanzenfleischstrotzenden Bananenblättern roch.

Gesteigert schließlich, so ein bisschen proletig, aber schon von verhaltenem Weinen gedörrt: »Na ja, was *willst* du denn eigentlich? He?! Nun sag mal! Was soll denn, nun, das alles? Endabsicht … He? Sag!«

Und er drehte die Arme im Wälzen gebauschter Gedanken vor seiner Brust.

Doch sie, von all dem Gerippten, Geriffelten, Gerieften zerformt, schlug einen Ausfall. »Und du? Nun, und du? Was denn du?«

Da sang er es, in Vorsicht bedachtsam betont, doch Drohung glostete hinten: »Ich weiß schon, was ich will …«

Weil sie schwieg, beschwänzte er's milder: »… was ich möchte …«

Nun trieb sie es doch, ein kleines bisschen zu haken, ob es schon in dem und dem – aber was, wusste man nicht – verrucht erschien: »Und? – – Sag doch, ja? – – Nun?«

»… aber du musst mir versprechen, zu tun, was ich bitte?«

»Das kann ich doch nicht, wenn ich nicht weiß.«

»Siehst du … kein Vertrauen …«

»Vertrauen …! Aber so was verlangt man nicht.«

»Man! Natürlich man! Lehmann und Klotzsch thronen dem Maßgebenden vor.«

»Sag, was du willst … dann kann es wohl sein …«

»Nein.«

Manchmal streiften die Buschzweige Schnee auf die Achseln. Oder man schlug den Absatz gegen einen Stein und ließ das Geballte, Verkrümpelte hinten.

Aber nicht dieses! Wohl schien es irgendwo besser, tiefer zu häkeln und angeln, am Widerhaken zu ziehen; aber nein, nun sang die Stimme weich und ein wenig billig erstickt; es ging so unschwer: »Versprich, dass du's tust, du kannst es so leicht.«

Schon flehte auch sie: »Kai … Kai …«

»Bitte, bitte, bitte, liebe Ilse …«

»Aber du! Ich kann doch nicht …!«

Sicher, noch hatte man's nicht gesagt. Wie? Nein, gewiss nicht. Aber es klang, als wüsste sie. Und wusste sie, durfte man's wagen, tun, so sich vorbeugen und die Meinung des Eigengesichts auslöschen, auf ihren Lippen.

Aber sie wusste nicht! Sie wusste nicht!! Nie und nie!!!

Da waren die Straßen, der so getriebene Schritt sank nun in ein Entbreiten zusammen, und ihre Frage war verstockt und her und hin spöttisch: »*Nun*, Kai?«

›*Nun*, Kai! Natürlich wusste sie! O, ich, ich, ich …!!‹ Aber laut: »Ja, Ilse?«

»Kommst du nicht noch rauf, Kai?«

Wie sie kratzte!

»Jetzt noch? So spät?«

Kleiner schon: »Freilich, spät ist es …«

»Ach was! Ich komme. Deine alte Dame …«

»Besser wir lassen's. Sehn uns doch morgen?«

»Nein, nun …«

Und plötzlich, dies, ermächtigt durch die Vorrederei, als Wiedergutmachung fordernd: »Nicht wahr? Ich darf?«

Hinten im Hirn ließ Hoffnung die verhüllenden Hände sinken, ein Lichtschein brach aus: noch konnte es kommen, konnte es kommen!

Es wuchs langsam aus ihr. »Nun ja, komm schon rauf. Warum auch nicht?«

Und nachdenksam: »Warum auch nicht? Was soll es denn schaden?«

48

Salon. Dunkel. Ein kleiner ungelüfteter Ruch, staubprickelnd.

»Ich sag nur Mama Bescheid. Einen Augenblick.«

Die Tür schlippte matt seufzend ins Schloss. Im kaum durchgrauten Schwarz beharrten die Möbel dumpf auf sich. Ein verhehlender Schritt ließ auf der Metallplatte eines Standbeins Tässchen klappern, der nächste schlug Kais Hüfte daran: helles Scheppern.

Er verwirrte beruhigend seine Hände.

Der Seitentür entstand gelb Erhelltes. Kai schlich, Gemurmel zu horchen; unnötig, denn schon schrillte es, wohl zu vernehmen: »… Herr Goedeschal nicht wohl? Nach Haus mit ihm! Man geht nicht zu fremden Leuten, um halb neun!«

»Muttilieb, bitte …«

›Oh, die Tür. Die Tür. Fort. Weg. Wie es brennt. Kräx. Klemm den Bauch, du Hund. Wie? Mantel dort, Mütze. Das Entree. Ah …!‹

Er warf sich in den dunklen Winkel. Ein Flauschmantel überschleimte deckend sein Gesicht.

Frau Lorenz: »Nein, Ilse …«

»Oh, Mutti! Er ist nicht mehr da! Fort. … Hat gehört …«

Es gilferte spitzen Triumph: »Der Lauscher an der Wand …«

»Oh, Mutti …«

»Standesbewusstsein, liebe Ilse … Staatsratsohn passt eben nicht! Glaubst du, seine Eltern wissen, dass er kommt!«

Und: »Schön verbieten würden sie's ihm. Aber schön!«

›In die Wand den Kopf. Glieder glatt. Alle Pfeile in den Bauch. Eklig süß durchlaugt schmeckt am Maul satinierte Wolle. – Oh, du Dreck, Kai!‹

Ein kleines erweichendes Rinnen spellte den Bauch. Sickern setzte ein Tremolo in die Knie. Man spürte es schon. ›He! Willst du ausreißen, Kadaver! Mich allein lassen, hier! In die Falle gelockt! – Verdammtes Es!‹

In der Küche, am Ausgang gelegen, blökte bubbelnd das Gas, schrie, knatterte dann friedlich: Töpfe klirrten, Löffel steckten silberne Triller als Fahnen auf. Die Stimmen, sieghaft spitz und leibhörig verhalten, drähnten den Schnack.

Das zerknitterte Leib, knetete, schmiss umeinand. Ins Hinterhaupt wuchs die befleckt tapetige Wand. Das Hirn roch Angst. Noch verwuchsen die Füße nicht wurzelgleich dem Boden, Rücken der Wand.

»Täten sie's doch!«

»Aber nicht hören! … Nanuneinnie! Nich hören!«

Zwischen den Zähnen knirschte Kai überfades Geknisper.

»Noch dies, gefunden werden, hier; man zieht dich heraus, Kai, im Licht stehst du, das Gesicht befleckt, alles fällt ab … wie sie lachen werden!«

Weiter im Wuchs!

»Der kleine Bruder erzählt's in der Penne: Held hinter Mänteln! Man hatte die Schuhe gesehen! Die Schuhe ... He, Goedeschaaaal! Nanu, Goedeschaaaal! Kuck einer an, Goedeschaaaal!«

Dem Erschöpften troff Speichel fort, verschleimte den Tuchfetzen am Maul.

»Was riecht es? Fettig, lau Dieselöl dickig dünstet's den Magen auf, schlucksend verkloßt es den Schlund, die Zunge verdreht, äh ...! Kotziges Menschengeschwein, zum Kotzen Vieh Kai, zum Kotzen!«

Ein Schritt überzirpte den Flur.

»Wie sie hohnverzuckt im Knöchel die Knochen tänzeln!«

Auf den Tisch sank klappernd der Essgeschirrsegen.

»Warte nur balde ...«

»Dass man so was überleben kann ...«, denkt er, »natürlich, bau immer Phrasen! Bau! Bau! Bau! Fühl's schon lieber, friss es ein, du Schwein. – Du bist nass? Verklebt an den Beinen? Du hast ...!«

»Es wundert dich gar! Selbstverständlich! Sehlbstverstähndlich! Wie dein Hemd klebt! Aber fein artig, mein Sohn! Nahtührlisch!«

»Tleine Tinder ... i' de' Ecksche schtehe.«

»Häh! Mauschele noch! Kannst du Kot fressen? Kannst du? Du kannst's! Äh nuhn ahlso!«

»Press die Wand. Sie kommen wieder geschlenkert. Ahem! Bist du still!!«

»Mach das Licht noch aus, in der Küche, Ilse.«

»Schlapperabumm: die Tür. Der Befreite. Noch warten. Sie kommt noch mal. Wegen des Lichts. Natürlich. Der Bruder sabbelt Gebet. Und sie heben die Hände zum lecker bereiteten Mahle. Kommst du? Kommst du!!! Nichts. Vergessen. Ich schleiche los.«

Eine Diele knarrt. Leise. Noch zwei Schritt ... die Tür geht – – –.

Sein Leib schlippt um, das Auge glostet ihr zu ... Noch sieht sie ihn nicht, sie trändelt hüftenbreit ... Da!

Sie steht starr, entkräftet hängen ihre Hände.

Er ahnt den Mund, der schreien will: da wirft er eine namenlose Gebärde des Flehens, in den Bauch sinkt der Oberleib zurück, die Knie brechen entzwei, über die Schenkel wächst Diele, jedes Gesicht ist verlöscht. Und aus dem Verkrümmten stammeln die Hände hervor, nun menschtumerlöst, dünenwindverraufte Föhrenäste:

»Ahbahmen! Ahbahmen!«

Ewigkeit fällt in Ewigkeit.

Kleine Töne sickern aus seinem Leib, fallen verbraucht um ihn. Wind kühlt seine Rinde. Ein düster wolkenverhetzter Himmel zetert an seinen Ästen.

Er fällt.

Als er aufsieht, ist er allein. Langsam findet er sich, da und dort. Und indem er dies abbaut, Glied um Glied, entsteht ein wenig der alte Kai, setzt sich auf, durchbricht das Verschreckte.

Und dann gibt es wie immer: Treppen, Schnee, Flickeflockeschnee, eine Bank zum Ruhen und Menschen, Menschen ...!

49

Am Ende aller Dinge stand das Bett, weiß gebreitet, höhliger Einschlupf. Nun umfing es ihn wieder, im Dunkel schmiegten Laken und Federn den Leib: kühlende Tröstung.

»Noch bist du da, Kai. Dies Atemgewölbte, das Geschaftete, die kleinen Spiele der Hände – sind mein. Und der Kopf, der seine Form in die Kissen wiegt, glimmt von neuem. Ich *glaube* schon. Noch ziehen grünschwadig irgendwo in ihm Dämpfe, aber bedenken ... Ja, es geschah. Sie ist ausgetan und fortgewiesen, diese Kleine, deren selten entblößter Blick zu leisem Erschauern die Brust und Tieferes lockte. Ich schrieb ihr, das weiß ich, anlässlich ...«

Kai wühlte die Schulter zur Seite. Die Knie emporgerissen, spürte er tief zu den Zehen ein gläsern klingelndes Rieseln, anzuhören wie zager Splitterschlag zweier Eiszapfen in fuchtelnden Jungensfäusten.

»Ich schrieb ihr, matte Zeichen. Nie mehr werde ich dort in der Stube sitzen, auf das Gas lauschen und das Hingleiten beruhigter Reden. Dies Auge hebt sich anderen zu. Ihrer Freundschaftstreue dankten zum Beschluss Worte, die da und dort beißend ihrer süßen Umhüllung entschlüpften und sich gegen sie kehrten. Ich nun, der ich ihre Herzhaut ritzte, fühle in mir schwächendes Versickern eigenen Blutes, Aufgang lippiger Risse und Dunkel, so sehr Dunkel ...«

Er sah starr zur Decke, auf der ein ungewisser Schein bebte, seine Hände suchten. »Wieder bin ich allein. Jener Abend weit entrückt, da Arne mich fortzog, auf der Straße die Blasse, dann die Geneigte, und – oh! – der Sonntag am Feuer, grau flattert der Zettel; und nun an den Schluss gesetzt dieser Nachmittag heute im Park; – welch rascher Anstieg, wie nah das Ziel! Nur ein wenig Mut noch! Ein wenig Zugriff! Vertrauen! – Nichts! Sie entglitt. Unstarkem entglitt der Moment zur Umkehr. Was denkt nun sie?«

Er horchte, beschwor ihr Gesicht: nichts. Blasses, Verblasstes wollte sich ballen, trieb um: nichts. Er formte die Hände. »So ... die Pulse an ihre Schläfen gedrückt, dass das Klopfen der Adern ihres sein konnte wie meins, ihr Gesicht nah, schräg erhoben, der Mund aufbrechend über den feucht glänzenden Zähnen – ah …!«

Es war fort.

»Ich werde es nie können … Aber du, du, Ilse, warum tatest du es nicht? Ahntest du wirklich nicht das Ziel meiner Bitten? Sag!«

Alles schien so leichter, wenn sie wusste, – selbst Rückkehr in dieses Haus, das die nachtmahrgleiche Verkrampfung seines Ich gesehen.

Er verschob das Hemd, betastete die Brust, seine Hand hörte Herzschlag auf Herzschlag, unbeteiligt gehämmert. »Liebe du … weißt du denn nicht …?«

Nein, sie wusste nicht. Auch nicht von fern hatte ihr Antlitz der grün verzerrende Glanz jener Fackel überhuscht, die der Feind in listig verkrampfter Faust trug. »Ich allein bin sein Knecht, sein Spielding; ein Zuckebold, der an Strippchen tanzt, heute zu Rausch und Taumel verlockt, aber die morgen nach der Erfüllung langende Hand unbegreiflich zurückgezerrt. Finde ich nie die Waffe, die ihn bekämpft, und, mit ihr, der Eigenheit Lösung?«

Fort war auch dies. Ein rascher Schauer, plötzlichem Hagelschlag gleich, überprallte den Leib. Faltiges Zucken schepperte ihn, hier und da, an der Außenkante. Kleine, blödsinnig glucksende Kehllaute pufften aus seinen Lippen, und während er die Lider presste und Finger abwehrend verkrampfte, sah er sich doch zum andern Mal jener Wand gesellt, deren abgestandener Duft neu plötzlich und breit seine Nase füllte; die Knie verbogen und einsinkend; doch gegenüber wusste er nun ihn, der durch die Mantelfalten sein Gesicht gesehen, den Glänzenden, Spiegel und Feind, Spiegelfeind.

Und ein Unverzeihlichstes schien es jetzt dem harngedüngten Boden dieser Erniedrigung zu entschießen, dass einer, jener sein Gesicht gesehen, das unverzeihliche Gesicht der Schmach.

Nie waren die in jenem Glase gefangenen Erinnerungen zu verlöschen, nie zu leugnen oder vergessbar, was geschehen. Die dann und wann im Toddunkel blitzschnell erschaute Gestalt des Feindes, verkrampfter Klumpen, wandelte sich nun klar in das graustaubige Glas eines Spiegels, im Rahmen einer rot gekehlten Leiste, aufbewahrt von jenen Schleifröcken, die ihn verjagt hatten – bis in diesen Ekel hinein.

Da erhitzte er Drohungen in sich. Die Zähne gepresst, stieß er Empörung, Fluch ihnen allen, den Zerstörern.

»Die Mutter … aber auch jene Breite redete kaum: ›o Mutti!‹ – das alles?«

Aufschnellend saß er, über die Tür raspelte eine Hand, im Drückerschloss knackte es. »Sie kommt! Um Verzeihung! Alles gut … alles gut …«

Das Dunkel blieb, sosehr die brennenden Augen sich mühten. Aber ein Knittern schien an der Tür zu sein, und nun wehte es her: Laues von Atem.

Er fiel zurück. »Sie …? Wer wird es sein … Mama …? Mama …?!«

Still. Das Blut sang im Ohrloch. Schwoll flutgleich. Nichts. Aber noch wehte es, stärker nun, dort drüben.

»Mama … bist du es …?«

Ein kleiner Klicklaut fiel an der Tür.

Stille. – Plötzlich bestürzte die Schwärze als Stahlblock seine Brust. Ein bewegliches Zittern riss im Kehlkopf, seine Hände feuchteten sich …

»Wer kann es sein …?«

»O, bitte, bitte!«

»Vielleicht ist es doch Ilse. Eingeschlichen! Das Mädchen bestochen. Nun hier. Scheu …«

Die Augen brachen auf. Im Blut trieb weißlicher Schaum. Er rieb Lippe an Lippe. Aber die Worte zerfaserten, die Zunge stieß torklig am Gaumen, quoll, schwoll …

Indem er die Lider klappte, wieder und wieder, beschwor er die Kraft zu fragen, in die Wangen fraß es Löcher … ach!

Er fühlte sein Leben in dem: Aufgebreitetsein in der Nacht und den Atem der Bedrohung zu den Nüstern stoßend – Hilfloser!

»Muttilieb …«

Da wogte es klotzig, ein Luftwirbel zertobte das Dunkel, schwer, massig Gedunsenes stürzte an seine Seite, Hitze überspülte Gesicht und ein Volles, Klaffendes verwirrte die kühle Geschlossenheit seines Mundes. An der Stirne kitzelte Haar.

»Erna!«

Aber ihr Mund saugte den Schrei auf, stieß Atem in ihn, ihre Arme belegten die Brust, verwühlten den Deckenrand, entblößten …

Kühle überspülte Weißes, Luft, Windzug vom Fenster her.

Und ward zugedeckt von dem zehnfingrigen Getapse der Hitze, das die Rippen brannte, über das Weiche des Bauchs sprang und im Nabel kreisend, höhlend verhielt –

Kaum! Denn schon ging es weiter, glitt, glitt, gezogen, schwellte, griff um …

Und da riss es Kai zusammen, klappte ihn auf, schloss ihn, seine Faust ballte Feindschaft, fettsträhnig zügelte sie Haar, riss, riss, riss …

Sie schrie, leicht und hell, irgendwo weit weg …

Noch stieß sein Fuß, über das Gesäß rann die Kühle von Entblößtsein.

Aber schon war das Zimmer entleert, und die Tür war längst zu, lange und längst, längst … längst! Längst!!

50

Gedehnt ruht Kai. Jedes Glied wiegt eine Rinne in das Laken, höhlt die Kissen, und die Knöchel buckeln sich doppelt. Es kreist in ihm, singend, mit bohrenden Stößen drängt das Blut durch die zu engen Adern. Noch dampft die fremde Hitze aus den Tüchern, über die entblößte Brust streift kühl ein Luftzug vom Fenster.

Auf der Hirnbühne huscht Äffisches, verkrümmt, doch nun die Arme auseinandergeworfen und mit magerer Knochigkeit die Fersen umspannend, dass das pelzige Gesäß grinsend nach hinten prallt. Haare wehen nach. Und eine kleine Ampel entreißt hie und da eine Spaltnase, einen gebläkten Mund weißrifflig dem Grau. Nacktsohlig überspringen Tänzer das fad Erhellte, ihre Gewandsäume flattern hinter ihnen; sie sind mit Gold bestickt. Und langsam kreist um sich ein Hockendes, Buddha gleich, das auf den Bauch mit zählenden Fingern Falten legt. An den Ohren klingen Klimperglöckchen.

In den Gliedern, außen ruhend, regt es sich endlos. Von allen Teilen des Körpers sind Armeen aufgebrochen, Legionen strebsamfüßiger, durchscheinend roter Ameisen, ihre Kohorten durchziehen das Rückenmark, in den Adern wälzen sich kribbelnd die Scharen, sie stauen sich in den Gelenken und durchwandern endlos tippsend in ihrer sinistren Stillheit die langen Schäfte der Schenkel und Arme, sie überströmen die Ebenen der Lunge. Im Zentrum des Leibes scheinen sie Feuer zu entzünden, störrig in Lustigkeit schieben sie Kreise und Flächen von Tanzenden, die, ohne von der Stelle zu gehen, die Beine rühren, Kais inneres Fleisch kitzelnd bewedeln.

Er wirft sich um.

Sie sind fort, aber die Wärme blieb, sie glostet, dampft

und glüht, sie bläht den Bauch; umsonst mit der Handfläche mildernd zu streichen, auch sie ist benetzt von einem schwärenden Schweiß; zwischen den Fingern klebt es.

Plötzlich drängen die Schläfen, sie zerpressen das Hirn, das haltlos nach hinten quillt; zwischen grauem Gematsch steht weiß ein Ei, in dem ein schwarzer Kern dreht. Dann fließt es fort, und Worte wurden Situationen, sie stehen wild und unbegreiflich verzackt und verzähnt, aufgebaut wie Landschaften.

»Tu es doch bitte, Ilse …!«

»Doch liebe ich dich …«

»Hebe die Hände um Rettung …«

Er wirft sie heraus, über die Decke wirft er sie zur Ruhe hin, die Ruhelosen, Entzündeten. Aber, Schwelfeuern gleich, zersengen sie den Stoff, pressen ihre Marken in die Schenkel, und ihre Finger zerzupfen, verstoßen die Decke. Sie streifen das Hemd.

»Was ist das? Wohin???!«

»Gängele du nur, Kopf, weit weg.«

»Aaaaah!«

Die Lider sinken, das Unterkinn wird frei, spaltet den Mund. In das Kissen wiegt die Hinterkopfform. Die Schultern spannen den Bogen, stoßen den starrenden Pfeil aus dem Zentrum des Leibes, bis er springt, speit, wirft … Er rüttelt den Leib, schüttelt kleine Juchzer aus ihm, die Ellbogen hüpfen auf, lässige Tauben. Die Zehen krampfen zum Kreis. Und der Leib wird lang, lang, dehnt sich endlos über die Welt hin – – – »dehnt sich endlos, de' si' lo' … de' si' lo … Daisy … Liebste …«

Und die Ruhe kommt gegangen, das Verfallen, das Schrumpeln, Rückkehr zu den Laken. Einsingen. Und ein schwarzer Schleier nach dem andern weht über das Hirn, die Säume streicheln seiden die Schläfen; nun sinkt es über das Gesicht, noch einmal stößt Kai den Mund auf, nach Luft, himmelwärts, nein! Schlafengehen, Schlafengehen.

51

Knarrend klaffte ein Türspalt, ward weit – jenseits der Diele funkte blau und rot, sonnenbestrahlt, die Fensterverglasung der Treppe. Herein schob sich Schütt, farbig gekrönt; mit der ins Schloss seufzenden Tür ergraute sein Antlitz; doch bot er näher tretend Kai Hand und Gruß und warf, plötzlich im Lehnstuhl viele Bauchfalten aufbreitend, die Erklärung eines Bedauerns, dass der Freund Kai so wenig nur noch zu sehen.

Dann wartete er, schiefen Gesichts, blass und rotblond blinzelnd.

Kai fühlte ablehnenden Unwillen. Indem er die Hände, deren einen Strich seitlich geschwungenes Endglied bedrückte, zwischen knitternde Buchseiten schob, spürte er wachsend in sich das Schweigen, es knödelte im Hals und setzte auf die Augenhaut brennende Wüsten.

So brummte er schwach und schob einen auffordernden Blick gegen Schütt.

»Du schweigst, rara avis? Aber dein Schweigen sagt, dass deine Abkehr nicht zufällig. Etwas ist da, also? Und?«

Halb anerkennend hob Kai die Achsel, seine Hände flatterten leicht auf und hockten sich beschämt ins weiß knitternde Nest.

»Bin ich Zahnschlosser«, markierte Arne Empörung, »rede nun du!«

»Ach …«

Aber im Ach zitterte so viel tränengereizte Schwäche. Arne ermunterte klatschend das eigene Knie, und Kai stärkte sich zu einem knurrenden: »Bockmist!«

Auf den fragenden Blick: »Es lohnt 's Reden nicht … wirklich nicht … nun, ja denn, wenn du durchaus willst … also …«

Und stand grell flammend über der Erkenntnis, dass er hatte pratteln wollen: Königtum verlieren, einsamkeitsverjagt in die sühnenden Hände häschriger Lehrer und Richter sich selbst liefernd. Röte überspülte das Gesicht, schon stand er, drehte die Hände umeinander, der nahe Absturz besaugte ihn schwächend, aber er warf den Leib zurück und klirrte ein schrilles: »Nichts …!«, während Arne noch immer aus der Flamme des Streichholzes flackernde Schwelung seiner Zigarette pufftte.

»Nichts …? Aber was ist das, Kai, da war etwas? Und du willst nicht reden, zum Freunde?«

Die Berufung des Wesensmeilenentfernten auf diesen Titel … Achselzucken …

»Wie?!!!!«

Arne schoss auf. Knarrend rieb der verstoßene Stuhl die Schrankwand. »Wie?!!!!«

Zuckendes Gewitter durchwarf faltig Schütts Gesicht. Das Fette der Wangen schwappte zurück und blößte einen kleinen, schwarzen und kochenden Blick aus Blau.

»Du zuckst zur Freundesberufung die Achsel?!!!«

Wie kleckerte weichlich Eifer: »Aber nein, mein Arne! Nicht dazu. Sondern die Geschichte, so unlohnend …«

»Erzähle doch …«, noch grollte Donner in dem. Und nun ganz weich in Fleisch und Skelett breitete Kai das rettende Lügengewebe der Entfremdung mit Ilse, den Herauswurf;

indem Arne Rauch paffelte und den geschliffenen Nagel gegen das Fensterglas stieß.

Aber im Reden fühlte der Schurke am höchsten sich landesverwiesen des vom Gefährten entfremdeten Königtums nächtlicher Schmach, fand im Prüfen des Verquollenen drüben nichts so weich redender Betriebsamkeit wert und – sabbelte weicher.

Da die Tür hinter dem sich elegant verbeugenden Entdeckten, der das Anhören so intimer Gespräche weltmännisch-zynisch bedauerte, zufiel und Heimweg, Erna, Paradies der Schmach, wohl Rede begehrend, aber nicht zu bereden, im Dunkel blieb, erwog Arne: »In all dem keine Not solcher Freundesflucht. Eher Beratung …«

»Wozu …?«

Da röchelte Arne, schulschillerpathetisch: »Racha …!« Schwellte die Brust und warf die Hände, torkelnd im Zugriff spitznäglig gekrallter Hälse durch die Luft.

Dann, matter säuselnd: »Das ließest du dir bieten, etwa? Von solchen Spießern. Stumm bleibst du dem Haus fern, du Verjagter …«

»Nicht stumm. Ich schrieb …«

Arne bestätigte das Wertlose. »Du schriebst … Wenn schon. Ist das genug?« Und nun lohend: »Racha! Freund! Racha den Spießern!«

Ein leises Prickeln durchtrieb Kais Adern, doch schien solchem Pathos gegenüber Rückhaltung geboten. »Sagt sich; tut sich nicht so leicht.«

»Man überlege; nicht heute, nicht morgen, irgendwann. Wisse …«, und drehte dozierend den Finger um sich, dass der faxige Lichtreflex den Nagel bewanderte, »wisse: jede ungerächte Beleidigung ist Minderung des Lebensgefühls.«

»Wo steht das?«

»Eigenes Axiom.«

»Und sonst …?«

»Dies und das zu erzählen. Frucht deiner Briefschreiberei an eine gewisse … Doch ich sehe, die Uhr weist eindringlich, dass die alte Dame bereits seit zehn Minuten zum Schuhkauf wartet …«

»Margot …?!«

»Wer sonst. – Seit ich nämlich vor einigen Tagen mir für die Anschaffung von Schuhen anvertrautes Geld zu einem genussreichen Bummel verwandte, ist selbst der Ankauf eines Schlipses nur mit elterlicher Begleiterscheinung denkbar.«

»Sag doch, Arne …«

»Ein andermal, Lieber. Auch ich weiß zu schweigen, dann und wann.«

»Aber, Arne …!«

»Gehässig, weiß schon. Nicht zu verändern, Liebwerter. Kismet. Servus.«

Einen Augenblick überspülte Kai im Gang Winterluft, die Schläfe frischend, aber dem Umwendenden schon lastete das Alte wiegend und krümmend die Schulter und das scherzhaft Erhellte war der Tür entschlüpft wie Schütt.

52

Und in sein Zimmer zurückgekehrt, fand er sie dort aufbewahrt, die kleinen Gesten jenes andern, hie und da abgelegt und dann beim Fortgehen vergessen; ins Kissen gedrückt, durch die Luft gerollt, an der Fensterscheibe klebend: all die Gebärden dieses –: »ja, pain-expellers, der nur schlimmere pains brachte, nicht?«

Und dem trostlos Erstarrenden härteten sie sich: der gespreizte Zeigefinger krümmte langsam und hakte in eine jener entrollten Bauchfalten, um das schiefwinklig gegen das Kragengetürm im Horchen geneigte Haupt schlang sich lind der gewurstelte Arm, und schon tanzten sie an, schwangen trotzig-fest im Ignorieren Kais ihre Kreise durch die Luft und schneppten mit einem kurzen Laut, der zu klickern schien, vor seinen abwehrend gespreizten Fingern zu einem endlosen Traversieren in den Raum fort.

Trostloser Einsiedel, du … du, dem der Traum von der Bewältigung des Lebens wie eine sonnenbestrahlte Qualle zwischen den Fingern zerrann, schleimig grau gelöst und die geflockten roten und grauen Streifen in ein breites Gesicker wandelnd, – nun siehst du gar von der Erscheinung des Freundes das Königtum deiner Schmach bedroht!

Einsamer, du, gib nicht nach. Sieh, schon schlingt sich Finger an Finger um den Tischrand, du zerrst ihn ans Fenster, seitlich rechts und links die leistengekehlten Stühle, der Vorhang schnippt zu, das Gas knattert; stellst du das Bett um, den Langstuhl auf die Mitte des Teppichs und hockst dich hinein, so siehst du dem veränderten Gemach, deckendurch, unbeteiligt staunend, die tanzenden Gesten sinister entfliehen –: du blickst um dich: nun bist du allein.

Wahrhaft allein: denn die Ketten der Menschen, gekannter und ungekannter, schwanken ferner schon, das Gesicht von deinem Frevel ergraut, da nur im Hirn sich dir die Verzückung jener wochealten Nacht belebt, da die Innenhaut deiner Schenkel wieder feucht zu werden scheint unter dem glatten Öl, das breitklecksig von Samen aufsprüht …

Murmelst du –? Ja, nun siehst du dich wahrhaft allem Menschtum entfremdet, in deinerm Hirn, glotzend von Eiterfetzen und Schleim, brach die verruchte, nie gewesene Sünde dieser Befleckung auf und stieß schwärend dich in Eisigstes.

»Keine Gemeinsamkeit, nein. Ihren Händen, ihren Gesichtern ist dies fremd. O, welche Sündenlast, nicht bereubar, welche menschenfremde Verruchtheit hat vom ersten Tag, den ich lebte, in mir geeitert, dass ich mich so weit verirrte?«

»Nein, wenn ich aufstünde und dies sagte, sie sähen wie ich: da solches die Erde duldet, nicht aufbricht, vulkanisch donnernd: ist kein Gott. Wie könnte er sein! Ihn auszudenken, jetzt noch …? Nein!«

»Am tiefsten liege ich unten. Ein Leben, nur dieser Idee geweiht, kann nie reinigen die Befleckung meines Seins. Wenn ich mich hinkniete, die klaffenden Adern in die schneewassergerissenen Ackerfurchen gedrückt und mein Blut der Erde gäbe – Sühne, dies? Sühne? Nie!«

Er hob den Kopf, im Spiegel traf er seinen Blick, den er nicht achtete. »Nein, aber da dies nie war, nie ist, nie sein wird, sehe ich mich – ist Erniedrigung hier nicht wie Erhöhung? – fern von den andern, einem ausnahmsweisen Geschick geliefert, zu einer Last verurteilt, die meinen Schultern beinahe zu schwer scheint. Beinahe, denn ich will sie tragen, die türmende, und am Ende angelangt, werde ich den Toten mein Brandmal weisen und ihnen doch Bruder gewesen sein.«

Sein Blick durchflammte das Glas. »Oh, ich kenne dich wohl, kleines Prickeln, das du mich locken möchtest zum: wieder einmal. Nein, du! Aus der Gewöhnung erwächst Schmach des Altwerdens in Schande, die ich nun, neu und neu, als ein Klopfendes herzinnen trage.«

Er hob die Arme. Weit unter sich sah er die andern, ein gedrängtes Heer haariger Köpfe, ihrer Wege schleichend und die kleinen Ziele schielenden Blickes belauernd. Aber *er* schaute schon hinter sich die schwefelgelbe Flagge seiner Tat, in den Acker gerammt und in jedem Gedankenzug wehend; da er fortschritt und die Aufgaben fügte zur Entsühnung, konnte nur Froheres seinen Weg geleiten, und Versuchung hieß nichts, da dieser schwersten erlegen zu sein Anfang war.

»Ja, du …«, flüsterte er, und ferne schwangen die Mädchengestalten durch rein gewehter Frühjahrsluft Reinheit, birkenrutig begrünt.

Der Spiegel flüsterte »du«, wölbte den Mund und nach der Glättung meinte das Gesicht nichts von alldem. Da zwang er sich auf, tastend durchfuhr er die Lade, die kleine Schachtel wog fettig in seiner Hand, und nun malte er, gegen den Spiegel gebeugt, mit den Schminkstiften der letzten Aufführung sein Gesicht, jenes Gesicht der Schmach, sichtbar aufgebreitet in zerkörntem, dunkelndem Beutel unterm Auge, fleckig vergilbter Stirn, messrig gehackten Falten und ein wenig Grün auf den Backenknochen als letzten, fahlen Schein der durchwanderten Höllennacht: jenes Gesicht, das sein war, sein, sein wahres, das er getragen hatte, unsichtbar, durchs Schwarze im Paradies der Schmach.

53

Kai hob den Kopf: eine Klingel schrillte. Türgeschramm, wispriger Stimmlaut stach spitz herauf.

»Das für mich …?« Und überfuhr mit dem Tuch jagender Hand das Gesicht, während die Schminkstifte zur Lade rollten; – nicht schnell genug, denn schon schob Klotzschens gekräuseltes Haupt süßlächelnd durch die Tür, da noch Blaubraun Kais Auge umzirkte.

»Lieber Kai …, aber nein! Wie siehst du aus! Krank? Sehr krank?«

Kai sprang zum Schatten, doch Klotzschens Augen prüften … Fältelte schon Erkenntnislächeln seinen Mund?

»Wie? Krank …? Ja, nun … wirklich … Ich will dir … Komm her, ich zeige dir«, und Kai riss den Griff der Lade.

»Nein, jetzt nicht das. Nachher, später … Also wirklich krank, man sieht schon. Dass ich nichts merkte, schon früher! Also war Ilse im Recht, sehr! Ich verneinte.«

»– – – Ilse?«

»Nun ja. Da du nicht kamst. Gar nicht mehr. Sie fragte. ›Sehr gut‹, drauf ich, ›der Kai. Wie stets im Pennal.‹ – ›Nein, er ist krank‹, hielt sie fest, ›sonst …‹ Dann schrieb sie, ein-, zweimal. Keine Antwort. Du erhieltst die Briefe?«

»Natürlich … nicht. Sonst hätte ich hören lassen.«

»Und krank? Darum nicht bei ihr?«

»Ja. Ja.«

»Ich werde berichten. Es wird sie freuen. – Du verstehst schon! Sie grübelte. Etwas schien geschehen, mir nicht bekannt. Du weißt?«

»Nichts. Nein.«

»Auch die Mutter fragte … Nichts? Auch gut.«

Klotzsch bewegte die Achsel, Geheimnis schonend. »Aber wahrhaft schlecht siehst du aus.« Schwieg wieder. Endlich: »Du kommst mit, nicht?«

»Wohin?«

»Nun, Ilse!«

»Aber nein!!!«

Klotzsch, näher tretend, schob den Blick von unten. »Was ist dir? Warum schreist du? Was ist denn? Sag! Gezankt? Krach? Mir kannst du's sagen. Außer Konkurrenz.«

»Nichts …«

»Doch gehst du zur Penne. Also komm schon. Sonst …«

»Geh vorauf. Ich komm dann.«

»Nein, ich warte. Sie sagte ausdrücklich …«

»Wie?!«

»Nun … also komm.«

»Schön.«

Die Kälte strich ihr Gesicht. Schnee knirschte. Hier und da brannten hinter gelbverhängten Fenstern erste Lampen. An einem kaum kenntlichen Himmel ahnten sie Wolkenwandern; Schilder klappten, ein Kind schrie, und über den letzten Bahnhofsdächern stand eine falbe Röte gleich eines Sommerabends Abglanz.

»Wohin gehst du?«

»Hier entlang. Wir kommen immer noch früh. Luft! Mir ist der Kopf dumm«, und Kai drängte zur Straße, die an den Brandmauern spärlicher Vorstadthäuser vorbei zum Schlachthof hinausstieß. Wind traf fingernd die Brust. Dann und wann prickelte flockiges Eis. Schon dämmerte um sie verhalten und zögernd befleckter Schnee erster, drahtgezäunter Felder. Über den endlosen Schuppenrevieren des Schlachthofs schwankten am reifweiß leuchtenden Draht kuglige Lampen, und in das Brüllen hungernden Viehs schrie lauter die heisere Trompete der Mutterkuh. All dies schluckte die nachtende Stille.

»Und nun?«

»Weiter!«

»Aber …«

»Weiter.«

Unter der Holzbrücke lagen die dunklen Fußschlangen der Bahn. Grüne und rote Laternen standen stumm und irgendwo wetterten Lokomotiven hügelauf.

»Umkehr!«

»Du!«

»Wie?«

»Du! Du! Du! Glaubst du, ich gehe? He? Glaubst du das? In eure Lauheit? Dickes Gas? Um den Tisch gehockt! Madiges Brabbeln! Dahin? Geh doch! Geh doch du!«

»Kai …?!«

»Ja, was denn? Kai? Was soll er denn? Sollst du ihn hinbringen? Da, nimm mich doch, zerr mich doch, schieb schon, sieh doch, ob du's bringst! Zu euch … Geh schon, Kleiner. Grüß sie nett, das Fräulein Laulich. Ihre Briefe …«

»Was ist ihr? Was hast du!«

»… ihre Briefe … Oh! Ich bekam sie schon, gesetzte Gefühle, höhere Tochter. Aber was gehst du nicht? Geh doch! Die Klampfe wartet. Zirp, zirp, duliö!«

Und stieß ihn.

»Lass!«

Aber Kai schwang weiter, dem Wind entgegen, der nun, über die letzte Hügelreihe aufheulend, hindernisfrei in die Pappelreihen brach, riss den Mantel auf, schwang die Hände und achtete den Schatten nicht hinter sich, der beschwörenden Mundes nachschlich, da doch schon Glut in Kai versackte und Schwermut tränenbeizend aufstieg.

»Bist du noch da? Es ist Zeit für dich!«

»Ich komme mit dir. Das geht nicht so«, und zwang sich entschlossen an Kais Seite, Besänftigung redend.

»Schon gut. Weiß, wie ihr es meint. Immer und immer.«

Und drehte grabenüberwärts durch die knackeisig peitschende Hecke ins schollige Feld.

»Da ist kein Weg.«

»Alles ist Weg. Ihr nur seht's nicht. Bleibt doch draußen.«

Beide keuchten. Ihre Füße fielen tapsig in das speckig Gepflügte. Die Weite hatte den Stadtlärm vertilgt, nur noch das unendliche Sausen des Windes war um sie. Schon auf den Wangen frierend troff Schweiß, Klotzsch stolperte, griff nach Kais Mantel, fiel.

»Sei vernünftig, Kai!«

Und hob sein blasses Gesicht von der Erde. Zwischen dem Zwinkern stachen die Augen.

»Wer sagt, dass du musst?!« Und näher, den Atem zum Hockenden stoßend: »Geh zur Hütte, Hund! Soll ich wieder stechen? Diesmal stechen, nicht schneiden!« Griff in die leer gewusste Tasche, lachte auf, zuckte die Achsel und ging weiter, murmelnd, zwischen den Weiden am Grabenrand durch, springend dann, – und nun, geduckt zwischen den Kopfrutenhaufen, sah er den andern taumelnd sich erheben und still, ohne Umschauen, rückengewandt, der glostenden Stadthelle zugehen.

Da erst fühlte Kai Windes Verlassenheit, trübe Bitternis der Zunge, und ging langsam, schultergebückt in die Ferne hinaus, der nie wohl Tag dämmerte.

54

Da Kai sein Gesicht zum Himmel erhob, wo zwischen dem hastigen Zug wattiger Wolkentiere spärliche Sterne blitzten, schien es ihm, als habe er etwas vergessen. Doch schon dachte er dessen nicht mehr, fühlte nur strudelnd singenden Druck von Wind an Hüfte und Schulter, und jener dort, der Flüchtige, blieb ungerufen. Mochte er gehen! Die Wärme, die dieser begehrte, lag Kai nicht an. Auch nicht das Mädchen, das neben diesem Lebensdrallen kleine Rührungen in der Seele aufgehen ließ bei Liedern, zu schmissig und dann wieder zu süß gesungenen.

Doch fuhr die Hand zur Brust, hautgewärmtes Briefblatt gab Laut. »Diese Sätze – spottete ich ihrer? Verzeih, oh, verzeih! Sieh doch, hier wandere ich durch Nacht und das Eisige, wenn schon dein Ruf zur Wärme erklang. Du meinst, ich zürne? Jener Abend wuchs längst zu. Doch …«

Er lauschte: eine Stimme schien zu flüstern; unwillig wies seine Hand sie ins Dunkle zurück. »Ich sollte verachten? Ihre laue Liebe? Ihren Mangel an Wärme? Aber bin denn nicht ich es, der, über sich gebeugt, hockend nur stets, zages Gefüge eigenen Seins betastet, statt aufjauchzend und selbstvergessen in ihrer Brust zu münden?! Nicht ich allein schuldig, Ängstler vor Lebfrischem?«

Er ging. Plötzlich war Singen da, und lange stand er geneigt am Pfahl, in dessen weißen Köpfen, droben nur geahnten, Melodie vieler Stimmen klang. »Ich liebe dich, wohl liebe ich dich! Gehst du je von mir? Hockt nicht dein Kinn, Nestvogel gleich, auf meiner Schulter, grüßt mich dein Auge nicht, wenn schon dein Antlitz in raschem Wenden fensterwärts fortglitt? Und drückte dein Finger nicht schneller als meiner die Klingel: schrillender Klang nur für mich allein, da niemand kam? Ewige Gefährtin!«

Er sah um sich: dort im Schatten der Baumgruppe konnte sie sein, seinen Spuren im Hohlweg gesellte sich vielleicht nur ihr Fuß, oder sie lauschte, an die Schneewange der Böschung gelehnt, seinen Klagen, die ihrem phantastischen Schatten Blut in die Adern zu zaubern sehnten. »Komm näher, du! Zeige dich mir! Entschleiere die Augen, schmiege die Flächen der Hände um meine Wangen und lass uns so die innigere Welt beschwören, die stets in unsern Worten zerrann.«

Er lauschte.

»Du kommst nicht? Entschwindest wieder, da mein Lockruf klingt, und lässt es genug sein mit dem betäubenden Duft entzündeten Blutes? Wieder wie gestern Nacht nur die Ahnung deines Atems auf der Wange, die Ahnung deines Kopfes neben dem meinen auf dunklem Kissen, und im Umwerfen, im Zugriff der Arme, streichelsüchtig nach dir –: Entschwinden, Leugnung, beinahe Hohn? Körperlose du, Blutpeitsche, – ewig da, immer entflohen!«

Seine Hände wühlten im Schnee, schoben ihn fort, und nun, über die erstarrte Erde gewölbt, ahnten sie Fleisch, hofften Erwärmung, sehnten schwellenden Gegendruck: die Scholle blieb taub, umsonst sein Rufen: »Erwärme dich doch! Brich auf, Brust! Einmal brich auf!« Sie blieb taub, dass er endlich die Hand löste, die verklammte, und den schmerzenden Rücken zu Gradheit zwang, in ermüdetem Klagen: »Du willst nicht? Nur zum Verlocken kommst du?«

Vor sich sehend, sprach er, da die Wolle der Taschen das Eis unterm Nagel filzig verschmierte: »Ach! ich weiß wohl: du bist diese nicht, die meine Nächte erfüllt. Auch dein Gesicht schuf jener zu verführender Maske, der mein Feind ward, unbegreiflich wie und warum. Ferne stehst du und abseits – und jene Nacht, deren Frevel mich wie einen Pfeil in diese eisige Öde schoss, tilgte den Kai, den der zu Asche flatternde Zettel meinte und den diese Briefe suchen, deren süße und beinahe ein wenig tauben Worte nicht Rückkunft, sondern strengeres Exil noch predigen.«

Er schüttelte es ab, sah um sich, ahnte unter blasser Röte die Stadt. Und da er den Heimweg überdachte, schien kaum noch glaubhaft inmitten dieser namenlosen, windzerschnittenen Öde: Dehnen erleuchteter Straßen, Rückfall von Friesvorhängen in durchwärmten Cafés, Kleiderwinken und das duftende Kielwasser von Frauen, das die Wangen hitzte und Augen sich schließen ließ. Kaum glaubhaft, – wie je zu erreichen aus dem eisigen Dunkel verlassener Breiten hier, da die Schuhe durchnäßt, die Finger verklammt und der Weg so sehr weit?

»Ich bin so müde, ich kehre um …«

Er kehrte um. Hüstelnd, vornübergehängt schob er sich heim, schurrte im Schnee, trottelnden Kopfes –: Alter bereits, Greis gar, da der Lockerung der Glieder Trost zu entwachsen schien, Hoffnung auf Ende –: »Ende. Sehr alt schon, gewiss. Abschiedsbeflissen. Was noch zu wünschen?«

Aber da fand er's, da und dort eingeklemmt ein Wünschen, um dieses, um jenes; Straffheit kam und die Frage, ob nicht so viel Eifer im Kampf, so weiter Weg im Schnee zu belohnen?

»O gewiss! Ich schenke mir etwas … Erlaubnis, ihr Haus zu passieren. In die Dämmerung eines Torwegs gedrängt, werde ich meinen Augen den Stern ihrer Fenster leuchten lassen, und es mag sein, dass den Vorhang streifend ihr Schatten mir erscheint, wahrer als jene Gespenster, die, auf meine Schulter gelehnt, unverständliche Worte lockend in mein Ohr flüstern.«

Sein Schritt schwang. »Ja, ja, ihr Fenster! Ihre Nähe! Und vielleicht kommt sie … Aber nein, ein andres, jener Laden mit den Bildern …« Er träumte. »Ja, also nicht ihr Fenster, der Laden: die Bilder der Frauen; Liebesszenen; Photographien; erträumte Gestalten, kaum verhüllte; Brust; Achselhöhlen, beflaumte; krampfig verschlungene Glieder; Wölbungen – oh, warum war ich nicht früher dort! Warum habe ich mich nicht vollgetrunken mit diesen Bildern, mein Hirn zum Überquellen gestopft mit diesem nackten Fleisch! Ich werde da sein, heute noch! Schneller! Schneller! Ich werde das heute Gesehene legen zu früher Erhaschtem: dem von der Bonne am Baum abgehaltenen Kind; den sich hetzenden Hunden; dem schlanken Bein, das sich vom Trittbrett der Bahn herab des deckenden Rockes entblößt! So viel Süßigkeit!«

Er strauchelte, fiel. Kies prellte die Knie, zwischen den Zähnen knirschte erdig eisiger Schnee. »Wo bin ich? Wieder verlockt! In Wind und Kälte, die Beine in äußerster Ermattung bebend, findet jener doch Kräfte genug in mir, Nahrung seiner Lockungen zu sein. Aber ich will nicht! Ich will siegen! Nicht umsonst dieser Kampf, dies Gewanke durch Eis! Helft mir! Lasst mich nicht allein! Menschen!! Menschen!! Freund, mir die Hand, Wärme, Zuspruch! – Dort, es flattert, es kommt näher, Fleisch quillt – nein! Nein! Hilfe! Menschen!«

Der Atem zuckte, sein Arm zerschlug die Luft in scherbiges Glas, indes sein Blick quoll. »Dort, ich sehe sie. Nein, geh fort! Sie bückt sich, ah! Sie hebt den Rock, die Elende, fort!«

Er sah sich umstellt. Er floh. Geheimnisvolle Schatten winkten im Wind; rätselhafte Gebärden drohten und lockten; eine Ackerscholle, die sein Schuh trat, schien fleischig zu erweichen, lustvoll seinen Fuß zu umquellen –.

Er durchbrach ihre Kette. Die Weite einer unbekannten Ebene dehnte sich vor ihm, nahm ihn auf, den Elenden; und fernen Hügelzügen zu entfloh er den Geistern, deren samtige Stimmen der Wind noch lang über sein Ohr strich.

55

Noch im Nacken das Eis der windzerpeitschten Wüsten. Die schneegebeizten Augen vom Licht gequält. Der Finger am Klingelknopf will kaum sich strecken; über dem Knöchel bricht die Haut blutrissig. Klingeln. Stimmen. Empfang, oh, Empfang!

Die Eltern im Vorplatz. Gas bullert.

»Woher kommst du? So spät?«

Die Mutter sieht Kai im Spiegel über den Umwurf der Boa hinweg.

»Spazieren.«

»Aber wo! Wie nass du bist! Wie deine Schuhe zu trocknen? Man tollt nicht!«

Zur Erde wies des Vaters Finger, wo Klumpiges zerrinnend nass kleckste. »Wer soll das säubern?! Man tritt sich ab!«

Der Nasse, Erstarrte hasst den gebügelten Frack, die Weiße des Hemdes, die Puderquaste in der Mutter Hand. Dennoch: »Verzeihung!«

»Und dein Kaffee? Wie lange soll er warmstehen?!«

»Pünktlichkeit! Zeiteinteilung!«

»Deine Geschwister tun das nicht …«

Endlich im Zimmer. Wärme. Dunkel. Der Bruder pfeift nebenan. Die Schwestern rascheln anderseit. In das Kissen höhlt der Ermattete Glied um Glied, ruht im Langstuhl, fühlt Gedankenrinnen wie leisen Bach, in dem sich noch spiegelt hie und da wolkiger Abglanz jener Erfühltheiten, die die Wüste gebar.

Alleinsein. Schmerz. Sehnen nach Ilse. Unwertigkeit. Sünde der Nacht, Frevel. Doch nun Kampf. Einmal die Schmach, nun nie wieder. Verlockung ins Unbekannte war sühnbar, nicht so Rückfall.

Dehnte sich im Kissen, Hirn glomm, Tränen sickerten sacht.

Alleinsein. Kampf ohne Freund. Die Eltern im Theater. Arne, einzig vielleicht in Betracht, unmöglich doch Geschehenes zu beichten. Sonst …

»Wer gibt mir die Hand? Hält den Strauchelnden? Wirklich so ganz allein? Kein Genosse?«

Suche du, suche du nur!

Aus ermatteter Stunde siegessüchtigen Kämpfers entwächst unübersehbarer Entschluss.

»Die Pauker. Taube Lösung schon, doch Lösung. Aus der Masse der andern trete ich –: auch Sünde zeichnet aus.«

Ließ es gleiten, senkte die Lider, sann kaum noch, – bis ein klappernder Hufschlag erschreckte. Der Auffahrende tapste zum Schreibtisch, Tat endgültigem Entschluss vorausnehmend, schrieb er Entwurf:

»Geehrter Direktor – Pflicht des Freundes der Anstalt zur Warnung – Schüler Goedeschal, Obersekunda, gefährdet – namenloser Frevel – einmal bisher – Kampf gegen Rückfall, doch zu schwach – Gcfahr! Gefalır! – Ich beschwöre Hilfe – Rettung dem Sünder – Eile! – Jede Stunde mag Unwiederbringliches rauben – rasch! Rasch! Hilfe! – Ewig namenloser Freund Ihrer Anstalt.«

In der Hand fühlte Kai die Falten der Stirn. Das Zinkblech vorm Fenster betrommelten Tropfen. Hirn wie gelähmt: Gedanken rührten sich nur wie Kinderhände im Schlaf. Sacht. Sacht.

Über das Knochengerüst des Entwurfes legte er Phrasen-Fleisch, seimig entfloss es Feder und Hirn.

Ruhte dann tief – hinten lag in Nacht der Brief –, und nur der Wortklang »Rettung« war's, nicht sein Sinn, der im Traum manchmal sich rührte.

Sehnen. Sonnenabhänge. Sorglosigkeit. Kein Dunkel mehr. Kein Kampf mehr. Rettung durch Pauker? »Geh, lauf, fliege, Vogel, Brief, weiß ich, ob du nistest?«

Traum.

56

Mit hastiger Geste entgleitende Häuser, prangende Nummern an ihren Torbögen, Aufwurf von Fensterflügeln, in denen Sonne blitzte – alles verstörte Kai, entriss ihn mit seiner Bewegung, seinem Glanz einem Denken, das so rasch doch entschließen musste. In der Tasche der ruhende Brief war fremdes Ding, Hüftfleisch kältend, und versuchte er's schon, im Auszählen der Straßensteine endlich Entschluss zu erzwingen, drückte fremder Blick das gesenkte Kinn hoch, oder linkerhand flatterte klatschend ein Täuberich auf.

Wusste wohl tief, dass es Wahnsinn, sich jenen zu liefern, den Fremden, zwecklos zum Geringsten, doch drehte sich süß in ihm Lockung belebteren Lebens –: sah sich schon, den Grauen, sonst verblasstes Gesicht zwischen andern verblassten, vorgezerrt, Schläfe ergrünt von Schmach; sah sich im Ring der Erwägung, gesenkte Stirnen prüfend auf ihn gestoßen; hörte Worte, bedächtige, schlingenweis ausgelegt, seine Einsamkeit zu fangen, und fühlte aufbrechend, tiefster Wonne voll, Erweichung des Kerns, sah um Nacken geworfene Arme, Fortströmen von Leid geschah und sonnengleicher Aufgang gewährter Vermenschlichung in den Augen der Strengen.

Bruder!

Doch da, im Lidzwinkern, schlich wieder schlurfig, wandreibend dahin die bittre Groteske der Pauker, stäubend, mit stets bekreideter Schulter, im Knie gehöhlter Hose, drehte voll Salbung oder empörten Sinns die Hände; ihre Gesichter grau; triefig, auch stier das Auge; und indem sie nun lautlosen Schrittes Kreise zogen, reigenweis, bedrohten sie ihn, den Kai, in der Mitte, sponnen sich ein, hängten Saugrüssel in sein Herz und sein Hirn, fraßen es leer, Wissende seiner

Geheimnisserei. Und je mehr über sparriger Platanenkahlheit das Schuldach mit Läufen von Gedehntheit, Trillern von Türmchen und Giebeln aufstieg, schien's grade der wahnsinnige Stumpfsinn der Lehrer, der lockte; aufzurütteln auch ihn, auch im verstaubtesten Partikelisten Wärme zu wecken und das graue Gedehne fünfstündigen Gähnens zu färben –: grad das wurde Wunsch.

Und da Kai noch einmal die Gedankenwirre aufstäuben ließ und verblies, hierhin und dorthin, sah er schon briefgefüllte Hand zum Kastenloch tasten, begriff später erst, über Horaz gelehnt, doch den kienigen Türriss neben der Klinke im Blick, begriff: nicht mehr unteilhaft hockte er hier, sondern ihnen gegeben; Möglichkeit war, dass die nächste Regung des Türgriffs Auftakt einer Vernehmung.

Bruder? Richter – Verklagter!

Aber die Stimme des Lehrers schläferte süß, auch schwankte sein Haupt leicht wie Pechnelkenblüte im unspürbaren Wind glutflimmernden Sommertags; und vor Kai stieg sie auf, neu, jene ferienhaft erschaute, kaum mehr glaubhafte, fraglich schon, ob nicht geträumte Vision: Kiefernkuscheln, durchwärmter Sand, und nun auch, da kaum dem Auge der Türgriff entglitten, sah er über sich endloses Blau des Himmels, das seinen Sehnerv, saugenden Schacht, weitete, seinem Ohr klang fernes Sausen der Dreschmaschine, darauf getrillert von Lerchen überleichtes Jauchzen. Ja, liegend nun, in den Sand die Beine verloren, Sonnenfleck um Fleck auf der Haut, fühlte er steigen in sich kleine, süße Regung, Luftperlengequicke in Silberwasser gleich; ein Schulterschwung Ilses; ihre Hand langt zum Knoten im Haar; Stimmklang Ilses selbst, mit dem Laut von Schritten verschmolzen, glitt hautgleich an seiner Haut; und – seine Finger rissen, faserten, bohrten Stoff – nun fühlte Kai sich fester gefügt zur baumbestandenen Ferne, Verse singend, Menschenleid leugnend.

»Goedeschal! Weiter! Wo sind wir? Nun? Levius fit patientia … Noch immer nicht? Lernen Sie's auswendig für morgen. Setzen. Weiter, Krebs!«

Hockte schon wieder. Erwacht. Sturzguss im Nacken, fühlte Glut, stets sich erneuend, in Wange und Schläfe, das Auge hinter brennender Lidhaut gedeckt. Und der Nachbar? Tadelnder Blick Schneiders? Flüstern in sich: »Was tat ich?! Ich hier in der Stunde?!«

Glaubte noch nicht, hob den Kopf aus der Schulter, spähte zum Nachbar, des Lächeln Verzerrung gekniffenen Mundes schien. »Er hat nichts gesehen, nein. Nicht wahr?«

Da Grausen Kai schüttelte, glitt doch Hand zur Tasche, und indem er mit dem Blick fließendes und stürzendes Buchstabengewimmel umfasste, fühlte er zwischen den Fingern das in die Tasche der Hose gerissene Loch, Eingang zum …

Fühlte Schreckschauer auf Schauer rieselnd, Hand nässte Schweiß, in den Knien saß Schwäche und prallend stürzte Blut in den Puls. Da doch alldem eine kleine, zittrige Freude seiner Verderbtheit entstieg; sein über die Klasse gleitender Blick rühmte nicht so den noch einmal errungenen Sieg wie die heimlichen Wege, die jene nicht wussten.

Noch stand reglos die Klinke über dem harzigen Spalt der Füllung. Und als sich Kai nun im Schrillen der Glocke steifend reckte, entwuchs der überstandenen Gefahr und dem kommenden Fortruf so Kräftigung seines Selbst, dass er den verworren schleichenden Klotzsch locken konnte und hänseln, bis der, neu in die Bank gehockt, durch ins Ohr gesteckten Finger weiteren Anruf verwies.

Doch schon gellte es neu, zur nächsten Stunde, der letzten; das kaum verkühlte Holz der Bank rieb wieder schmerzendes Gesäß; durch die schrammende Tür sprang, Heftstoß unterm Arm, Zubeil, Professor, Anton genannt, und Kai murmelte hastig, den Kopf geneigt, die Finger federnd am Deckel: »Hex! Hex! Hex!«, trotzdem das Bewusstsein, die Arbeit stamme von Korn, die »Zwei bis« garantierte.

(»Doch die letzte Stunde. Wahrscheinlichkeit des Vorrufs ist größer, von acht bis zwölf konnte der Brief ihn erreichen ...!«)

(»Anton ist wütend. Wie er glotzt! Meint er mich? Unmöglich. Vielleicht gar die ›Zwei‹. Endlich werde ich wieder Papa Früchte des Fleißes weisen ...«)

(»Auf dem Gang schleicht's. Naht es sich schon ...? Schmeiß nicht die Hefte! – Horch! Mein Herz klopft!«)

»Schitt! Geedeschall! Stehnse auf! Beede! – Nu, was habense mir zu sagen?«

Hinter der euligen Brille kugelt der Blick.

Sie suchen sich, fragend, zweifelnd ...

»Hierher sehnse! Nu?... Nu?... Nichts?... Nu, wer hat abgeschrieben? ... Wer hat abgeschrieben?«

»Herr Professor ...!«

»Herr Professo ...!«

(›Auf dem Gang steht jemand, lauscht, sicher für mich!‹)

»Geedeschall, habense von Schitt abgeschrieben? Oder Schitt, habense von Geedeschall abgeschrieben?«

»Ich ...«

»Herr Professor ...!«

»Denkense, ich bin so dumm! Denkense, ich merk das nich! Gloobense denn, so dumm bin ich?!«

Schütts Wohllaut dringt durch: »Keinesfalls, Herr Professor, habe ich auch nur daran gedacht ...«

(‚Draußen tastet's noch immer. Wenn es doch käme! Nur nicht dies Warten! Verfluchter Schwätzer Anton!‹)

»Das is es ja eben, Schitt! Nich gedacht habense! Se haben de Fünf und Geedeschall hat de Fünf! Nu …?«

Aber sie schwiegen: Schütt machte eine Handbewegung, weit und abweisend, Kai sah vor sich und rief zu sich, heißer und dringender, jenen im Gang, der kommen sollte, endlich, Erlösung zu bringen.

»Setzense sich! Se werden zu Ostern de Folgen sehen!«

Die Stunde drehte sich kreischend. Kleine Gedanken, kaum gesprosst, verkümmerten schon. Ein Staub nistete in der Nase, knirschte zwischen Zahn und Zahn. Scharren eines Fußes, lauteres Anheben der Stimmen in Scheltwort und Anruf waren die Hügel, zwischen denen sich ewiges Einerlei dehnte. Unmöglich noch zu denken, dass jemand kam. Kaum noch zu glauben, dass Brief Tatsächliches war. Alles wehte vorbei. Und da es ihm schien, als werde sein Gesicht schlaff und hängend, ließ auch Kai sich ganz versinken, faltig und riechend den andern gleich, bis endlich, nach Gegell der Glocke, Erwachen war wie widerstrebendes Dehnen der Glieder und erst Arnes Tadel über die fehlergefüllte Arbeit stärkere Kräuselung in Abwehr brachte.

»Aber sie stammte von Krebs; fehlerlos sollte sie sein!«

Und der Blick Kais flehte Verzeihung.

»Krebs! Krebs! Komm mal her!«

Aber Krebs schien nicht zu hören, entschlüpfte, und Kais suchender Blick fand Klotzsch, gerötet, gesenkten Kopfes; begriff das Komplott des Feindes, noch immer Feindes.

»Oder nein! Jetzt nicht mehr. Damals war er's. Wieder versöhnt, hülfe er wahrhaft.«

Und bestärkte in sich den unsicher noch schwankenden Glauben, da ihm so viel Aufwand, andern zu schaden, nicht denklich erschien; schien doch der Weg nur des Gehens wert, der Gängers Vorteil verhieß.

»Also kommst du mit?« Arne drehte ungeduldig die Mütze.

»Natürlich. Noch ein Buch zu besorgen, Klatsche für Homer.«

»Nun also!«

Sie gingen schweigend. Leicht stäubte Schnee. Die Kleinen lärmten um sie, und der Schneeball eines Proleten streifte Kais Arm. »Äx«, machte Arne.

»Also denn!«

»Mach's gut!«

Im Laden schob die voll Bebuste ihr lächelndes Gesicht zum flüsternden Kai. »Natürlich, Herr Goedeschal. Einen Augenblick, bis die andern fort. Dass sie nichts merken. Dort liegen Bücher, neue. Bitte.«

Kai blätterte. Immerzu klinkte die Glocke. Wie lange hier noch zu stehen, bis das Weib die Klatsche zu bringen wagte! Wieder sank sein Blick zum neuen Buch, gleichgültig, fasste ein Wort, griff zu, starrte, zog sich zusammen, saugte, Hände krampften den Buchrand, in den Ohren brauste es wie gefangener Luft Wogen in einer Muschel.

Er sah auf – niemand beachtete ihn. Und indem er die Blätter schneller warf und schneller, fing er Worte auf, da und dort, drohende, geheimer Deutung voll, nie gehörte und doch so sehr geahnte, nächtens erwachsen in Traum und Schlaf, fing sie, fiebriger stets, alle: »Geschlechtstrieb, ehelich, fruchtbar, Zucht, masturbieren, Sexualität, Samenverlust, Prostitution, Onanie, Pollution …« Wie verrückte Blumen schwankten sie vor ihm, verzerrten bekannte Linien, plötzlich geheimnisvoll gebläht schwemmten sie auf, und indem sie wie feurige Kreise hinter geschlossenen Lidern vor seinen Augen sich drehten, fühlte er Quellen von Wasser im Munde, die Zunge drückte den Gaumen und ein leichter Schwindel zwang ihn zurück. Kaum fing er ein Stöhnen.

»Kaufen … Nein, Kaufen unmöglich … dieser Blick der Dicken … damit einschlafen würde sie, dass ich's kaufte, süßlich feixend … oder Meldung den Eltern …«

»Aber wie? Ich muss es haben … da ist alles darin … alles Wissen, was ich je geahnt … Kampf wird nicht mehr nötig sein!«

Er sah auf. Eine Starre steifte ihn zur Gradheit. Zwischen Tasche und Mantel das Buch unterm Arm, sagte er rasch: »Ich kann nicht warten, komme wieder. Ein andermal.«

Und ging, trotz schwatzenden Protestes.

»Aber sie merkt es! – Was dann? Kann ich es leugnen? Sie weiß, neue Bücher, also …«

»Doch werde ich wissen …«

»Dieses Buch …«

Sah darauf, lange. Es war ihm, als hielte er sein bebendes Leben, endlich erkannt und entdeckt, in der Hand.

57

»Auch das überstanden! Wozu predigt Papa? Glaubt er, mich freut die Fünf? Ostern sitzenzubleiben mir ein Genuss? Nichts … wenn selbst alles gut ginge nun …«

Steht. Rechnet. Verwirrung der Zahlen. »Aber nimm die Eins! Nächstes Skriptum die Eins, auch dann …?«

Zuckt die Achsel. »Auch dann bleibe ich sitzen, zu schlecht schon!«

Lebhafter: »Stimmt doch nicht! Wieder der Seich? Noch ein Jahr? Mit jenen Proleten? Arne nicht mehr dabei, kein Nachbar Müller?«

Lächeln: »Wusste ja: es geht nicht! Nicht-Versetzung unmöglich. Alles wird anders … irgendein Wunder … bestimmt schon … ich bleibe nicht sitzen!«

Grübelt leicht, Gedanken schon wandernd um jenes Buch: »Oder anders – wie man's nicht weiß … Wunder gewiss … irgendwie … gar keine Schule vielleicht …?«

Stand blitzhaft erhellt: Hoffnung, Möglichkeit schon; nur noch zu suchen, wie?, da die Gedanken forttrieben bereits, schlichen, leise es rührten, jenes, das decklig gespreizt auf der Klappe dort lag. Hob die Hand, Finger streichelten zart blaupappenen Deckel – – –.

»Wissen«, murmelte er und zögerte doch Zugriff der Hand. »So eilig nicht. Forderung auch das vielleicht.« Trat zurück, schickte bei zufallender Tür rasch einen Blick, musste lächeln, da er es so gespreizt dort sah, so unversehens getäuscht, – das Buch.

Zimmer nun, dieses und jenes, leere, öde. Leerer noch, saß die Mutter drin oder eine der Schwestern; widerhallloser Ruf trieb weiter, zum Spiegel etwa, der nicht weniger log, weisend ein steiles Gestell, fahlen Gesichts. Log – da denkbar genug, das Kleiderbündel zu lassen in einem Sessel, in die Ecke des Sofas gedrückt, – weiterzugehen trotzdem.

»Und das Buch …«

Stand am Schrank des Vaters: die Rücken der Bände schützten gut, ihre Geheimnisse sprachen zur Wand – vielleicht vom neuen Gefährten? Der lag droben, aber Glut schien auch hierher geschickt, sengte die Stirn – und da Kai sich wandte zum Vater am Schreibtisch (dringend verschlossenes Gesicht, gesenktes Lid, hastende Hand, Stöße von Weißem umher), zog's ihn über den Teppich lautlos heran: dieses Gesicht zu zergliedern, zu suchen drin jenes Recht zum Tadel, auf den Titel des Vaters. Unbeweisbar doch, wie?

»Erlistet, gewiss! Das weiß ich. Fremder dort, doch mein Herr. Begrenzt mich in allem. Warum? Wieso? Recht? Recht? Welches Recht verschenkt mich? Beweise! Fuchtelführer, beweise dein Recht! – – – Kennt er mich denn? Tagtag-geschwätz zwingt er mir auf, durch Akten jagend, *Straf*kundiger …«

Doch des Schreibenden Blick glitt zu ihm: blau aus der Tiefe, rastvoll, viel Verzeihung in sich. Zeit war nun da für Hinsturz, mit bebendem Finger zu glätten Fältchengequängsel um Auge und Lid. Streckte die Hand, voll sank sie ein: Schwäche ward Kraft, Zweifel – Liebe.

»Weiß schon, Kai. Es ist gut. Das nächste Skriptum wird besser.«

Schrieb weiter.

Kai ging. Eine Tür fiel zu. Er stand draußen. Wollte er lachen?

»Anspruchsvoller! Er meint es gut! Dass er anderes meint, ist das seine Schuld? Dass er vorbeidenkt, selbst in solcher Sekunde?«

Zimmer nicht; Ruf der Mutter, Ebenbild im Spiegel, Blaublick des Vaters – Heimat nichts, – Heimat dies Buch, schräggestellt in letzten Schein des Tags, unter der surrenden Lampe gebreitet dann, langsam geblättert, bis *es* kam …

Flügelrauschen – Weltuntergang – Lohfeuer stichflammig aus Loch und Stein – dunkelnder Qualm, auseinandertreibender –: und im aschegrauen Morgendämmern neigt einer sich über des Gefallenen Gesicht, des Freundes; fremdklingendes Wort sagt man wohl, rätselt, doch Bekanntes zerrinnt in Fremdes, wie im Traum geschaut, vergessenem, nicht zu erinnern, in Schleiern verborgen: dennoch Aufgang geahnter Welt!

»Armer Nero. Unsagbares Verbrechen senkte die Stirn

mir! Ich floh ins Dunkel. In der Eisöde noch, die Hände von Wind geraut, brannte stets neu Vorwurf meiner Schmach.«

Wagte doch nicht zu lächeln. »Umsonst also mein Kampf. So viel Kraft gewendet an den Sieg übers Allgemeine, kaum Verbotene! Alles Leiden umsonst? Ihr alle tut's? Immer? Jede Nacht? Fünfundneunzig Prozent? Und ich einmal? Und so viel Leid drum?«

Bäumte schon auf, seine Arme zerfuhren die Luft, Bauch wölbte sich, Leib stand gestrafft. »Ihr habt's gehabt, all die Zeit, da ich kämpfte!! Gesättigt! Gefühlt! Mit allen Sinnen genossen!!! Unterdes ich in Eis? Oh, hätte es einer nur gesagt, was es wirklich ist! Hätte ich's nur gemacht! Ich allein draußen? Wahnsinn, verruchter!«

Torkelte zum Bett, riss Kleider, zerrte am Träger. Lohe um Lohe. Glut auf Glut. Stand nackt. Fleisch schwellte prall.

Kopf fällt in Kissen, überreif. Lallend: »Auch zu jener werde ich gehen, der Ilse, morgen ...«

58

Es war spät. Da Kai den Vorhang zurückschlug, weißte schon hochstehender Mond die Riefen der Dächer. Bleiches Gegeister; scherengeschnittene Schatten in zuckigem Regen; bläuliches Schneehang-Gedunkel überstreifte sein Auge hastend, auf der Suche. Doch all dies und selbst das stumpfe Hufgeklapper auf vereistem Fahrdamm gab Ruhe nicht, sondern trieb Ärger hoch, unförmigen, sein Gaumen schmeckte, und er entdeckte am Ende noch, sich wendend, den eigenen Schatten, der ihn höhnte, aber, ertappt, fremd tat.

»Ich wage es nicht ...«, murmelte er, »doch auch dies war Enttäuschung. Sage es nur, Kai. Die so oft gesehenen Bilder, die ich immer von neuem verjagte, nun, da ich sie rief, schienen sie entblutet, und das große Zucken jenes Abends stand wie eine Sonne über dem kläglichen Licht heutiger Erlebtheit.«

Wieder warf er den Blick nach außen, suchte, wen zu finden, bereden, beleben … niemand. Die Stadt schloss sich vor ihm, und wie er auch Gedanken schickte, dahin, dorthin, er fand nur das Alte: Alleinsein, einziger Mensch in der Stadt, aufgerichtet in diesem Zimmer und widerhalllos wie ein in die Wüste gesungenes Lied. Und indem er schon schneller ging, gebückter, gedrückter – an die Stuhllehne streifte die schlagende Hand –, erwuchs Vorwurf den andern aus diesem Alleinsein, und dachte man selbst einmal Gottes, schien auch sein Tun – gesetzt er sei da – nicht einwandfrei gegen Kai, den im Kampf Gehetzten, den Enttäuschten.

»Doch kann ich die ganze Nacht nicht wandern … Legen wir uns. Schlafen, enttäuschungstief.«

Blinzelte, das verlassene Bett, dessen aufgeschlagene Decke noch nasse Wärme zu dampfen schien, lockte nicht. »Nein, nicht schlafen … ich werde sitzen … denken … ruhen ein wenig im Sessel …«, und hockte sich ein.

In das Stillerwerden wogte leis da und dort fliederhaftes Gewehe, an einem Zaun wucherte Grün: Gundermann, Taubnessel, Klettengedräng. Ein Weißes wehte. Schrien Vögel süß?

»Wie dein Nacken sich beugt, leiser Goldflaum. Komm, lass uns die Finger verflechten. Wir wollen die Wiesenwege hinaufgehen, die schmalen, Hand in Hand, dass die Blüten ihren gelben Staub auf uns streifen, dass tropfender Tau als Sommerglück auf dem Lack deines Schuhes zittert, ehe er in Sand verrinnt …

Die kleinen Gehölze breiten ihr Laub dem Wind als Kissen unter den Himmel. Manchmal öffnen sie sich zur Seite: neige die Stirn: dort zwischen den sonnengoldgefleckten Stämmen kannst du Gestalten sehen, die uns anschaun; und hinter jenem hummelumsummten Heckenrosengerank hockt vielleicht überfließenden Auges der Gefährte, den ich um dich entließ.

Ich war sehr einsam. Selbst meinem Leid glaubte ich nicht, da es stets in mich zurückfiel … Warum war der Himmel blau, da es niemand gab, dies ihm zu weisen? – Nun strahlt er heller wieder in dir. Manchmal, nachts, ging einer an meiner Seite und äffte mich; warf ich schon Steine, ihn verscheuchte ich nicht, und der eben Geflohene schlich schon seitlich im Graben an meinem Weg, indes seine Arme höhnend ruderten …

Glaub nicht, diesem Pfad gäbe es Ende. Wir wollen von der Liebe sprechen, die uns eint. Denkst du: je versinkt die Sonne? Sieh, sie rastet auf den Bäumen. Ich will mich ruhen in deinem Schoß, und indem ich emporschaue, wird sie höher steigen, leuchtender noch …

Viel suchte ich dich. Konnte nicht jeder Mensch Erfüllung sein; jedes Leben? Auch habe ich dich gehasst. Aber auch dies verhallte, umsonst. Ich litt um deinetwillen, vergebens. Erst, da du mitlittest, da auch deinem Auge entstürzte, was mir bitter ist, einte uns Liebe. Wie leicht ist das! Wüsste man es von je! Alles ist unfruchtbar, nur gemeinsames Leid ruft Liebe …

Du sprichst nicht? Komm, dort zwischen den Büschen steht eine Bank. Den Kopf zurückgelehnt, werden wir uns über die Zweige in den Himmel schwingen. Wir werden im Blau ertrinken. Vergiss nie meine Hand. Sie ruht in deiner. Entfremde sie dir nicht.«

»Sieh, dort liegt Papier. Ein Stift. Ich werde dir Verse

schreiben. Syringen werden darin sein, ihr Duft aus diesen Zeilen noch an dein Bett. Jene weiße Göttin im Grün werde ich beschwören, und von meinem Atem belebt, wird sie um dich sein und Liebe in dich einsenken … noch mehr Liebe … Wärme …

Ich werde sie deiner Mutter senden, die Verse. Sie ist mottengleich, taumelt im Dunkel, aber von meinen Worten betört, wird auch sie dem Licht glauben und gut sein. Sieh, schon schreibe ich, drängende Liebe strömt aus mir, gleich lege ich sie in dich und sie, Samenkörner. Sie werden wachsen – horch! Auch die Vögel schweigen schon …«

Sehr geehrte Frau Rat, lassen Sie sich nicht täuschen! Und wenn Sie sich täuschen lassen: Ihre Freunde wachen für Sie. Täuschung die Entfernung des Schülers Goedeschal. Er sieht Ihre Tochter jeden Tag. In den Anlagen der Promenade zwischen fünf und sechs werden Sie den Schüler Goedeschal mit Ihrer Tochter Unzucht treiben sehen. Ein Freund Ihres Hauses, der wacht.

»Ist es nicht recht so? Es klingt schön, nicht wahr? Nun wird Erdachtes die Liebe schüren. Liebe ich nicht am meisten im Schmerz? Auch du wirst leiden, um mich. Wie ich hierhin trieb! Dünnes Gerede, matt geflüstert, im Halbschlaf. Ich glaube, schon im Beginn, da noch alles Süßigkeit schien, was die Lippe sprach, wusste ich dies geschriebene Ende. Irgendwo tief saß es. Dann kam's …

Kleines Mädchen, Liebste, nun liebe ich dich … Ich werde schlafen können. Morgen ist alles weit fort, trieb stromab. Was betrifft es mich?«

59

Sehr verehrter Herr Staatsrat Goedeschal!

Ich habe Ihnen auf Beschluss des Lehrerkollegiums der Obersekunda von den folgenden Ereignissen Mitteilung zu machen, die ich Sie, sehr verehrter Herr Staatsrat, in ihrer Tragweite und Schwere keinesfalls zu überschätzen bitte; denn so ungewöhnlich in den Annalen unseres Gymnasiums wie des humanistischen Gymnasiums überhaupt ein derartiger Fall auch erscheinen mag, so ungewöhnlich es des ferneren erscheinen mag, dass ein Lehrerkollegium sich mit derartigem Schreiben an die Eltern eines Schülers wendet, so will doch grade dieser Schritt nicht so sehr die Tragweite und Schwere dieses Falles betonen, als denn vielmehr ihn zu erleichtern sowie ihm die Spitze abzubrechen gesonnen sein.

Bei dem Endesunterzeichneten lief gestern die in Abschrift beigefügte anonyme Anzeige ein, die, da Grundlage zum Verständnis folgender Ausführungen, er sofort einer Einsicht zu unterziehen bittet. Sosehr es nun sowohl in meinem Gehaben als bloßer Privatmann als auch als Anstaltsleiter liegen mag, derartige anonyme Machwerke einer Beachtung nicht zu würdigen, erschien es dennoch in vorliegendem Falle ratsam, von sonstigem Gehaben eine Ausnahme zu bewerkstelligen, als unzweifelhaft sowohl nach Ansicht des Schreibers dieses als auch des gesamten in Frage kommenden Lehrerkollegiums, und zwar, indem man sowohl das Inhaltliche als auch die Schrift gewissenhafter Prüfung unterzog, feststeht, dass (vergleiche hierzu auch Absatz 4 dieses Schreibens) – der Denunzierte zugleich der Denunzierende ist!

Die an diese Feststellung geknüpfte Debatte ergab das Ergebnis, dass drei der Herren sich gegen Verfolgung der Angelegenheit und für alsbaldige Vernichtung des Schreibens aussprachen, die übrigen fünf aber für Verhandlung mit dem Schüler Goedeschal auf Grundlage des beigefügten Schriftstücks eintraten. Dem Majoritätsbeschluss wurde also entsprochen und dieses umso mehr, als der die Religion als Lehrfach innehabende Kollege, Herr cand. theol. Richter, darauf aufmerksam machte, dass der Brief sozusagen einen Hilfeschrei des denunzierten Denunziators darstelle, dem zu entsprechen nicht nur völlig zum Beruf des pflichtbewussten Pädagogen gehöre, sondern auch ernsteste Pflicht eines jeden wahren Christen sei. Wurde demgegenüber, besonders vom Ordinarius der Obersekunda, Herrn Professor Scheide, darauf aufmerksam gemacht, dass bei heutiger Stellung von Lehrer und Schüler eine segensreiche Einwirkung bei Behandlung so diffiziler Fragen dem Lehrer schlechterdings nicht möglich sei, dass Derartiges vielmehr vollkommen dem Elternhaus überlassen werden müsse, und erachtete es Herr Professor Scheide bei dieser Gelegenheit als geboten, erneut für einen von ihm bereits in pädagogischen Fachblättern erhobenen Vorschlag einzutreten, nämlich, den von einem Hohen Kultusministerium für Oberprima angesetzten Aufklärungsunterricht bereits in Unter-, spätestens aber in Obersekunda stattfinden zu lassen, so wurde dem gegenüber m. E. mit Recht geltend gemacht, dass eben grade die Einzelheit dieses Falles beweist, dass es sich hier um eine besonders stürmische und frühe Sexual-Entwicklung handelt, deren Seltenheit eben nicht zu Folgerungen verleiten darf, die für die Mehrzahl der Schüler verderblich wären; dass ferner sehr wohl das ernste Wort des Pädagogen genügend sei, den jungen Mann von seinen Verirrungen auf den rechten Weg zurückzuleiten.

Es wurde also zur Verhandlung mit Ihrem Sohne Kai Goedeschal, Schüler der Obersekunda, geschritten. Leider war das Ergebnis der Verhandlung nicht das Erwartete. Der Ton des anonymen Briefes, besonders aber der Umstand, dass der Schüler über Namen und Art seines Vergehens nicht im mindesten unterrichtet zu sein schien, berechtigten zu der Erwartung, dass eine gewisse Schwäche und, ich möchte dies selbst angesichts eines derartigen Vergehens, wenn auch mit allem Vorbehalt, sagen, eine nicht geringe Naivität erleichternd wirken würden. Diese Erwartung wurde leider getäuscht. Nach einheitlich gebilligtem Plan sollte der Schüler durch die Fiktion, wir, seine Lehrer, seien überzeugt, dass ein gewisser Mitschüler von ihm aus Feindschaft und Rachsucht diese Verdächtigungen ausgestoßen habe, dazu gebracht werden, sich selbst aus Wahrheitsliebe als Schreiber dieses Briefes zu bekennen. Seine Haltung war zwar zu Beginn der Verhandlungen eine zweifelsfrei verwirrte, die eben erwähnte Fiktion wurde ohne weiteres von ihm angenommen; dann aber traten Bedenken in ihm unsere Gutgläubigkeit ebendieser Fiktion gegenüber betreffend auf und, als wir bereits nach dreiviertelstündigem Verhandeln schon aus seiner tiefen Ermattung und Abgespanntheit ein freimütiges Bekenntnis erhoffen durften, dem auf der Stelle von Herrn cand. theol. Richter die eingehende Ermahnung angefügt worden wäre, geschah zwar dieses Geständnis, jedoch mit einer solchen Eruptivität, mit einer so großen, rätselhaften, anscheinend gegen uns, seine Lehrer, gerichteten Empörung, dabei so reuelos, so über jede Einzelheit dieser schweren Sünde der jungen Männer unterrichtet, dass uns zu irgendwelchen Ermahnungen Gelegenheit nicht gegeben wurde, vielmehr zu allen andern Bedenken nun noch das trat, dass der Schüler mit einer ungemeinen Listigkeit in seinem Schreiben eine Unwissenheit inbetreffs dieser Fragen vorgetäuscht hat, die als weiterhin erschwerend angesehen werden muss.

Der Schüler Kai Goedeschal verteidigte sich in keiner Weise, mit einer beinahe zynischen, nahezu triumphierenden Offenheit bekannte er sich zu seinem Vergehen und verließ dann so plötzlich das Zimmer, verweigerte, dem Rückruf sein Ohr zu leihen, dass das von uns zu Sagende leider ungesagt bleiben musste.

Eingehender nachfolgender Besprechung Ergebnis war dann, dass man beschloss, diese Angelegenheit nicht wieder aufzunehmen, sondern davon Ihnen, sehr verehrter Herr Staatsrat Goedeschal, mit Angabe aller getanenen Schritte Mitteilung zu machen; was hiermit geschehen ist.

Hatte der Endesunterzeichnete zu Anfang seines Schreibens Gelegenheit zu der Bitte genommen, den Fall nicht zu schwer zu beurteilen, also die Strafe nicht zu hart sein zu lassen, so möchte er, am Schlusse angelangt, doch darauf hinweisen, dass das sündige Vergehen des Schülers selbst, ferner die ungemeine Verschlagenheit, die sich in der naiven Abfassung des Briefes ausspricht, und am Ende die unehrerbietige Haltung seinen Lehrern gegenüber zweifelsohne nachdrückliche Ahndung verdienen, eine Ahndung freilich, die ich in den Händen eines so ausgezeichneten Strafrechtlers, als der Sie, sehr verehrter Herr Staatsrat, bekannt sind, aufs beste aufbewahrt weiß, da Sie dem Sohn gegenüber nicht anders entscheiden werden als in jedem Ihnen vorliegenden anderen Straffall.

Ich muss meine Ausführungen mit der immerhin wohl recht bitteren und schwerwiegenden Mitteilung schließen, dass Ihr Sohn kaum zu Ostern wird versetzt werden können und zwar hauptsächlich wegen seiner mangelhaften griechischen Kenntnisse, eine Nichtversetzung, die um so betrübender sein würde, als die Reife dieses Sechzehnjährigen ihn kaum zum geeigneten Gefährten junger Schüler machen dürfte.

Ich bin mit dem Ausdrucke vorzüglichster Hochachtung Euer Hochwohlgeboren sehr ergebener

von Karstedt

Direktor des Königin-Augusta-Gymnasiums.

60

Ein Schatten spielte sich auf neben Kai, und da er, den Kopf beharrlich gesenkt, immer noch in sich glühenden Hass treiben fühlte, klang die Stimme jenes entsaugt und wachsweich: »Was ist, Kai? Wollten sie …?«

»Du, Arne …!«

»Merkten sie? Die anonymen Briefe …?«

»Ja, ja, anonym …«

»Aber woher?! Hat Margot …? Oder die Polizei …? Was wird …?«

»Margot …«, und auffahrend sah Kai den Freund weit fort, »Margot …? Nein …«

»Nein? Also Polizei …? Was wird? Was sagten sie? Rede doch! Um Gottes willen, Mensch, rede doch …! Wurde mein Name genannt?«

»Dein Name??? Ach so, wegen Margot …! Nicht dein Name, nein!«

»Aber sie werden erfahren, da sie den Schreiber erfuhren …«

Ein ätzender Windstoß sprang plötzlich sie an, in ihn schrie Kai: »Oh, sie sind schlecht! Schlechter als wir! Wir, sind wir schon sündig, – kämpfen, bereuen, flehen Hilfe dieser Gefestigten, ach, nur gefestigt, da sie selbst Sünde zum Postament ihrer Macht vermauern, sich zu erhöhen über uns …«

»Lauter«, schrie Arne.

»Ja, eitelkeitsgedunsen zerrupfen sie selbst dies, unsre ihnen hilfeflehend hingekniete Schmach, und wenn sie reden, reden sie nur Bestätigung ihres Selbst, statt Hilfe für mich …«

Er trieb fort. Dann – plötzlich die Arme gelockert, in den Beinen ein müdes Gefühl, merkte er sich über eine Brückenwand gelehnt; unten spülte, wehrbefreit, zwischen noch schaumigem Gerinnsel der Fluss Eisiges fort, und dieses Gleiten schien, endlos und rasch, Boden unter den ruhenden Füßen fortzusaugen und ihn, den Hilflosen, wegzureißen in eine unbekannte und drohende Zukunft. Seine Hand legte sich fester um sandsteinene Riefung.

Arne keuchte: »Und die Briefe, deine Briefe, hatten sie die?«

»Ja … hatten … aber weshalb?«

»Doch Margot ist nicht tot, wie ich dachte …«

Kai wandte sich fort, wollte fragen, doch schon hörte er sich schreien: »Verdammt Margot! Was soll denn sie!«

Und jener, lauter auch: »Fort ist sie!«

Da glomm Staunen: »Fort …? Und warum?«

»Aber, Mensch! Deine Briefe …! Die ganze Zeit rede ich …«

»Meine Briefe … du meinst meine Briefe an Margot …?«

»Was denn sonst! Auch du sprachst von anonymem Geschreibsel …«

»Und meinte jenes von – Klotzsch!«

»Klotzsch??!!«

»Das heißt, ich weiß nicht … Eine Vermutung des Direx. Dein Ehrenwort, dass du schweigst …«

»Werde schweigen, Ehrenwort! Doch was …?«

»Ach, ekelhaft! Bin noch taub. Kaum zu reden davon. Anonymer Brief an Direx, ich sei faul, unverträglich – – – Onanist!«

»Was …!«

»Denke dir!« Und da er unmutvolles Staunen des andern merkte, Beklommenheit, Versinken in schweigende Scham, war Kai schon obenauf. »So ein Schwein!«

»Aber Klotzsch …«

»Er denkt Klotzsch …«

»… wegen Ilse …?«

»… du meinst …?«

Bestimmt, hackmessrig: »Nur!«

Und langsam Kai, indes die Lider sanken, aufberstende Freudenflammen zu bergen: »Möglich …«

Schneller dann: »Doch er erreichte nichts, jener. Ich will nichts wissen. – Ich bin schuldlos. Also …«

»Aber du siehst, welche Waffe, welche Gemeinheit!«

»Enttäuschungstief, doch auch zu überkommen …«

»Nein! Gleiche gegen ihn, gleiche gegen sie!«

»… ach …!«

»Auch Margot floh, auf deiner Briefe Mahnung. Nichts ohne Widerhall.«

»Du sagtest schon, verzeih, ich verstand nicht ganz …«

»Ich war bei ihr. Natürlich kein Wort von diesem Brief! Ich war froh … am nächsten Abend, da ich schellte: ›Sie ist fort.‹ – ›Fort! Wohin?‹ – ›Ganz fort. Niemand weiß …‹ Wir glaubten erst, sie sei tot … Selbstmord … Schmach … Reue … Deine Briefsätze kreischten in mir, ihre Tränen sah ich sickern. Doch nun, man denkt, dass sie fort ist, in die Heimat … Ehrlichkeit wieder … Schneiderin …«

»Schneiderin …!« Und da des andern Blick prüfte, leise: »Das wollte ich nicht. Ich nicht. – Verzeihung. Fort. Allein sein …«

Und es trieb ihn zwischen die Büsche. An den Enden der Ruten hingen weiß erstarrt Tropfen; die die Sonne schon einmal getaut; der Kies war zerwühlt von Wasser; die Rasennarbe von schollig gelagertem Eis zerfetzt, aber doch trieben schon, dort im Winkel, von den Stämmen der Ulmen geschützt, dicke Knospen einem noch fernen, kaum schon glaubhaften Frühling zu.

»Nein, ich wollte es nicht ... Nähe war es ... in einen Schoß geborgenes Schluchzen und, aufgerichtet über den kleinen Bewegungen, am Ende dann das große Monument unserer Liebe, Trost, Rückhalt im Aufblick, Kraftspende ... Nun sitzt sie dort. Ihre Stimme, die den stickigen Qualm der Cafés goldpunkten bestickte, Rauschen von Licht, klingt von den entfärbten Wänden eines verhassten Zimmers wieder; ihre kleine volle Hand, so bebend in meine geschmiegt, geht nun Wege, die Kleines Geld heißen; der Amselruf meiner Briefe rief sie zu Ehrbarkeit ins Dunkel, da er doch allein reine Liebe barg ...«

Er sann fort, die Stirne gesenkt, und nun, als leise das Bewusstsein eines andern Briefes zu glimmen begann: »Doch wirkten sie. Sie schufen Tat. Ein Ding, mit leichter Gebärde der Welt geschenkt, da ward's aufgefangen, wirkte Kraft, und was nächtens im Einsamen wurde, eine Geste des Ungläubigen, sprengte donnernd das Mädchen: lebenbestätigende Tat!

Und auch jene anderen ... Da ich vor ihnen stand, vergaß ich Gefahr. Schlingen; Brücken, deren Balkenbelag unspürbare List vor meinem Fuß verschob ... Doch im Sturze angeklammert, emporgerissen, auf die Ellbogen gestemmt, die Füße eisig beweht von geahnter Tiefe endlosen Falls, grinste ich ihnen mein Leben aus entfärbtem ins entfärbte Gesicht – Anklage ... Leben! Leben!

Auch du Kleine dort, sicherheitsgeborene, schlösserverhängte ... keine Teichfläche so glatt, dass ein Stein sie nicht in tausend Ringe zerklirrte ... kein Nacken so gesteift, dass nicht Leid draufzulasten … kein Herztakt so gemäßigt im Schlag, dass er nicht Zucker täte aus Angst und Liebe …

Wie wehrte ich mich! Welche Wege trieb ich, gegen die Richtung der Fahrt Hand und Fuß gestemmt; nannt Feind den wilden Motor: Es! Doch der schlug, zwang mich, und nun begreife ich schon, dass er allein mein Freund war, Zeichen sendend; die Schlingen, die er mir legte, rissen mich auf aus dem Abgrund zur luftüberwehten Ebene der Erkenntnis … freundliches Es …«

Und als schon wieder über Straßen wellengleich Lärm trieb, an den Klippen der Kreuzungen brandend: »Zweifele ich denn noch …? Ich weiß es wohl … *gutes* Es!«

61

Von vielen Füßen fasrig gekehlt führten Stufen zu einer weißen Tür, zwischen deren Barockzierden ein Messingschild steil stand. Die Klingel schrillte, und einen Augenblick schien es Kai, als stürze auf ihren Ton aus jeder Fensternische, jedem Winkel der Treppe die Schar geschäftig geröteter Antlitze auf ihn zu – nicht auszumachen, ob abwehrend oder ermahnend –; doch schon schlürfte Schritt, und der Öffnende war der Beste: Hans Schirmer.

»Du, Kai …!« Und durch die schief hängende Nickelbrille schoss stumpf und hilflos der schwärzliche Blick, kaum mit Licht besteckt durch Erstaunen.

»Ja, ich, alter Freund. Nach dir zu schaun, zwang mich mein Herz. Wie? Lange nicht gesehen? – Und so also …?« Da nun Kais Blick das Sekretariat überflog: gedehnte Holztische, papierüberhäuft; eine Schreibmaschine, über deren nickelnen Rand starr ein Foliobogen drohte; Aktenmappen, grüne und rote; Schnellhefter, hastig in Fächer geschoben oder zu Stößen auf einen Stuhlsitz gehäuft; kalter Zigarrenrauch; – und nun, weil in diese Umschau nur das Knarren von Schirmers Schuh lauthaft griff: »Allein?«

»Mittagspause. Ich habe allein Dienst.«

»Und … es gefällt dir? – Nicht wahr, du rauchst? Hier! Wir dürfen doch rauchen?« Und auf die zusagende Gebärde: »Man weiß nicht, solche Bureaus, nicht? Es ist so verschieden?«

»Freilich …«

Aber trotzdem nun Rauch friedlich sich drehend emporstieg, blieb jener dort gar zu erwacht, wartend, Ungläubiger sonderzwecklosen Besuchs. Doch Kai trieb langsam sein Spiel, legte Schlingen, paffte so friedlich. »Und wenn ich nun denke: du schon in Brot und Beruf, ich auf der Penne … Weißt du noch, unser Garten …? … Wir schossen nach der Scheibe … Beinahe wurdest du König, schossest gut, trotz deiner Augen.«

»Wie lange …«

»Endlos lange her. Dann das Radeln. Nach Taubenheim der Ausflug, als ich über die Lenkstange schoss. Um die kiesig zerkrallten Hände schlangst du mir Lappen, aus den Hemden gefetzt; sticheltest die Hosenknie zusammen …«

Kai sah schräg durch das Fenster, wo droben zwischen dem Gezackten eines Daches wenig Winterhimmel grau stand. Ein kleines, ermüdetes Widerstreben, Zweifel am Wert von Schlingen, dann doch neuer Versuch: »Wir sind gute Freunde gewesen, nicht? Und geblieben! Das vergisst sich nicht …?«

»Nein …«

»Natürlich nein! Dass ich frage! Versteht sich! Wir ließen

uns nie im Stich, stets war Freundespflicht erstes Gebot. Beispielsweise, als du … wie war es doch? Im Augenblick ist's mir entfallen. Nun, ganz egal … Du weißt schon …«

»Ja …«

»Und das bleibt so, nicht wahr? – Ich sehe dir ja an, Hans, du wartest. Denkst, wie viel Vorreden! Nun ja, unter Freunden ist Offenheit Bedingung …«

Kai verhielt, prüfte den Blick, zögernd dann: »Also eine kleine Bitte … eine Kleinigkeit … Aber nun rede doch! Willst du nicht? Du sitzt da, Ölgötze, als wolltest du nicht!«

»Ich weiß ja noch gar nicht …«

»Es ist nur wegen der Handschrift, musst du wissen … eine Kleinigkeit, Scherz allein, so ein Spaß …«

»… Handschrift …?«

»Nun ja natürlich, wegen der Handschrift! Verstehe doch! Nein, Mensch, wie umständlich bist du geworden? Macht das der Beruf?«

»Handschrift …?«

Er sah Kai an, sank wieder zusammen.

»Nun was denn? Handschrift! Rede doch nicht so, bloßer Scherz sage ich dir, nichts, so gewichtig zu starren; jeder Freund tät's dem andern zugut – oder nicht?!«

»Doch, natürlich, Kai! Ich sage ja gar nicht, dass ich nicht will. Nur weiß ich nicht …«

»Ach, nichts weiter, nur einen Brief sollst du schreiben für mich … So, setze dich da an das Pult … Ihr habt Umschläge und Bogen ohne Aufdruck? – Also gut! Du brauchst nicht so schön zu schreiben: eine Gebrauchshand, wie sie jeder haben könnte, je unauffälliger, je besser. – – – Erst die Adresse: ›Frau Lorenz, hier, Marktstraße 67, 2 Treppen.‹ Keinen Absender … Zum Donner! Wer hat dir gesagt, dass du einen Absender auf den Umschlag schreiben sollst! Das fängt ja reizend an. Also noch einmal ... Nun der Brief selbst ... Halt! Schreib noch auf den Umschlag: ›Hochwohlgeboren!‹«

Er sah vor sich hin, ein kleiner Triumph wollte in ihm aufgehen, da er dieses letzte Wort als eine Demütigung mehr hinzuwarf, doch schnell kam Trübheit, taubes Gefühl erfüllte die Brust, und jenes Wort hinten, ruckweis sich nähernd, unvermeidlich, schuf aus Scham Begierde zu trotzigen Gesten. Dennoch zu sich: ›Schmerz? Nein. Aber so fremd ... als wenn ich mich verlaufen hätte, rettungslos von mir fort ...‹

»Doch nun den Brief. Kein Ort. Kein Datum. Oder halt! Wie sagt man auf Drucksachen ...? Na?«

Und hob stärker atmend die Brust, zwang sich hoch, sah um sich, sann, lächelte dann: »Datum des Poststempels. Schreib: ›Datum des Poststempels.‹ Guter Witz! – – – Und nun der Text:« Aber er redete nicht. Es war, als überschlüge sich eine Welle, dunkel. Dann klang Klavier irgendwoher, sechs, acht Töne, immer die gleichen. Stolprig. Hart. Ungeschickt.

›Ein kleines Mädchen übt ... Muss ich es denn tun ...? Wie sie eifrig ist und fleißig! Wieder stolpert sie. Umsonst ... Dein Eifer umsonst ..., alles ist umsonst gewesen, kleines Mädchen, am Ende dann ...‹

War es nicht wieder sehr dunkel? Endlos kühles Geschiebe um Kai?

›Ja, im Dunkeln aufgehängt, so ist es. Wenn ich schon schreie, niemand da, der hört. Auch Ilse – gleich sagte ich ihr: alles kommt, wie es kommen muss. Jettchen ist tot und Onkel Jason – aufgehängt im Dunkel ...‹

»Nun also: ›Sehr geehrte Frau Rat, Komma, lassen Sie ...‹«

Die Feder ging übers Papier, er hörte ihr schmiegendes Gleiten, beim Komma gab sie spitz Laut. Sie schrieb, jetzt langsamer, beim »Schüler Goedeschal« setzte sie einmal aus, fing wieder an, träge nun, stockend. Und rascher und drohender wuchs das Wort auf, klemmte schon jetzt die Brust, machte den Atem holpern, verdrehte die Finger.

»Hast du, ›Goedeschal‹«, fragte Kai, »ja? Nun denn weiter: ›mit Ihrer Tochter …‹, hast du ›Tochter‹? – – – ›Unzucht treiben sehen‹ …«

(›Ich höre es wohl, er schreibt nicht. Er ist ganz starr. Nichts sagen, abwarten. Er wird von selbst wieder ansetzen. Nun zähle ich bis zehn, dann frage ich ihn …‹

Und trieb fort, da sich das Wort Unzucht zu einem ungeheuren Bilde wandelte, riechend irgendwie, unbekannt Bekanntes, verzerrte Linien, seltsam gewundene, ineinandergerissen wic Geschwisterkuss.

›Was denke ich! Woher kommen meine Gedanken!‹)

Schon hörte er sich, laut: »›Unzucht treiben sehen‹, Hans?«

Und fühlte sich plötzlich in der Mitte gebogen, wie zerfetzt, splitterig, hängend.

Stille. Dann leise, mit viel Speichelgeschluck: »Ich kann nicht, Kai … lass mich …!«

Und nun Kai, laut, sehr hastig, klar, jedes Wort sorgsam im Munde geformt, dass kein Klang sich verzerre: »Was heißt: ich kann nicht! Ich sage dir doch: Witz! Bloßer Scherz! Was ist? Natürlich, so ist es! Ich sage dir, ich habe mit Arne eine Wette gemacht, dass wir … eben darum. Und außerdem … du hast mir versprochen, als mein Freund … Du weißt!«

Schirmer zagte, weimerte leis: »Wir? Freunde? Du kommst nur, wenn du mich brauchst …«

Kai schwieg, ein wenig Wärme fiel auf seine Haut, aber: »Na, sag mal, was erlaubst du dir denn eigentlich! Ich sage dir doch, es ist Scherz! Spaß!! Witz!!! Verstehst du denn das nicht?!«

Gellte aus: »Scherz! Spaß!! Witz!!! Das Mädchen bekommt nie den Brief, mein heiliges Ehrenwort! Was willst du denn eigentlich! Begreifst du denn nicht? Ich muss doch! Ich kann nicht zurück. Also schreib! Dein Ehrenwort hab ich!«

Hans ließ flatternde Gebärden los, seine Arme schwangen, in der Hose bebte das Knie. »Ich will gern alles tun, alles schreiben, was du willst, aber bitte, Kai, lieber, lieber Kai, sag nicht Unzucht, bitte, bitte, nur das nicht! Sag … nun was denn? Irgendetwas anderes … ja, was denn nun? Sag: Zuchtlosigkeiten, bitte, Kai, sag Zuchtlosigkeiten!«

»Aber ausgeschlossen! Was denkst du denn eigentlich! Diktierst du den Brief oder ich? Wenn du noch lange rumredest, sage ich überhaupt nicht Unzucht, sondern Schweinerei!«

»Aber Schweinerei ist ja viel besser«, murmelte schwach Schirmer, »Schweinerei ist ja gradezu vorzüglich. Bitte sage Zuchtlosigkeiten oder Schweinerei …«

»Nun höre gefälligst auf! Ich diktiere weiter. Hast du ›Unzucht treiben sehen‹? Nun den Punkt. ›Ein Freund‹ … Du hast doch auch Unzucht geschrieben …!«

Sprang empor, sah auf das Blatt. Dort das Wort, groß, in lateinischen Buchstaben, seltsam gedreht, wie vorhin das Bild, und verrucht, irgendwie so furchtbar verrucht. Er senkte die Lider …, diktierte fertig. »Und nun, hast du Zeit dann, Hans? Bitte, in genau einer Stunde steckst du den Brief auf dem Hauptpostamt ein, du versprichst es mir? – Dein Ehrenwort?«

»Ja.«

»Ich danke dir, mein lieber Freund.«

62

Nun aber, als Kai die Hand in die Rundung des Geländers ruhte, war es still um ihn; die Melodien der Hoffnung und eines rauschstarken Lebens waren in diesem Treppenhaus verhallt. Eine nie atmende Stille schien diese Luft imprägniert zu haben, in der selbst der Staub ohne Rührung ruhte. Da nun sein eben noch im Takt mit dem Wind hingespielter Schritt zusammensank, fühlte er in sich das Wachsen zager Gedanken, und ohne die Lippen zu rühren, die Augen auf die schultergeriebene, klimmende Wand geheftet, befragte er das Schweigende um sich:

»Doch warum komme ich? Will ich denn bereuen? Wieder einmal stillstehend und die Verantwortung meiner Umkehr anderen aufladend, werde ich mich also nun in ihrem Schoß reuig verströmen, jene Liebe anflehen, deren zu matte Gebärden mich doch nur für eine Stunde retten könnten oder zwei?«

Er lauschte. Indem er die Frage, deren Ton seine Lippen nicht geformt hatten, ins Auge zwang, meinte er, heißeres Brennen des Blicks müsse selbst diese Materie erweichen. Doch geschah nichts.

»Wie entkräftend dies ist zu wissen, dass jedes Wort Fälschung und nur die Gesinnung bestimmt! Will ich denn bereuen oder etwa umkehren? Nein, nicht bereuen, keine Umkehr. Wenn meine Worte schon sagen, dass dies hier sinnlos ist, nichts ändernd, treibt es mich doch, nun die Hand zu erheben und vom Zuge des Klingelgriffs an alles zu leugnen, was ich eben noch tat, nichts mehr zu wissen. Heimathafen ersehne ich in ihr, zu dem mich Einsamkeitswind trieb.«

»Begreife doch!«

Er tat's. Die Klingel schrillte. Drinnen der Gang rauschte, und nun im Öffnen der Tür sah er's: Sonnenaufgang über das breitgeschichtet Bleiche, Beseelung von Augen, deren Tiefe grenzenlos ward: auf ihrem Grund brannten fröhliche Feuer, allererstes goldfarbenes Birkenlaub wehte, in einem Römer glomm Wein.

Da er's noch nicht begriff, lagen auf seiner Schulter zwei Hände, zu eigen nehmend, und ihre Stimme läutete: »O du! O du! Bist du endlich da! Wo warst du?«

Ihr Mund brach auf, da sie ihr Gesicht zu seinem hob, strich ihr Atem lau und frisch wie Wind ersten Frühlings zwischen Föhren über sein Gesicht, dass er die Lider senkte, doch sie: »Nein, deine Augen! Weißt du, wie ich mich sehnte! Wo bist du gewesen? Warum kamst du nicht?«

Und dies dann: »O, ich liebe dich! Ich *liebe* dich!«

Wie die Süßigkeit rinnt! Sie erfüllt die Ohrmuscheln, und ihre feierlichen Erntedankfest-Töne, über Stoppel und Wald geläutet, fließen ins Herz. Dort geschieht Erblühen von Weichheit und Glück, um Glück neigt sich die schwesterliche Blüte jenes Briefes, der, in dieser Stunde aufgeflattert, süßester Verrat, ihre Liebe noch weiter öffnen wird.

»Ja, du kannst nichts sagen. Aber die ich nichts weiß von dir, dieses bleibt: Liebe – Liebe – Liebe – du!«

Ihre Augen verschwommen. Ineinander gossen sie alle Hingabe durch diesen Blick, dessen Süße so süß war, dass sie stöhnen machte, und stärker schlug das Herz.

»Mehr«, murmelte er, »mehr.«

»Jeden Tag wartete ich ...«, ihre Stimme verflog. Im Zimmer hinten raschelte es, man kreischte: »Ilse!« Stille entstand. Ihre Blicke entfernten sich, wurden klein. Die Seligkeit war vorüber. Noch blieb dies, die Hände von seinen Schultern zu lösen, Übergang zu finden, aber als er dann vor der Mutter sich neigte und das Lächeln spürte, wie sie sprach: »Es war ein Irrtum, nicht wahr, Herr Goedeschal?« – da war längst das Aroma einer erlebten Süßigkeit verflogen; alte Bahnen luderte, leierte das Leben, und dies war das Einzige noch, stärker und verlockender in dem und dem: die Uhr zu ziehen und zu sagen: »Schon halb fünf!«, da am Hauptpostamt die Klappe eines Briefkastens zuschlug.

63

Was glaubtest du, Kai Goedeschal?

Meintest du, nun endlich werde Leben bunt genug sein, so, wie es dein Herz ersehnt? Der Wüste tödlichen Graus, ohne Aussicht auf wehende Blätterfahnen bewegter Gefühle, sollte jener Brief pflanzentreibenden Regen spenden? Diese Kleinen und Stillen sollten, ins Herz gefasst, plötzlich aufflammen in entdeckter Menschlichkeit und deine Liebe noch übertönen?

Wie je – was erlebt wird, erlebst du allein. Da du die Treppe ersteigst, klopft dein Herz rascheren Wirbel. Werden sie heute sprechen? Wird ein schnelles Wort, ein Gedrücktes im Wesen jener Geliebten aufzeigen, dass du tief genug trafst?

Doch schon, wenn du in das Zimmer trittst, hörst du den alten trockenen Ton der Stimmen. Keine Erregung verbirgt sich. Die Luft ist mit Staub gefüllt, und nicht nur deine Nase riecht, auch dein Mund schmeckt den üblen Kampfer, den man zwischen Polster der Sessel und Sofas schob.

Sie sind nicht getroffen. Sie gehen ihre alten Wege. Ihre Gespräche berichten die geplusterte Kleinheit von Menschen, die nie ergriffen hinstürzten und weinten. Irgendwelcher Schemen zapplige Handregungen erzählen sie, Bewegungen, die alle jener einen gleich sind, die am Abend die Hose glättet, dass auch später noch die teure Falte scharf gekniffi sei. Nichts von dem Verbrecher, der befleckenden Schmutz warf.

Fahre auf! Prüfe den Blick, der eine Verbindung zwischen Ilse und dir schlug, suchend, ob auch Möglichkeit nur der Anschuldigung da – du findest ihn nicht. Er war nie da. Lass deine Augen gehen über die Laden des Schreibtischs, der Kommode, an der die oft geputzten Messingbeschläge gleißen, du errätst nicht, ob in einer von ihnen, hastig aufgerissen und in unwilligem Schmerz zerknittert, jener Brief ruht. Nein, er ist nicht da; nicht wahr, du, du wartest umsonst? Nicht genug, dass sie dich abwiesen, da du selbst, Kai Goedeschal, um ihre Liebe warbst und belebten Blick – mehr noch fremd sind sie dir, die jenen Unbekannten dem ziehenden Vogelschwarm, kaum erkenntlich zwischen erstem Wolkengrau-Geschiebe im Herbst, gleich erachten wollen, jenen Unbekannten, der umsonst versucht, wenigstens durch Verrat Anteil ihres Lebens in die Hand zu krampfen.

Diese Nächte sind still. Was Schande war, nun ist es nicht größer gewesen als das andere auch und die unzüchtigen beschworenen Schatten verblassen von Mal zu Mal. Unwirklich alles; jedes Gefühl, nur außerhalb deines Seins ist es erlebt, und das Leben entzieht sich deinen Fingern jener Qualle gleich, von der du einst träumtest oder sprachst – selbst das weißt du nicht mehr.

Am Ende stehst du da, und dich dir zu beweisen, fragst du: »Was nun?«

Eine Empörung glimmt in dir empor, dass selbst jener Brief nicht Preis genug gewesen, Anteil ihres Lebens zu erlangen und trostlosestes Alleinsein aufzubrechen; was Scherz war, nun muss es erbitterter Kampf sein, und am Ende sagst du: »Ich zwinge sie doch!«

Da rührt sich die Hand. In der Nacht stehen die Gedanken auf, aus des Masturbanten Träumen tritt jene andere Ilse, deren Schulter von Fäulnis übergrünt ist und auf deren noch keuschem Gesicht ein Lächeln von grotesker Verruchtheit grunzt. Ihre Fußspitze tastet tändelnd den Boden. Und der sonst so züchtige Rock – nun flattert er auf, vom Windsturm deiner Begierden gepackt, und am Bein ahnst du das blaugeäderte Fleisch, dort, wo die Strümpfe enden, jenes Fleisch, das ein wenig zu weich und zu süß ist und schwankt – denkst du …

Fange diese ein. Hefte sie mit den Dolchstößen stechender Schriftzeichen auf. Nun, da über Hans Schirmer weg der Brief und noch einer und ein neuer und wieder ein anderer zur Mutter hinwandern, darfst du hoffen, dass auch sie noch sich so sehen wird.

Doch genug Hoffen? Nein, in jener Nacht, da du sie ganz auftatest und deine ungelahrten Hände schmerzvoll in ihr Tiefstes tauchtest, erwuchs unabweisliches Bedürfnis, sie sich selbst zu breiten.

»So bist du. Nicht diese Kälte. Gleichgult glaube ich nicht. So bist du, so süß blühend, so wahnsinnig mannlüstern, beinsehnend. Birg dich nicht länger. Tu dich auf. Jener, der kommt, Schüler Kai Goedeschal, Sohn eines Staatsrats, ist dein Gefährte. Lass den Mantel gleiten, schmieg deinen Busen in seine Hand.«

Schweigt sie noch immer, Kai? Mehr Gift. Schärfe zutiefst. Scheue nicht den Blick dieses Schreibers, der alles weiß. Nimm selbst aus ihm noch Kraft zu tieferer Schuld und dreh sie um sich, indem dein kalter Finger sachlich ihr Innerstes weist.

Nun sitzest du, gebogenen Rückens, anderer Gefühle voll, bei jener, und in mancher Minute schon scheint es wie ein Strom zu sausen zwischen euch, oder das langsame Schwingen der Lampe am Haken ist es nicht, das diesen gleitenden Schein in euern Gesichtern zucken macht, wenn der Blick der Mutter sich erinnert und prüft.

Und prüft.

64

»Süße Nacht, wieder da! Weit hinter mir, oben, steht der weiße Mond der milchglas-umschlossenen Lampe. Aber hier nun, ins Bett geruht und die Glieder hingebreitet, willige Raststätten wandernder Bilder, sehe ich im Schattenwinkel klarer die Gebärden jener Gequälten, die in diesen gleichen Nächten auf dem Stachelrost meiner Briefe schlafen gehen.

Nicht, Es? Nicht genug, nicht wahr? Noch ist dein Kissen nicht genässt von Tränen der Scham, Ilse. Oder stehst du schon auf – leise zittert dein Fuß auf dem Boden, dass ihn niemand hört –, und der Wärme des Betts entflohen, hockst du dich in den Winkel des Sofas und denkst jenem unbegreiflichen Feinde nach, der dich peitscht? Wandert dabei dein Gedanke auch zu mir? Und nun, den Kopf ein wenig zurückgelehnt, den Mund halb offen, dass die breiten Zähne feucht glänzen, denkst du nun über jenen Täter fort auch meiner, dessen Liebe jeden Tag so neu gekränkt wird?

Dort im Schatten des Ofens … Klarer sehe ich dich nun als tags, wenn ich an deiner Seite hocke und im schwirrflügelschnellen Augenaufschlag deines Blickes Duft dieser Schmerzen zu erhaschen suche. Klarer nun. Ganz leise tropft dein Herz Blut, und leidest du schon still, legst du doch die Hand an jenes Gerundete und lockst ihn selbst nun in die Fingerspitzen, den Schmerz, der antwortend dem schweigsamen drinnen zuckt. Fragst du: warum? Und nächste Nacht wieder und immer wieder? Kein Ende? Keine Flucht?

Nicht Ende noch Flucht. Sieh, mein Segel wölbte günstiger Wind brüstegleich in den Nachthimmel hinein. Weiß ich, wohin die Fahrt geht? Das Rauschen meines Blutes tönt fremd und endlos wie das unmüdhafte Wandern von Hochseewogen, und ist mir und dir ein Strand bestimmt, nicht weiß ich, ob über seinem gelben Sand Sonne stehen wird – ferner dann weitgespreiztes Kokospalmenprangen und Quellen, die tränensalz-genässten Wangen zu kühlen –, oder ob zwischen Tanggewirr blinder Fuß des Wanderers letzte Ruhe findet.

Jenes Wort: alles kommt, wie's muss – nicht kenne ich seinen Sämann, doch keimte es, wuchs, stämmte sich ragend auf. Nie tat ich etwas. Mit der Fingerspitze nicht einmal durchstach ich meine Eihaut. Wind war da, der mich wogenüberwärts rollte: schuf ich ihn? Liebe du, lass uns weinen, leiden. Jenes Hässliche vergiss: nein, auch dies lass wachsen, Teil mein-deiner Liebe sein.

Wenn ich das Auge schließe, singt Rot. Nicht lösche ich das Licht. Sieh, schon blößt dort im Dunkeln eine Schulter, weiß und glatt überspannt, kleine Gedanken sendet sie hierhin und dort, und bald werden Worte tanzen, sich fassen, Sätze sein, ein Brief – schreib, Schirmer, schreib!«

»Schläfst du, Kai?«

(›Atme sacht, Kai! Fremdes dräut. Atme sacht!‹)

»Und nicht das Licht hat er gelöscht! – Kai! – Du, Kai!«

»Ja …? Wer denn? Ach du, Mama!«

»Wo warst du heut? Wir haben uns geängstet.«

»Verzeih, ich …«

»Ja?«

»So viel Arbeit! Diese Osterversetzung! So gemein!«

»Du musst viel schlafen. Schläfst du gut?«

»Ja, sehr gut.«

»Ich mache das Licht nun aus. Du liest nicht mehr im Bett, nein?«

»Nein.«

Es wird dunkel.

(›Aber was kommt nun wohl? Sie will etwas!‹)

Das Herz pocht Sturmlauf.

»Gute Nacht, Kai …«

»Gute Nacht, Mama.«

»… du … Kai …«

»Ja, Mama?«

»Du hast mir nichts zu sagen?«

»Wie, Mama?«

»Hat mein Junge mir nichts zu sagen?«

»Aber Mama …!?«

»Ich weine ja nicht, Kai. Nein, ich bin nur so erkältet. Darum klingt meine Stimme so … Weißt du noch, früher beteten wir abends zusammen, und du erzähltest mir alles, was du auf dem Herzen hattest, Kai. Alles …«

»Papa ist zu meiner Konfirmation ja nicht einmal in die Kirche gekommen …«

»Und darum betest du nicht mehr?«

»… nun, es hat wohl auch sonst keinen Zweck.«

»Und nichts hast du mir zu sagen?«

»Aber, Mama, was ist denn, wenn du etwas willst …«

»Kai …«

»Aber Muttichen, liebes Muttichen, weine doch nicht so … Sicher, ich habe nichts getan …«

»Mein Junge. Mein Junge du. Komm, gib mir deine Hand. Ich mache dein Kopfkissen ganz nass. Nein, du, willst du denn weg von mir?«

»Aber Mutti …«

»Willst du gar nichts mehr von mir wissen? Hast du mich nicht mehr lieb?«

»Ja … lieb …«

»Weine nicht, Junge, es wird alles wieder gut … Ich weiß

ja, es ist so schwer … Nur Vertrauen musst du haben zu mir und Papa.«

»… so allein. So allein …!«

»Lieber Junge …«

»Ja, du, du bist gut …«

»Siehst du, wenn du uns liebst, wird ja alles wieder gut …«

(›Uns‹, denkt Kai, ›schon uns?‹)

»Und nun beten wir noch einmal. Wie früher. Komm, leg deine Hände auf meine …«

»Gute Nacht, Kai, schlaf schön …«

»Gute Nacht, Mama.«

Und plötzlich war sie noch einmal neben ihm. Ihr Arm tastete um seinen Hals, die von Tränen gefeuchtete Wange an die seine geschmiegt, warf sie in das Dunkel seines Gesichts Küsse, die im Schluchzen sprachen, und dann wehte noch die Klage der rasch Forttastenden an sein Bett: »Und ich dachte, unser Junge wäre noch unschuldig …!«

»Sie wissen alles. Ich habe es gewusst. Innen drin habe ich's gewusst, einmal werden sie alles wissen. Aber nie habe ich's geglaubt. Mein Gott, mein lieber Gott, was soll ich tun? Woher nur? – Hans hat geschwatzt? – Und nun, was wird? – Aber das geht nicht so, das geht unmöglich so … vor Ilse … ich … ach! Nun habe ich am Ende nur mich gequält, nur mich allein?

Schüler … Lehrer, alle werden wissen … Ich muss fort! Hier, das geht nicht …! Amerika … Geld, aber Geld … Woher? Papas Schreibtisch …? Aber auch das wird nichts. Sie fangen mich vorher, in Hamburg schon … und dann … zurückgebracht …

Ich saß so gut bei ihr. So still. Ihre Liebe ging so sanft … Aber nicht sie! Ich!! Ich!!! Ich!!!! – Ruhe. Nur Ruhe. Einmal ausruhen, ohne Angst … Kein anderer Tag, da doch wieder Wind kommt, mich zu verblasen. Kein Morgen mehr …«

»– – – Tod …?!«

»Das habe ich immer gewusst! Tod! Ja, das ist gut. Fort von hier. Ausruhen. Da, hingelegt, in den Boden hinein und stilles Gras darauf, das der Wind kämmt. Wenn sie mich finden, alle werden sie Mitleid haben, gut werden sie von mir reden und mich so lieben … Alles wird gut sein …, bereuen werden sie …

Aber schnell! Noch diese Nacht! Morgen ist schon zu spät! So schnell? Diese Nacht? Aber … Da gehen Schritte! Papa kommt! Er wird strafen! Ich will fort, zum Fenster …«

65

»Kai? – Ja, was machst du dort am Fenster? Komm ins Bett. Du wirst dich erkälten.«

Und der Vater streifte die Decke über den bebenden Sohn. Seine ein wenig schlaffe, doch magere Hand berührte den kalten Fuß.

»Wie eisig du bist! Du musst achtsamer mit deiner Gesundheit sein, besonders jetzt vor der Osterversetzung.«

»… ja …«

Es war still. Der Vater hockte sich auf die Bettkante, ein schmaler Lichtstreif der Straßenlaterne vorm Fenster erhellte bleich sein Gesicht, doch funkelten Reflexe auf den Brillengläsern, die den Ausdruck des Blickes der Erkenntnis entzogen.

»Mama war bei dir, Kai?«

»Ja.«

»Wir sind sehr traurig, Kai. Womit haben wir es verdient, dass du dein Vertrauen uns entzogst?«

Stille. Dann raschelte es an der Tür, beide im Dunkel spannten dorthin, beide wussten's, und einer vom andern, dass dort jene stand, die Mutter, und, von Tränen erschüttert, lauschte.

(›Wie sanft scheint Papa. Ist gar nicht so schlimm also, was ich tat, diese Briefe …‹)

»Haben wir dir nicht jede Freiheit gelassen? Nicht einmal deinen Wegen nachgefragt? Das dein Dank? Fremde müssen uns erzählen, was unser Sohn …«

(›Sehr traurig ist er. Aber spricht er nicht immer nur von sich? Und wo will er hin?‹)

»Und wenn um unsrer Liebe nicht, schon um meiner Stellung willen hättest du das nicht tun dürfen. Habe ich nicht oft und oft gesagt, Richter sein bedinge bis in das Privateste Fleckenlosigkeit? Du hast Pflichten, Kai, nicht nur gegen mich, mehr noch gegen den Staat, der mich berief …«

(›Rede, du triffst es nicht. Strafe mich schnell, deine Strafe erreicht mich nicht. Morgen schon in der Heide bin ich frei von allem. Mach ein Ende nur, nur ein Ende, ich bitte dich, meine Gedanken warten nicht mehr.‹)

»Vertrauen, Kai, Vertrauen. Fremden gibst du es. Weißt du, wie sehr du uns gekränkt hast? Warum redest du nicht? Hast du uns nichts zu erzählen? – Also nicht, Kai, du willst nicht. Bleibt mir nur noch wenig zu sagen. Dein Direktor lehnt es ab, sich weiter damit zu beschäftigen.«

(›Wie!!!‹)

»Er wie ich halten es für Sache der Eltern. Und da sage ich dir, Kai, man tut *das* nicht! Du bist viel zu jung dafür. *Nichts* darfst du davon wissen. Es schadet dir, an Leib und Seele …«

(›Wovon spricht er …?!‹)

»Kai, hierüber redet ein Vater nur *einmal* mit seinem Sohn. Nie wieder. Und ›wieder‹ darf nicht nötig sein. Du versprichst es mir, jetzt in meine Hand hier, dass du *das* nie wieder tust …«

(›Was …?!‹)

»So, gib deine Hand. – So, du hast es versprochen. Und wenn du schwach werden willst, denke an diese Stunde, denke an die Tränen deiner Mutter, denke daran, dass sie sich schämen müsste vor dir, denke nicht zum wenigsten an meine Stellung … nie wieder!«

(›Mein Kopf schmerzt so! Ich verstehe ihn nicht. Was will er denn?!‹)

»Und noch eins, Kai, dass du ruhig bist. Deinen Brief an den Direktor lege ich hier auf den Nachttisch. Ich holte ihn mir. Vernichte ihn, dann ist die Sache vorbei, niemand weiß mehr davon. Und wenn du morgen erwachst, war alles böser Traum. Nichts Wahres. Nur verstärktes Gefühl für Pflicht verblieb draus. Und nun schlaf gut. Mache dir keine Gedanken, dass du morgen zum Unterricht frisch bist … Gute Nacht, Kai.«

»… gute Nacht …«

Schon flammte das Licht. Kai warf das Briefblatt auf: seine Anzeige an den Direktor!

»Nur dies! Sie wussten nichts. Nur hierum ging es! Und jetzt wäre ich tot! Aus einem Missverständnis tot! – Wieder aus das Licht! Nun das Dunkel. Aber so weit von mir weg. Die Tränen, die ich mit Mama weinte, ihrem Leid galten sie nicht. Und Papa … dieses Versprechen … wieder kann ich zu Ilse … es geschah nichts!«

»Aber sie hätte um mich geweint. Ich wäre dagelegen, so,

die Mundwinkel hochgezogen und hinter den geschlossenen Augenlidern einen Blick, Blick bis in ihre Träume hinein. Du. Ja, um deinetwillen sterbe ich. Warum ist deine Liebe so schwach? Kein Arm um meinen Hals. Kein Ausruhen. So wird es dort sein: in der Heide die Föhren und jener sanfte Sand … blauer Himmel … einmal noch die Lerchen … das Wolkenwandern weiß, selig, reißt mich von dieser Erde auf …

Doch habe ich keinen Revolver … Wie tue ich es? – Nur zwei Radelstunden bis dort … ein Stück Wäscheleine werde ich mitnehmen im Rucksack … dann, Ruhe …

Aber ich brauche es ja nicht! Sie wissen nichts! Ich kann leben, weiter! Nur keine Briefe mehr, so finden sie nichts … Ist es wirklich nicht notwendig?«

66

Draußen durchschwingt Klarheit die Luft. Erste Ahnung des Frühlings legt Sanftes wie Samt an die Wange. Hinter den Scheiben des Fensters steht Himmel blassblau. Die Spatzen sind lauter schon. Aber hier drinnen dumpft es wie je. In den Ecken des Sofas hocken staubige Schatten, eine Motte torkelt, und das Grau dieser Luft spinnt wie ein nie endender Traum.

Gehen Worte? Auf den Tisch sind die Augen gesenkt, die Hände im Schoß fassen einander, rechte die linke, zu beweisen: dies wenigstens ist da, warm, drinnen klopft's. Sicherlich gibt es Briefträger. Vielleicht gelangen sie bis an die Tür dieser Wohnung, ihre von Haar überlaufenen Hände reichen Briefe, aber jene, welche – wo bleiben sie? Bis hierhin dringen sie nicht.

Die Stricknadeln klappern, der lange Faden wird kurz.

Auch das Knäuel rollt nicht zu Boden – im Aufheben wäre Errötung verborgen, die nun steigt, klimmt, wärmt, hitzt, Schläfen sengt, da sie spricht, die Mutter: »Nein, Ilse, wir müssen mit Herrn Goedeschal reden.«

»O Mama! Nein! Nein!«

»Vielleicht weiß er …«

»Bitte, bitte nicht, Mama!«

(›Wohin soll man denn sehen? Wie tut man denn das, wenn man dies nicht versteht? Denn man weiß doch nicht, worum sich's dreht! Fragender Blick, versteht sich. Ein Wort auch. – Oh! Prickelblut, verfluchtes!‹)

»Lass nur, Ilse, unangenehm genug, sein muss es doch.«

In der Schreibtischlade knirscht bohrender Schlüssel, Ilse neigt sich. »Oh, Kai …?«

»Ilse …?«

»Ich schäme mich so …!«

»Nichts da, Ilse, nichts zu schämen. Lesen Sie, Herr Goedeschal!«

Der Brief sticht ihm zu, spitzfingrig gestreckt. Greife ihn, Kai. Gesenkt sei dein Blick. Dieses schwarze, dünn Gezerrte bindet sich meinend; fasse Wortsinn, langsam gehe dein Auge, krampfe die Hand, nun knittere … weiter … Mama schaut dich an, hie und da … spitze Augen, Glitzaugen …, aber Ilse senkt den Blick, sie näht nicht, atmet hebend … siehst du? … hebend; dies ist doch da: Brust … fasse den Sinn … versuch's, Goedeschal … blick auf!

»… Wie? Den Umschlag, ja? Und noch einmal, verzeihen Sie …«

Lies … die Stimme klang so schlecht nicht … Erregung berechtigt … wenn man wüsste, ob sie wissen … ahnen, ahnen …? Ilse? Nein, aber Feindschaft dort, nur die alte oder neue dieses wegen?

Frühlingsvorklang am Fenster, Himmel blaut.

»Gnädige Frau, ich verstehe nicht …«

»Auch wir, Herr Goedeschal, verstehen nicht. Woher diese Gemeinheit?«

»Ja, woher! Wer?«

»Nichts gesagt hätten wir, wenn's der Einzige wäre, aber elf schon … an mich, Ilse, sogar Lotte …«

»Und wie lange …?«

»Acht Tage bereits.«

»Und Sie wissen nicht …?«

»Nicht …«

»Aber wie …?«

Da sah Kai auf: ihr Gesicht war sehr bleich geworden, der schmale Mund zuckte, die bebenden Lider lösten Tränen von der Glänze des Auges; ungeachtet flossen sie, tropften, die Hand griff Halt; aber der gesenkte Scheitel litt! Leiden, das war's, und so, plötzlich vergessend des alten Gespitzes im Sofa, fasste er jene trauernde Junge:

»Ilse, nicht weinen … nie kann es an dich … Solch Schmutz! Was tut der mit dir! Fort, fort die Tränen! Hebe den Blick, es ist vorbei …«

»Jetzt, wo du da … morgen wieder … der Briefträger schrillt, und wieder neu …«

»Nein, nein, nicht neu, finden werden wir ihn, strafen! Wer tat es, welcher Feind? Was für Schmutz! So gemein! Zum Verletzen allein gebaut … Aber ich finde ihn. Ich suche. Büßen soll er es … diese Tränen … Sieh mich an! Glaube: ich finde ihn!

Sei still! Er versteckt sich umsonst. Seine Schrift, das Postamt, die Stunde des Einwurfs … ich prüfe, nicht schlafe ich mehr. – … dann finde ich ihn … oh, wie gemein! Wie gemein! Was will jener! Hasst er dich? Mich? Wo schleicht er?

Bekannt nur oder ein Freund? Ein ferner vielleicht? –: Wir finden ihn!«

»Herr Goedeschal …«

»Ja, wie? Verzeihen Sie … ja, wie …?«

»Kein Verdacht?«

»Nichts. Aber wir werden suchen. Wer hat den Nutzen? Welchen Nutzen? Wen trifft es? Mich, Ilse, Sie, Ihren Herrn Gemahl …?«

»… er weiß nichts! Nie darf er wissen! Er schlüge … Ilse …«

»Ilse!!! Aber wie? Sie doch unschuldig …!«

»Kleiner Grund doch …«

»Gnädige Frau …!«

»Ich weiß! Ich weiß! Aber doch für … ihn. Wäre Schaffner hier!«

»Schaffner?«

»Er suchte schon. Umsonst. Sagte am Ende: Goedeschal wird wissen, *muss* wissen …?«

»Nichts …«

»Kein Verdacht?«

»Keiner. Nichts zu sagen. Keine Vermutung. Erst Gewissheit. Dann sprechen …«

»Sie ahnen?«

»Nichts!«

»Sie ahnen!«

»Gewissheit! Was ist Ahnung! Ich finde ihn. Ilse … ich finde ihn.«

Ihr Blick stieg, Verklärtheit überstrahlte Kai: seine Kraft wuchs: »Zeigen Sie mehr!«

»O nein! Bitte, Mama …«

»Ich muss. Wie fände ich sonst …?« Sie prüften. Jene Briefblätter, fremde nun, geknifft, von Stempeln überkreist, ein Fettfleck – – Worte wanderten, schwer den Sinn zu erfischen.

Die Stirn überglühte: Scham war es, aber immer: Hass, Wut, Ekel! »Ich werde ihn finden, Ilse, ich werde ihn finden … Ungestraft entkommt er nicht, er soll sich hüten. Ich schleiche ihm, Spürhund, nach, schnüffle die Fährte. Oh! Er!«

»Warum Er? Durchaus Er?!«

»Wie …?«

»Er … Er … ER …?!!«

»Sie meinen: sie!«

»Nichts. Aber warum er? Warum sagen Sie er? Ahnen Sie? Machen Sie Ende, Herr Goedeschal, sagen Sie schnell!«

(›Was klingt? Sprich doch laut! Was ahnst du?! Sprich!‹)

»Ich suche …«

»… und nie ein Brief an Sie …?«

»Nie!«

»Oder Ihr Freund Schütt?«

»Er sprach nicht davon …«

»Details sind erwähnt, unsern Freunden allein bekannt …«

»Ja, lassen Sie nun. Ich muss denken. Adieu.«

»Finden Sie bald, Herr Goedeschal. Adieu.«

»Ilse, sei mutig. Trage es. Rein bleibt unsre Liebe. Dieser Anwurf ist nichts, Ilse …«

»Weißt du …?«

»Nein, nein!«

»Mutter ist sonderbar.«

»Erregt nur. Fürchterlich dies alles. Begreiflich Erregung.«

»Mach mich frei, Kai! Wie kann ich schlafen. Meine Träume …«

»Ich werde suchen. Liebe, du, sei froh …«

»Wie soll ich?«

»Liebst du mich doch …?«

»Doch!«

»Also froh!«

67

»Arne! Wartest du lange schon?«

»Länglich.« Kaum sah jener auf, bedenksam klopfte er Asche vom glühenden Stummel. Kai setzte sich. Ruhe auch nicht hier. So vieles zu erwägen. Nun aber: »Was Neues?«

»Ich nicht. Aber du?«

»Ich? Nichts!«

Der Blick hob sich nicht, schon aber begann neu Sensation die Glieder Kais zu durchprickeln, neue Wärme erhitzte das kaum straßenluft-gekühlte Gesicht, denn dieser:

»Ein guter Freund, ein aufrichtiger Freund ist eine Gabe Gottes.«

»Bin ich nicht …?«

»Nein, bist du nicht!«

»Und?«

»Berichtete ich nicht, wegen Margot? Nun du? Nichts zu sagen?«

»Was ihr wollt, alle! Erst Papa, Mama: nichts zu sagen, Kai? Frau Lorenz, Ilse: nichts zu sagen, Herr Goedeschal? Nun du … bin ich denn …?«

»Bist du! Bist du!«

»Also was?«

»Kai, rede, ich weiß alles …«

»Was alles? Gar nichts weißt du!«

(›Hoffte noch! –: Anderes ist es! Ich irre mich!‹)

»Alles …!«

»Und wenn du schon weißt! Kannst du nicht schweigen? Siehst du denn nicht, dass ich nicht reden will, nicht reden kann? Mein Wille ist nicht da. Das alles ist Dunkel, nun soll es ans Licht … Am Tage besprechen, in lebende Augen hinein, die es aufnehmen, ganz anders meinen dann …«

Er sah durch das Fenster. Auf den Straßen liefen befreit Kinder, die Frühling ahnten. Erste Kreisel drehten. Schreie! Freudige Schreie! Viele Fenster standen offen. Fort! Fort! In seiner Hand schnurrte die Gardine, gelblichgrau hing Dämmer über Tisch, Hand und Gesicht.

»… auch heut so. Plötzlich waren die Briefe da. Sie schoben sie her. Sie fragten: wissen Sie nicht? Nein, ich weiß nicht. Kenne nichts. – Fremd das?«

»Fremd … dir!«

Kai sprach weicher, griff nach hinten, der beißende Karbolgeruch der Bedürfnisanstalt damals auf dem Schulhof war neu da, sie alle redeten; da er doch versuchte, aus sich Wahrheit zu schaffen, blieben sie ungläubig, ihre zu beweglichen Gehirne formten um, was Gesetz war, ihm selbst in Steintafeln geprägt.

»Weißt du noch? Damals? Als ich Klotzsch schnitt? Nicht ich tat es. Aber auch da glaubtet ihr nicht! Heute glauben sie noch. Fass es, Arne, auch ich muss es begreifen: da aus ihrer Hand jene Briefe, deren Worte meine Nacht schuf, taghell zu meiner glitten, waren sie fremd, mir ungemein, nichts mit mir zu tun. Da Ilse weinte, begriff ich, erfühlte heiß Verworfenheit solchen Tuns. Ich werde ihn finden. Nicht mehr soll sie leiden. Frei soll ihr Schlaf sein und Helleres bereitet dem Wandern ihres Traums …«

Da stand Arne. Seine Finger griffen kugelnd immer wieder die Luft. »– Du – wirst – – ihn – – finden – – –?!«

»Ja, nicht mehr leiden soll sie. Sie weinte, Arne …!«

»Aber, Kai …«, er fasste die Schulter des Freundes, nun durchwärmt auch sein Blick. »Besinne dich doch, Kai. Du selbst Schreiber der Briefe!«

»… ja … ja … natürlich …«

Er zwinkerte rasch, einmal, wieder und wieder. »Gewiss.

Natürlich. Selbst geschrieben. Übrigens, dem Wortlaut nach nicht selbst geschrieben, ein anderer schreibt sie für mich …«

»Wer?«

»… aber ich bin doch nicht der Verfasser! Mittler nur, ohnmächtig. Den andern zu finden, nun, da sie weinte, bin ich stark genug. Kein Brief mehr. Ich will nicht.«

»Aber das geht nicht! Nun, nicht wahr …? Heute haben sie dir gezeigt? Und nun willst du aufhören. Das fällt auf.«

»… fällt auf …«

»Nein, jetzt musst du schon noch etwas weitermachen. Das geht nicht anders.«

»Ja, wenn du meinst. Recht kannst du haben …« Wie war die Stimme gefallen! Mittler – Schöpfer jetzt? Mussschöpfer? Reinheit aus Achtsamen unrein gemusst?

»… aber gut ist deine Rache! Wie klug, nicht selber zu schreiben! Wer denn?«

»Ach! Irgendein Idiot. Aber keine Rache, Arne, keine Rache! Nichts davon!«

»Aber was dann?«

»Liebe … nur Liebe …«

»Liebe …?«

»Ach, lass schon. Du verstehst doch nicht. Und woher weißt du?«

»Irene …!«

»Ah so! Man redet also schon …! Es wird Zeit, so Zeit! Ich muss Schluss machen. Heute schon beinahe. Ob sie ahnen …?«

»Nichts! Mitleid haben sie … mit Ilse, auch mit dir …«

»Trotzdem …«

Nah trat Kai, seine Hand griff zur Schulter des Freundes. Aus dem Dunkel dämmerte weiß das Gesicht, schwarz standen die Augenhöhlen. »Nicht, Arne? Ich kann Schluss machen? Es geschieht nichts? Noch ein paar Briefe, dann aber vorbei. Niemand erfährt etwas. Du bist der Einzige, du bist still, nicht wahr? Denn sieh, wenn jemand erführe, ich könnt ja nicht mehr … ich müsste ja … alles wäre vorbei …«

»Nichts. Niemand erfährt, Kai. Lieber. Keine Angst. Nur keine Angst!«

Ganz leise da und weit weg, irgendwo am Schreibtisch oder gar am Bett: »Doch, Arne, ich habe Angst, so sehr Angst. Manchmal. Alles ist, glaub ich, bestellt. Ich tanze umsonst. So Angst …«

68

Gleich Kirchenkerzen starrten sie, ungelehnt im Rücken, auf ihren Sesseln: die Lorenzfrau, Lotte und Ilse und dann jener sonore, qualmig etwa: Castor Schaffner. Ihren Augen schien Blinzeln entfremdet; drehten sich in den Schultern die Köpfe, war's schnappig, als klatschten Federscharniere Blechdeckel zu. Die Hände ruhten, von Protest feucht überschleimt, im Schoß. Auch stand ihr Schweiß wie ein Prickeln in der Luft. Die Schläfen höhlte konzentriertes Denken tiefer.

»Verdacht ist das«, klang es in Kai, schabte kratzend die Knochen zu durchsichtigem, leicht splitterndem Porzellan; schlenkerte er jetzt die Hände, flögen sie fort. »Gestehen! Wie? Nein! Diesen …!

Doch ist Ilse gut. Qual gibt ihren Gliedern Regsamkeit, unter den Kleidern zuckt es; von Wind aufgekraust fröstelt Teichwasser so an Nebelmorgen, wie Liebesschmerz ihre Haut huschen macht … Sie glaubt … denke ich …«

»Schöner Tag heute?«

»Schöner Tag, Herr Schaffner. Die Luft streicht weich. Zum Ausgang lockend. Vielleicht kann Ilse, gnädige Frau …?«

»Ilse kann nicht! Kann nie mehr! Konnte zu viel … das Ergebnis …!«

»Strengste Befolgung der Moral sichert allein unangreifbare Position!«

Schaffners Mund ging zu; den bläulichen Himmel prüfte Frau Lorenz, herb zwar, missbilligend beinahe für den Moment, jedenfalls fremd, doch in der Leistung anerkennenswert.

›Das ist‹, klang's in Kai, ›als setzen sie Wände um mich zum Erdrücken, Absperren; näher solche tragbare Wand mit jedem Satz.‹ Und da er Frau Lorenz armgespreizt Paravents tragen sah, glomm Lächeln. ›Das ist gar nicht schlimm, nur vorher ist Angst, drin kühlt's wie Bad. So selbstverständlich. Man ersauft nicht.‹

»Sie sind gesprächig, Herr Goedeschal …« Frau Lorenz lächelt, aber wie Gift ist das, als schnitte es schmerzend.

»Silberlustig, auch gelüstig.« Schaffner wartet, lächelt als Ersatz für die Runde, dann: »Reden – Silber.«

»Und dann: warum nicht? Das ehrt ja! Sicherer jedenfalls.«

Wie Kugeln schießt es Frau Lorenz, klappt den Mund, als sperre sie entschieden Drängendes ab.

»Natürlich, so ein junger Mann …«

Kai lässt den Blick wandern, aber die Augen der andern behaupten alle: Kai Goedeschal ist nicht. Er lüftet die Schulter. ›Nun ja, Direx war schlauer. Totreden ist mehr als dies. Hier die – Holzgekasper ist das!‹

Süßes Geflöte: »Nun, Herr Goedeschal …?«

Und da er links spürt, wendet er den Kopf: ihr Blick ist aufgegangen, ein Mond, der Liebe heißt, fremd jenen dunklen Wipfeln, deren Äste ihn werden halten müssen, senkrecht hängenden, dass sein Scheitel nächtens die Sterne schabt. Blicke singen:

»Ich liebe!«

»Dank, du!«

»Ich glaube!«

»Dank, du!«

»Kämpfe!«

»Ich siege!«

»Dank, du!«

Da er den Stuhl vor sich stößt, auf die Lehne gestützt, ist das Zimmer fort. Aus den Wäldern weht ein Wind, der seine Frische Quellen entnahm, die ungesehen sprudeln. Der Roggen gilbt schon, und hügelan auf dem Rain ziehen Schnitter, die in den Hüften schaukeln. Unbedingtheit der Natur, selten getrunken, taub gefühlt, entsprosst dieser Stadtzimmerstunde fängerischer Lüsternheit. Hier gelten nicht mehr menschliche Formeln, in Tuch gewickelte, doch sagt der in die Nüstern der äsenden Ricke stoßende Wind: Freund oder Feind –, und Konsequenzen zu ziehen, sind wir stark genug.

»… Dank, du …«

»Nun, Herr Goedeschal …?«

Blick gedunkelt, Hand gekrampft, leises Wort sorgsam geprüft: »Ich verstehe nicht, gnädige Frau. Ich mag nicht verstehen.«

Die Lider sind da, senken sich, Stille kommt.

»Herr Schaffner!«

»… Herr Goedeschal, berichtet ward: auf Ihrem Gymnasium herrscht Kenntnis fraglicher Briefe. Wer brachte sie?«

»Schwieg man so? Da auch Sie … Und Klotzsch? Und Lehmann? Wissen sie nichts? Und Schütt fragte mich, eine Woche ist's her, was denn mit diesen Briefen für Bewandtnis?«

»Ihr Freund Schütt??!!«

»Schütt ist Freund Fräulein Reisers ...?«

Stille.

(›Sieg! Kein Jubel jetzt, noch Geste des Feldherrn ... Weiter! Doch werde ich herrschen.‹)

»Aber bitte setzen Sie sich doch, Herr Goedeschal!«

»Danke verbindlichst.«

»Wenn Sie nicht wollen ...«

»Aber wenn Sie es wünschen, gerne.«

Und saß nun, mehr noch Sieger.

Plötzlich lag schräg zum Tischrand ein Briefpäckchen. Schaffner überstrich mit leiser Hand Deutung seines Gesichtes. »Siebzehn Stück. Ihr Inhalt verrät, so vorsichtig auch gewählt, dass Intimer des Hauses allein Schreiber.«

Die Köpfe bestätigten scharf.

»Und Sie, Herr Goedeschal?«

»Ich kenne nicht alle.«

»Ausweg! Bekanntes genügt. Genügt. Intime des Hauses: Lehmann, Klotzsch, Goedeschal, Schütt, Mehrenbach, Breithaupt, Seeger.«

»Und die Damen?«

»Damen, intim diesem Hause, schreiben solches nicht!«

»Ich danke im Namen der intimen Herren dieses Hauses, zu denen auch Sie gehören, Herr Schaffner.«

»Diese Schärfe ...«

»... ist berechtigt, da Sie ...«

»Meine Herren!«

»Gut!« Übergang schien Schaffner schwer. Dann langsam: »Man hat Fälle der Selbstbezichtigung ...«

Das schoss als Blitz: Empörung, Spott, Gleichgult?

»Also Fräulein Ilse …?«

Da schrie es!

»Herr Goedeschal!«

»Ich verbitte mir …!«

»Aber, Kai …!«

»Ah so, Sie meinten mich …?«

»… unerhört …!«

Standen, drängten, Formen zerbrachen; jemand, nicht auszumachen, wer, schrie: »Sie! Sie! Sie!«

Totenstille stand.

Die Glieder fielen, lähmend gehackt.

Kai zuckte die Achseln.

»Lächerlich ist das!« Zu Schaffner gewandt: »Auch der Theologe sollte fragen können: cui bono? Wo *mein* Nutzen? Wo? Da begreiflich wäre, dass nach diesen Briefen mir wortlos das Haus verboten! Wo denn, Geehrter? Kriechen Sie heraus!«

Rückzukehren zum Sitz schien zu schwer. Sie stand, achtsam geneigt, ihre Ohren lüstern nach Fang von Überton; doch spürte Kai Müdigkeit schon jener, da der Fremde entglitt. Und so hob er den Blick, sonnenaufganggleich sagte der's: »Du! Sieh! So liebe ich dich!«

Da doch schon in ihrer Antwort auch seine Kraft erstarb und den funkelnden Triumph schleierwerfende Trauer hetzte. Sie litt am Zweifel. Sicherheit, nicht Liebe war Begehr.

Müde auch nun er. Vergeblichkeit erfühlt. *Endliches* ungeregelt wie je. Zurückgekläfft diese, entblößte Zähne, doch bald schon schnüffeln sie neu … und dann? Ist Kraft immer ruffolgend? Lahmst du nie, Kampfgaul?

Nicht höre ich Ruf.

Meine Fessel schmerzt. Das Hufeisen drückt.

Schaffner drehte sich. »Bleibt Schütt.«

»Nun ja, Schütt. Warum nicht? Cui bono, Herr Schaffner!

Theologie – nicht? – gestattet Verdächtigung ohne Beweis? Guten Abend.«

Auf dem Gang allein. Dieses Aufatmen! Die Hand streicht vom Gesicht Maske und Glut. Der Körper sackt. Und das Herz trommelt immer noch ein Echo seiner Sturmwirbel, fern, fern.

Dann sie! – Ihre Arme – zielfeig – wieder einmal versunken.

»Ich liebe dich, Kai. Du bist so stark!«

(›Nütze es! Wer an sich glaubte! Aber selbst Arne täte dies nicht: Arme um den Hals, Kuss auf den Mund!‹)

»Stark? Nein. Ich mag sie nur nicht. Möchte ich sie …«

69

Schon dunkelte es. Während man kämpfte, war der sonntagsfrohe Trost blaudurchleuchteten Himmels entschwunden; starre Gebilde der Menschen schwankten an seiner Statt über Steinschluchten: surrende Bogenlampen; und das blöde selbstvergnügte Glühgas stand höhnend in Glaskästen. Hier war Baum gewesen; zwischen den Gräben schwankten fette Gräser im Streichelwind; im Frühling schrien die Wiesen gelb von Hahnenfuß und Ranunkeln, frühsommers golden die Felder von Senf und Hederich.

Nun war's entfremdet. Lüge war's, Heimstatt zu heißen dies. Heimat war Rasenwange, Fichtenborke und Zickzackflug von Motten. Und dorthin zu pilgern tat nicht mehr not, als das Rad zu rüsten: schon schwinden die Vorstadthäuser, die Teerpappenlauben der Arbeiter ducken sich im Ansprung der Ebene, leicht vergilbt starrt fedrig das Winterkorn, von Schnee befreit; dann: die Heide! Die Heide!

Kein Strick, nein. Tiefere Ruhe ist anders, verlässt nicht so gewaltsam zappelnd das Hier. Hingebreitet ins Kraut, Himmel eingefangen ins Auge, leichter Druck dann des Fingers und die Welt birst.

»Dann bin ich frei. Ich weiß nur dies: schweben werde ich, das nächtige Geball der Bäume wird zu mir heraufgrüßen, im Frührot funkeln die Seen, tiefer drinnen im Wald ziehen Nebelschwaden dahin, wandernde Vögel schreien. Oder aber, verspült, taumele ich dann, nährende Kraft, durch das Adergeschlinge von Blumen, Zellen bauend, wandelnd gewandelt, fühle ich in ewig gedankenloser Stille Sonne auf mir …

Spurenlos treiben diese Menschen über den Granit ihrer Wege. Ich wandle mich kaum. Nie sah ich Tat, die Welt prägte. Es ist leicht.«

Nein, schwer war schon dies. Diese Treppe war leichter gewesen, damals; nun klingelt Kai, das Gesicht des Schirmer steht da und auch in ihm kämpft Erröten mit Erbleichen, während Augurenblick beide beschmutzt.

»Hast du Zeit?«

»Komm …!«

Dunkelnacht, liebe … Schritt singt an Schritt, hassenswert doch, da so strupplig haariger Bekleidung des andern Kai denkt. Jenes gereizter Leib, missfarben, von ungeeigneter Nahrung befleckt, ist Ekel. Selbst Wort wird Übelkeit, weil er's sagen muss, diesem wieder einmal. Die Fingerspitzen sind staubig. Wie Erbrechen dreht Klang um Klang sich als Finger in schlingschluckender Kehle.

»Hans … habe eine Bitte …«

Schweigen, zwischen den Büschen glotzt eine Lampe, Kai verhält, wühlt in der Tasche, zählt Geld, wieder im Dunkel wägt er's dem andern in die Hand. »Da … fünfzehn Mark, mehr habe ich …«

»Wofür!«

»Du musst mir … ich denke, du kannst das eher … eine

Schülermütze fällt auf … nicht, du bist so gut, besorgst mir einen – Revolver …«

Schwarz. Schwarz. Schwarz.

Schritt marschiert. Atem zuckt. Vor den Augen fällt es, hastig mehr und mehr.

»Nein, Kai! Nein, Kai!«

Wind weht. Keine Menschen. Man kennt sich nicht selbst. Auch Hans sich nicht.

»Du tust es. Ich bitte dich.«

»Kai …«

»Du hast Angst? Glaube mir, kaum Wechsel …« Mut wächst, prahlerisches Reden: »Kaum Wandlung ist das. Sicher schmerzlos. Ich ende nicht, ändre mich nur …«

»Entdeckt?«

»Nein. Sie glauben mir. Lieben mich mehr als je. Aber Ruhe, Hans, Ruhe …«

Weit wird's drinnen. Ruhe! Nicht mehr die Dunkelwege. Keine Angst mehr. Noch ist die Wäsche von Furcht genässt, und das Zittern hockt wie vorher im Nacken und klirrt mit dem Rückgrat. Weg! Weg! Nicht mehr dies. Die beschmutzte Seite ausreißen, das befleckte Gesicht, Maske nur, abstreifen, neu sein! Lässiges Spreizen der Glieder, wissend, Furchtsprung wird nicht mehr sein. – Behaupten unmöglich. Schon der nächste, sicher der übernächste Angriff bricht ihn ab. So viel Reden, Kampf! Entrinne noch vorher.

»Nein, Kai … tu das nicht! Deine Eltern, denk doch, dein Vater!«

Flüstern, eindringlich, da Hand Hand gepackt hält: »Ich tue es nicht … Bist du auch drauf reingefallen …? Denkst du, so dumm …? Auch ich liebe Leben … Nur zum Drohen, verstehst du … Wenn sie mich strafen wollen …«

»Sie finden dich?«

»Nein, nein. Aber versteh doch: für alle Fälle. Nein, nicht für alle Fälle. Ach, versteh doch, Hans! Nein, bist du dumm, bist du dumm!«

Eifriger dann, wie im Spiegel sah er sich nun, den Posa: »Soll ich hinfallen, flehen? Auf die Knie vor dir? Willst du das? Ich tue es. Ich küsse deine Hand. Aber ich muss ihn haben. Wohin sollte ich denn? Du bist der Einzige doch!«

»Ich kann nicht …«

»Du kannst. Keine Briefe mehr. Nichts mehr. Alles bleibt ruhig. Tu es also.«

»Keine Briefe mehr? Gar nichts mehr? So plötzlich? Nicht noch einer, wenigstens noch einer?«

»Nein, nein. Es ist genug. Das Ziel ist erreicht. Tue es nun, Hans!«

Der geht still. Ein Schatten schwankt weiter. Fort. Fort. Dann ist die Nacht wieder da, die er vergaß im brennenden Weh der Empörung. Wind in den Zweigen, die kaum beben. Herbstblätter rascheln auf Eichen.

»Er tut es! Aber ich? Ich?«

70

Starraugen ins Dunkel – brennen, und er schließt sie, da doch im Deckelklappen der Lider Huschebewegung schattenrissiges Gemöbel antanzen macht. Wieder auf! –: alles wie sonst, nichts verändert. Doch die Füße wie Eis – an die Heizung, deren Röhren längst nicht mehr warm sind. Kältegekrümmte Sohle schleppt kaum ihn ins Bett, das zu riechen scheint, kalt-laulich; die Knochen gebrochen, Hirn drückt an die Stirn, die Finger sind blutlos, unkrümmbar. Selbst das Zentrum durchkältet, frostgepickelt.

Und Speichel zieht fädig im Mundwinkel. »Keine Briefe mehr …«

Doch da sagt es, irgendwoher: »Du schießt dich doch nicht tot!«

»Ruhen …!« Sein Murmeln: »Darum ist es, ich werde es tun!«

»Nein«, beharrt man.

»Ah! Du willst mich reizen dazu …?«

»Ich denke, du magst sterben …?«

Liegt so, Uhr tickt. »Was wird morgen?«

»Kommen sie näher? Schaffner … Sie glauben nicht mehr. Nein, dann bleibt nichts wie Tod. Rechne doch: diese Summe von Gesten: Eltern, Lorenzens, Konpennäler, Ilse, Schütts, die Dienstmädchen … Keine Straße mehr blickleer … Denunziant!«

Krümmt sich, Rücken den Blicken zu bergen, hustet, Laut ist verschluckt, war nie da.

Stille marschiert. Hirn haspelt Bilder. Lippen wälzen Tonloses. Der Gaumen schmeckt abgestanden. »Morgen! Nur Morgen!«

Zittert. Bebt. Zittert. Zittert!

»Hilfe! Es kommt. Unwirklich ist das: Tod nur Gerede – alles kommt anders!«

Brüllt das Zimmer – Licht zuckt wie Blitz im Schrei –: »Der Revolver!«

Er schweigt, überlistet. »Revolver, ja? Wozu bestellt? Zum Töten? Ich tue es nicht? – Warum also? – Doch! Ich tu's! – Ich glaube. – Ich glaube nicht. – Ich weiß nichts. Treibe … weiß nicht wohin … Zur Vorsorge ist das … Falls es doch nötig …?«

Schwärze, Überschwärze wälzt vor die Augen sich. Herz trommelt im Hals. Schläfen bersten.

»Krampfe immer den Leib, nutzloser Ring. Rettung das nicht!… Beichte!«

Warten wölbt sich zum Trichter, der ihn ansaugt, aus der Haut Beulchen zerrt, gesogene … »Flucht …«

Steht: ärmlicher Leib, Hemd zu kurz, beinzittrig, schlappende Pantoffeln …

Tastet draußen … Zimmertür versperrt – drinnen tost es, Aufruhr spottet seiner, – er fühlt es bis hier …

»Wohin …?«

Tür an Tür … Bekanntes – Unbekanntes …

»Erna …?«

Schleicht, schleicht, Beschuhung bleibt im Winkel, die Lenden schwellen, die nackte Sohle schleift trocken am Boden …

Neigt das Ohr: »Atmen? Atmen?«

Es zieht langsam, seufzend, schnüffelnd, stoßend, ächzend …

Sie wirft sich im Bett um!

Dann wieder zieht's …

Hitzeschauer peitscht nun leibauf, leibab. Die Haut rutscht wie bei fliegenscheuchenden Pferden …

Knarrt die Tür? Die Tür knarrt nicht, aber – die Klinke knackt!

Herz stürmt! Das hört man! Krümmung, um zu dämpfen, Hände auf die Brust, zu dämpfen den Schall, Atemhalt, dass sie nichts hört …

Nun lehnt hinter ihm die Tür zu. Die Luft schmeckt nach offenen Poren, auch die seinen triefen schon. Jenes Fleisch steigt, da er sie atmen hört, laulich nun und sanft; ja, wie besänftigt durch seine Nähe geht zage Melodie von ihr …

Näher!

Nein!

Näher steht er. Hand streift fingergespreizt. Schrickt! Flieht … Nichts! Ein Federgestopftes …

Neu!

Nein!

Wieder geht Hand, zwischen den Fingern verschweißt, sucht … sucht … sucht … – tut einen Triller zur Decke! Flieht! Flieht! Flieht! Flieht – da Schwellweiches anstieß.

Nun steht Atem und Herz zugleich.

Hand bleibt oben und lässt aus zuckenden Nerven diese Treffgefühle eben tropfen, sinkt dann, sinkt – kein Wille zu halten sie da –, sinkt, wieder da!

Ruht – Beine, nicht? Wade, nicht wahr?

Fingerspitzen wölben sich blutgeprallt.

Lider sinken. Mund halb offen. Speichel tropft.

Er weiß alles von sich, von jenem, der dort steht, während er – immer wieder und stets! – rein ist!

Hand geht. Schreck eben noch – nicht mehr genug. Finger schleicht streichelnd über Fleisch, so warm, weich, prallig, verachtet das Knie, kreist drüber und findet wie Nervenantwort Entgegen-Geschwelle innenseitig am Schenkel, geht, geht – schrickt noch einmal, da das Bein sich regt, klotzig sich spreizt, mehr sich ihm bietet …

Haupt neigt sich: Duft, Geruch, ächzender … Was nun? Haar …

Schlafgurgeln, Torkelgespräch, Zungengelall: »Wer ist da?«

Da die Tür des Zimmers schon wieder sich schloss, aus dem Winkel die Pantoffeln, Heimstatt schon die eben verhasste Stube, Schlüssel im Schloss, ins Bett, das noch Wärme birgt – Heimat!

Müdigkeit. Gedankengegängel. Ermattetes Lächeln. Morgen aber? – Denk nicht dran! Jedoch dies: »Nicht wahr, du schläfst gut, Kai?«

»– Eltern wissen nichts. Wohnen im Gelobten Land, ich wandere Wüste.«

Schläft. Lächelt im Traum. Krampft einmal die Hand. Aber die Schwärze tilgt den Aufschrei seines Schlaf-Gesichts, der »Gnade« heißt, »Nichts-wie-Gnade«. Tilgt ihn, niemand kennt ihn, wohl er selbst nicht?

71

»Servus, Kai! Leben noch frisch?«

»Danke. Danke.«

»Und die Aktien?«

Der Blick Arnes zerrt, entblößt, schwelt; doch vor Reserve Kais welkt ein Lächeln um den Mund des andern.

»Oh! So lala! Es gab natürlich viel Spuk. Auch Verdacht auf mich. Das ist vorbei, Tage schon. Stehe jetzt fleckenlos. Schlauer als die, nun, weißt ja ...«

Er bezwang sich, trat näher, hängte Arm in Arm, war sanft und kätzisch. »Sie dürfen mich ja nicht kriegen. Das versteht du, ohne Wort. Sonst ... das heißt Ende.«

»Natürlich. Aber du schreibst doch noch?«

»Nicht so Ende! Was bist du töricht, Arne! Natürlich schreibe ich nicht mehr, schon seit vier, fünf Tagen nicht.«

»Kai ...?«

»Was ist Arne?«

Sah auf. Erregter Blick jenes. Der Arm löste sich. Empört. Schütt stand, böse das Gesicht, um den Mund zuckten Worte und Worte, drängende, aber, da er den Schritt aufnahm, ferner war Kai, blieb Schweigen doch, zehrendes, das mit Angst Herz ätzte.

Aber Kai vergaß es. »Nein, ich schreibe nicht mehr. Zu

nah waren sie mir schon. Ehrlich: Arne, ich bekam Angst. Plötzlich sah ich Folgen.«

Leise hob er die Hand, prüfend und versonnen sah er die gespreizten Finger. »Es war so leicht nicht aufzuhören. Nächte … Das lockte. Trunkenmachend. Aber es war Zeit. Und nun, denke ich, wird alles gut.«

»Ja …?«

»Ich suche immer. Jeden Nachmittag bin ich dort, so Angst ich auch habe. Ihre Gesichter. Aber wegbleiben – nein, noch schlimmer wäre das; hinter meinem Rücken würden sie reden. Muss sie sehen. Ich bleibe, bis der Letzte geht …!«

Holte Atem, tief. Weichere Luft beruhigte die Starre seines Gesichts. »Nur noch eine Woche, eine Woche, sieben Tage … und alles ist überwunden. Dann ist das Ganze halb vergessen, ich bin gerettet. Und ich tue es nie wieder. Du …«

Aber er schwieg dann, sprach nur zu sich: ›Ich will nicht sagen, dass *er* den Rat gab. Nicht ihn reizen, er muss gut sein. Nur keine Sorgen mehr, nichts mehr davon.‹

»Schon jetzt reden sie nicht mehr drüber. Schweigen … trotzdem, ihr Schweigen ist anders, düster, von mir abgekehrt. Schweigen nicht mit mir zusammen, ohne mich tun sie's, gegen mich. Aber auch das wird vorüber sein, einmal.«

»Und, Kai, du weißt nicht …? Du meinst nicht, dass noch Briefe gekommen sind …?«

»Aber nein! Was denkst du nur! Ich muss es doch wissen! Dem Kerl, der die Briefe schreibt, hab ich seit sechs Tagen keine mehr geschickt, also …?«

»So? Und da ist wahr, Kai? Du belügst mich nicht?«

»Arne!«

»Ja? Warum solltest du das? Keinen Vorteil hättest du davon … oder doch? Lügst du? Nichts weiß man. Keinen Brief? Das schien so einfach, früher. Nun aber …«

»Was hast du, Arne? Du weißt irgendetwas!«

»Komm!«

Schneller schwang ihr Schritt. Auf der abschüssigen Straße zum Park jagten Kinder, mit fliegenden Händen und Kleidern; eine Zopfschleife löste sich, fiel. Über dem leuchtenden Seidenband drehte Kai knackend den Hacken, dass der Stoff berstend riss.

»Arne …«

»Dort erst, auf der Bank …«

Sie saßen. Weicher Schein schon schien Umriss der Äste zu mildern. Eine Amsel lockte, immerzu. Die Welt sehnte Frühling. Und da Kai, nun die Worte Arnes angstvoll erwartend, schnelleres Klopfen des Herzens spürte, stieg noch einmal quellend die Angst, ob er noch Gefährte von Fliedergehänge, schreiendem Lerchenstand über schnittreifem Roggen, ob er noch gehen würde im Abenddämmern, Schule hinter sich, am Flussrand zur Schenke, zwischen schattenden Büschen, den Schritt gewiegt nach melancholischen Liedern oder schneidendem Rudereinsatz?

»Arne …«

Schwieg jener.

»Arne … bist mein Freund … du vor allem musst helfen. Dieses Leben … ich kann nicht weg!«

Aber Schweigen stand, und spürend ahnte Kai wehrende Härte, auf sich beharrend. Enger Zirkel. ›Wo, Bruder, deine Hand? Helfers Hand? Freundtreue Hand?‹

»Arne …«

Langsam, erst ein Schlucken, dann sprachen bebende Lippen krampfhaft klar, trotzig, entrüstet: »Heute kamen drei Briefe an Lorenz, einer dem Vater, einer der Mutter, einer Ilse …«

Schlag lähmte, streckte die Glieder, verzerrte sie. Welt

barst. Und das Herz spülte, hohnvoll spülte Angst um Angst im Hirn. Und Fingergehaspel. Die Sohle krümmte sich im Schuh. Krampf schüttelte die Wade.

Schneller sprach jener, verwaschen: »Und gestern Briefe und vorgestern Briefe, jeden Tag, beinahe mit jeder Post, mehr denn je, schmutziger denn je. Irene sagte es … sie weiß es … wahnsinnig sind jene vor Wut … Reinheit des Hauses geborsten … Wie Flamme leckt Blick jeden Winkel, schlägt die Bettdecke zurück, entblößt Leiber, selbst der Mutter nicht, nicht der Schwester gezeigt …«

Schwieg, da Kais Tränen stürzten: ratlose Tränen, wütende Tränen. Faust ballte zum Himmel: »Jener dort tut's. Ich nicht. Wie hat er mich gejagt! Er hasst mich. O Arne, mein Arne, ich habe es nicht getan, keine Briefe mehr habe ich geschrieben seitdem, nichts …«

»Ka…!«

»Glaube es doch! Einmal glaube doch! Warum sollte ich denn? Ich müsste ja sterben dann, weg sein; begreif es doch: nicht mehr da sein. Und kein Mädchen habe ich geküßt, nie. Ich kann doch nicht fort. Ich habe doch noch zu tun. So vieles. Die Wege – und dann der Sommer, immer dort wollte ich dann den Weg zwischen den Birken schon gehen, niemals Zeit; soll ich ihn nie gehen? Lass mich doch hier! Sag: es ist nicht wahr. Ich darf leben, nicht wahr, mein guter Arne, ich darf leben? Sieh, deine Knie fasse ich um …«

»Steh doch auf, Kai … ich glaube dir ja … die Leute sehen schon her … nein, sei still, so, setze dich her … Wie? Was meinst du? – Ja, den Birkenweg sollst du gehen, und so viele Mädchen … sei nur jetzt ruhig …«

Stiller ging Weinen, schlief ein, aber der belebte Blick erstarrte, Suchen kam neu, Zweifel, Wissen von Ohnmacht, fruchtlosem Kampf Unbekanntem gegenüber.

›Ist es wahr, was Arne erzählt? Schrieb ich sie nicht? Im Schlaf? Vielleicht doch? Und soll zahlen dafür? Dafür! Oder Hans …? Wie sollte er …?‹

»Wer sagte das mit den Briefen, Arne?«

»Irene.«

»Und so viele …?«

»Ja … Sie haben mich gebeten … ich soll heut hinkommen. Ich muss dann auch gehen …!«

»Du sollst hinkommen?«

Sank grübelnd zusammen; – dann ging Licht auf! Wandte das Gesicht, sprach: »Sieh, Arne, Wahnsinn wäre das gewesen, unbegreiflicher, mit den Briefen … Die ich nicht schrieb! Aber ich will dir es sagen, leise, rück näher: Sie haben gar keine Briefe mehr bekommen, sie wollen dich täuschen …«

»Aber warum?«

»Sie haben dich in Verdacht! Sie wollen sehen, ob du dich nicht verrätst! Deshalb bestellen sie dich auch …«

»Das kann sein. Ist nicht unmöglich. Aber warum mich im Verdacht?«

»Weil du der Einzige bist, der noch bleibt. Das heißt natürlich: scheinbar!«

»Aber das geht nicht! Ich im Verdacht! Was soll Irene denken! Ich muss aufklären …!«

»Arne!«

»Ja doch! Natürlich, das ist schlecht. Aber du verstehst, dass auch ich nicht …« Senkte den Blick vor brennender Angstfrage des andern; zuckte die Achseln dann. »Natürlich wird sich ein Weg finden. Ich werde dich schonen, bestimmt. Trotzdem es nicht leicht sein wird.«

»Du wirst nichts verraten, nicht wahr. Arne? Auch mich nicht?«

»Nein, nein! Du bist mein Freund, aufrichtig, also … nein: ich sage nichts. Ich drehe mich so durch, aber seltsam bleibt es doch, denn …«

»Wieso seltsam? Eine Kriegslist …! Wir gehen zusammen hin?«

»Ja, jetzt gehen wir beide zusammen …«

»Und wir werden ja sehen, wie es wird …«

Sprechen … sprechen … sprechen …

Reden polierte Hoffnung noch einmal neu.

72

»Höflich, Arne, verrate dich nicht! Höflich. Höflich. Höflich! Nicht stolz wie sonst!«

»Verraten … mich …?«

So das Flüstern auf der Treppe, in das Klingelgequäks hinein. War aber höflich nicht: schon, da er missmutig sich niederließ, ekelnden Blick zu Schaffner schoss, vor Empörung Flammen der Augen, – und nur leicht erhellt war sein Gesicht, als Irene mit Ilse eintrat, Freundinnen, Arm in Arm, suchäugige, zagäugige dann. Zweifelnde, beide an beiden …

(›Was wird kommen …?‹)

Und da die ersten Worte hinrollten – eifernd üble Ahnungslosigkeit –, fühlte Kai angstvoll das Zittern in diesem, hörte kaum gebändigten Stimmklang in herb geworfenem Zwischenruf: »Weiß ich!«

»Nun ja!«

»Und? He? Und?«

Wuchs da auf in Kai –: duckerig kam Lust, Kopf an Kopf es zu flüstern in horchendes Ohr: ›Mein Leben reden sie. Kein Wort, das nicht mein Leben meint …‹

Und gelang doch nicht einmal, den Blick Arnes zu fangen, zu mahnen, so dass Kai die Hände vorschlug, das Haupt neigte und über sich hinströmen fühlte, immer neu eisig, Fortgang der Worte. Zweifelhaft blieb das Ende doch … ›Doch muss Rettung sein, nicht? Es ist unmöglich: jetzt ist noch Hoffnung und eigentlich Gewissheit des Lebens, sicher dem Atemzug … Zeitliches noch nicht begrenzt. Und nun, plötzlich!, rascher Satz, flackerndes Gefühl, Augenblitz, und abgeschnitten ist alles, dann heißt Leben nur noch Sterbengehen, und die sitzen, stehen, hocken, sind Beichtempfänger geworden? Mir?! Ich auf den Knien? Hier? Schande? Gespei? Nur noch das? Ich *kann* es nicht glauben, mein Leib glaubt's nicht, auch nicht mein Herz. Atmet schon Abgesang? Hoffnung! Freude! Hoffnung! …

Lässt nicht zuschanden werden, also!‹

»Sehr verbunden!« Schütt grinste zurück. »Unwissend jedoch, warum mir die Ehre dieses Berichts.«

»Hoffnung – mein lieber Schaffner, jetzt ich! –, dass Sie wüssten, etwa den Schreiber …?«

Und so harmlos hühnergegackrig, lämmermild, so taubenfromm umhängte der fragende Mutterblick die Stirn Arne Schütts.

»Das ehrt ungemein! Zutrauen, gewiss. Doch habe ich, gewohnheitsmäßig wenigstens nicht, Beziehungen zu solcher Anonymität.«

»Aber … vielleicht …?« Sie fuchtelte Schaffner zur Ruhe. »Ausnahmsweise? Ein Zufall vielleicht?«

»›Süße Flöte hinterm Berge‹, singt so nicht Li Taipe?«

»Ich sage: nein, gnädige Frau, und …«

»Vielleicht erlauscht …?«

»… und lausche auch nicht an Wänden, worin ich mich,

wie einst Goedeschal mir erzählte, einig mit gnädiger Frau weiß …«

»Wie …? Ach so! Gewiss …«

Und das Gespräch stand, da nun Arne mit kriegerischer Maske steilstumm dasaß, auf Frau Lorenz' Gesicht eben noch blühendes Lächeln von saurer Lauge übergossen hinschwand, Schaffner voll Empörung über schlechte Diplomatie rastlos Verantwortung von den Schultern zum Winkel hinabwarf und die jungen Mädchen betreten, doch unbeteiligt blickten.

Stand das Gespräch, ging nur noch Pendelschlag der Uhr, rastloser Wanderer, unwahrscheinlichem Tode zu. Knackte leise ein Stuhl oder knirschend rieb ein Schuh. Bis Kai entdeckte, dass das Muttergesicht sich umschuf, sonnengleich durchbrach bekannte Härte eine nie gewusste Weichheit; sie, die Gefestigte, ward hilflos, und gefahrvoller nun ist der schwimmende Blick, der Arne trifft, da Stimme, auch unbekannt, spricht: »Verzeihen Sie, Herr Schütt, einer Mutter, die jeden Ausweg such …«

»O ja, gewiss …«

»Sie wissen nicht, was das ist, diese Briefe … an sein Kind, die eigene Tochter …«

»Aber ich verstehe …«

»Nein, nein, das können Sie nicht. Diese Qual. Nacht um Nacht. Der Briefträger dann. Und Sie kennen die Briefe nicht, haben nur davon gehört …«

»Freilich …«

(›Lass dich nicht fangen, Arne! Pass auf! Sei wach!‹)

»Wäre ein Ende zu sehen, ich würde schweigen, trüge das Letzte, weil es das Letzte eben ist. Doch so, jeden Tag mehr, schlimmere …«

(›Aber nein …!‹ Und Kai sah, dass auch jener dessen dachte,

dass sie nun log. Briefe beschwor, die nie geschrieben, Spiel bemäntelte …)

So trocken klang es: »So … ja …«

»Aber Sie sollen sie sehen …«

»Nein, wirklich …«

»Doch, nur die letzten …«

»Die letzten …?«

»Die von heute!«

»Von heute!«

Und da es Kai überfiel: Nun kommt es, fühlte er den Blick des Freundes auf dem Gesicht, rufend, fragend, weckend: ›Tam. Tam. Tam. Kai, was ist das? Tam! Tam! Logst du?‹

Zwang, zwang, drückte die Schultern, presste Wärme zum Gesäß, die *doch* stieg, wellengleich, überpurpurnd die Wange, Schläfen röstend. Sah vor sich, fühlte doch Freundesblick bohren. Zwischen den Zähnen klopfte Stahlfinger: Gefahr! Ende!

Sah: Ilses Hand flatterte vom Tischrand auf, winkte taubengleich mit Flügeln, sank nieder dann, schwer, dem getroffenen Fasan, der klatschend ins Rübenkraut schlägt, gleich. Und sie barg das Gesicht an der Freundin, die Beruhigung streichelte.

»Hier …«

Arne griff zu, faltete auseinander, rasch, fest (›so anders wie ich damals!‹), laut klang das Datum –: »Von gestern also … Kai, von gestern …«

Schwieg jener. (›Verrückt ist das, fälschen sie Briefe?‹)

(›Unschuldig! Unschuldig! Doch verloren …!‹)

»Aber schrecklich ist das! Hundsgemein! Gnädige Frau, darf ich Sie um einen andern Brief bitten, von vielleicht vor einer Woche …?«

Frageblick, aufgewacht. Harte Mutter ist wieder da, doch immerhin: »Bitte.«

»Es ist dieselbe Schrift, Kai, willst du bitte vergleichen …«

(›Sie schwanken in seiner Hand! Wie aufgeregt er ist. Er glaubt mir nicht! Und auch ich kann nicht verstehen …‹)

»Gnädige Frau, ich verstehe alles. Ihr Verdacht war berechtigt – ich meine, heißt das, Sie dürfen überall Verdacht haben, so groß ist diese Gemeinheit. Ich habe hier nichts mehr zu suchen. Guten Abend, gnädige Frau, guten Abend …«

Tür auf. Tür zu. Sie schwiegen, hörten den Schritt auf dem Gang, Tür zu. Fort ist er. Und in Kais Hand schwankt noch das Briefblatt, gleich gehen die Augen ihm zu, gleich wird er entlarvt, gleich – da beginnt Schaffner zu lachen, er krümmt sich, patschig bedröhnen die klumpigen Hände die Schenkel. Speichel tropft er, da die Backen schwellen, Fett das Auge umquillt, stöhnt: »So ein Schauspieler! Gottverdimmmich! So ein Schauspieler!«

»Ich bitte Sie sehr, Herr Schaffner! – Verzeih, liebe Irene, er ist dein Freund, aber dies …«

Sah um sich, triumphierend: »Natürlich ist er es …«

Schaffner, noch lachschluchzend: »Natürlich …«

Lotte schrillte: »Er!«

Auch Ilse schob's nicht weg, ihr Blick sagt's ja, beruhigter Freundesblick schon, da er Kai streifte: »Stets glaubte ich dir …«

Und Irene zweifelnd: »Sie meinen …?«

»Versteht sich!«

»Aber das ist doch klar!«

»Aber nein! Irene!«

»Doch wie ist das, Herr Goedeschal? Sie sprach er an … mit der Schrift … was war das …? ›Gleiche Schrift‹?«

Und nun waren sie da, die Augen, strengste Frage.

»Ich … verstand … nicht. Was wollte er?«

»Das fragen wir Sie! Sollten Sie gewusst haben?«

Und da Kais Gesicht tiefer sank, nur die Hand wehte noch müden, hoffnungslosen Protest: »Sie ahnten? Es ehrt Sie: dem Freunde gegenüber. Trotzdem hier … zweifelhaft … immerhin …«

»Doch was geschieht nun?«

»Ich muss gehen, nein, keine Zeit mehr …«

»Ehrt Sie, Herr Goedeschal, ehrt Sie!«

»Auch ich gehe, gnädige Frau, mein Zug fährt um sieben …«

»Ich begleite dich, Irene …«

»Schön, Kinder, schön. Also auf Wiedersehen. Dies erledige ich allein mit Schaffner.«

73

Stiller Park, dunkelnder. Streicht Wind durch die Wipfel, steht warm doch drunten nebliger Erddampf, feuchtet die Wange und verheißt Schritt um Schritt neuen Trost. Ihre Worte waren hinten geblieben, wo Laternenschein flackerte; nun sang still ihr Gang selbstbesinnende Ruhe, bis es geboren ward, stark und beinahe Frage: »Und ich glaube doch an ihn! Er ist unschuldig! Einen Grund, sagt einen Grund, warum er es tat! – Umsonst … Unschuldig ist er!«

Irene schwieg, und Kai fragte in sich, ob auch sie's nicht merkte, wie umsonst Reden, da Wind vorher wie nun wehte, – Wind, der nichts weiß. Wandern … Auf unsichtbarem Fluss standen die glostenden Lampenreflexe der Uferpromenade.

Über das Geländer gelehnt, spürten die drei das leise Beben des Kettenbrückchens, lauschten dem endlosen Hingang des Wassers.

Nun klagte Irene: »Sie schweigen, Goedeschal? Schon den

ganzen Abend schweigen Sie; doch so verhalten ist das, kein einfaches Stillsein, Protest loht …«

»Oh …«

»Schonen Sie den Freund …«

Und da spürte er es wieder, das leise Prickeln, eine qualmige Süße füllte den Mund dehnend, Speichel lief. Weigerung kam, warnende Lichter blitzte Hirn, doch das Herz sprang auf, und das erste Wort schon schlug die flehende Hand: »Freund …?!«

Dieses Schweigen marschierte. Sein Rhythmus war das hastige Atmen der Mädchen, wie Angst den Wanderer auf umwaldeter Landstraße nachts hetzt, während – Kai! Oh, Kai! – sinnloser Pan zwischen den Büschen sich gebärdet.

»Freund?«

»Oh, was ist? Sind Sie's nicht?! Sagen Sie … oh, dann wäre ja …«

Und da sie schwieg, sah er's in einer Sekunde, da er das Wehen eines Nebelschleiers liebte. »Der Grund: Ja, der Grund, da ist er!«

Geht weiter! Wo ist Dunkel tief genug, die hastige Röte eurer Wangen zu bergen? Tastend stoßt ihr aneinander, ein halblautes Wort, weiter schon, derselbe Weg, dieser gleiche Sand knirscht unter euch, aber weiter seid ihr getrennt, jene: glaubst du noch? diese: nie zweifelte ich an ihm; und er: Liebste, du!

Bis, stehen bleibend, Kai die Hand nach oben hob, wo nicht fern dem Gitterwerk der Kronen endlose Wolkenzüge eilten. Ihre Gesichter, von Mond bestrahlt, erglänzten. So verweilten sie, aneinandergedrängt, stumm hingegeben diesem heroischen Tumult, bis ein eingerissener und dunklerer Fetzen sich vor den Mond schob, dessen Silberschein verblasste, dass der Glanz der Jagd verging.

Und im Weitergehen sagte Kai dies, leise von sich fort, zerfließend, vielleicht zu sehr, dass er gutmachen wollte durch Weiche: »Die Wolken … so viele Wanderer dort oben schon. Hingegangen. Wie viele hier unten schon, die Gesichter erhoben wie wir! Hingegangen … fort … tot …«

Und Irene da: »Und Kampf? Und Mühe? Und Stolz? Alles umsonst?«

»Umsonst.«

Aber plötzlich war Ilses Stimme da, in die Nacht hinaus sprach sie es still und ohne Gewicht wie ein Gebet: »Weil wir alle einmal sterben müssen …«

Wann, in welcher Stunde hatte sie, über eine Sonnenuhr gebeugt, jene unerbittlichen und wehmütigen Worte gefühlt: »Una ex hisce morieris«? Und im Tiefsten getroffen, tastete Kai nach ihrer Hand, er nahm die fremde und abweisende, seine Lippen ließ er über ihr aufbrechen als einen Dank, einen ungestümen Lobgesang, dass sie ihm diesen höchsten Trost der Gleichheit beließ.

»Aber das ist er, jener Tod … kein Verbrechen, nicht Freude, noch Leid, das uns endgültig erhöbe, entfremde. Am Ende wird alles umsonst gewesen sein, ausgelöscht; am Ende wird dies allein gelten: dass ich sterben musste. Wie die andern auch – nicht anders, nicht mehr, nicht weniger …«

74

Haste, Fuß, haste. Treppauf, treppab. Bogengänge, Treppengestiege. Schilder kaum lesbar im Flackerschein. Klingelzug. »Wohnt hier Herr Hans Schirmer? – Nein? Vielen Dank.«

Eilig, Kai, eilig! Straßengeblöke wieder, Männergejohle; Purpurflecke in Schwarz, so kreischen die Frauen. Stinkender Torgang. Gas lechzt. Lies!

»Wohnt hier Herr Hans Schirmer? – Nein? Wissen Sie wohl …?«

Tür klappte. Treppauf, treppab. Augenbrennen. Kniebeben. Müde? Ermattet? – Jene sitzt im Zug. Diese zu Haus –: eile, Kai, eile! Kläre rasch auf, eh es zu spät … Du musst noch zu Arne!

Stolperstufen. Muffgeruch, von Zwiebeln durchstunken. Wäsche. Windeln. Kein Licht mehr hier oben, unterm Dach: Sterne stoßen zum Fenster herein –: »Wohnt hier …?«

»Hans! Du sollst kommen! Hier ist ein Herr …«

Stuhl rückt. Tür geht. Im Blickblitz: Küche, Töpfe, vertalgt, Männer, Weiber, Messergefresse …

Schritt schlurft.

»He? Wer ist da?«

»… ich, Kai …«

»Kai!«

Schritt zurück. Tür wankt unter Griff. Gegneraugen ahnen im Dunkel Gesichter. Atem sägt Speckluft.

(›Wozu noch fragen? *Er tat es!* Hier, in wüstestem Dreck, bannte er Ilse …‹)

Sah sie Kai so, auf ein Eisenbett gezerrt, dem Stinkenden gesellt, Haarkörper, Nachttopf sichtbar? In den andern Betten Gegrunze, Geseufze, Geschrei, Gegirre?

Er ist die Kette zwischen dem reinlichen Heim und diesem, der noch immer atmet, wortlos, torklig – hastig, wankt – weiß!

Es schlenkert durch Kai, Glieder zucken, straffen sich schon. Hirn sticht mit Messern, hackt Gedanken, da nur Rot noch glüht, stürzt, blüht, Blick blendet …

»Du! Du – Briefe? Hier herein sie! Selbst Briefe! Du – sie! Du – sie?!!! – Da! – Und da! – Und da!« – griff längst furchtschlaffen Arm, muskelstärkeren sonst, der nun wie riechend blaugrün verfault zwischen den Fingern zermürbte, Schlag fiel in Gesicht, Schlag in Gesicht, Schlag in Gesicht, das klatschte wie Brei, tropfte, nässte.

Gurgelte jener Schmerz, wortlos. Doch wehrlos – stand hündischer Grinser in Nacht.

Da Kai sich wandte, schleppend den Schritt, Adergehäuse entleert, die Treppen hinabstieg zum Sterngeglänze, Flackergas dann, mündend in Hohlschacht Gasse, achtsam nun besorgt, Steinplatten nur zu treten und Ritzen zu meiden.

Hirn ging und drehte: Nippesgedanken, Bilderchen, süße, Gartenlaube, Daheim …

Bis sein Schrittrhythmus nicht mehr allein die Nacht in Stücke zerlegte, sondern ein Schatten, an Hauswand gekrümmt, gleich ihm schritt, sanfter nur, und Stimme nun klang: »Kai, hier … dein Revolver …«

Und da war es, dass Kai fußgehemmt verharrte, Hand hob auf die Schulter des Hans, schüttelte den, nach rückwärts und vorn, dass sein langhalsiger Kopf dröhnend die Hauswand betanzte – indes Kai lachte und lachte, gellend und kullernd, aus Gefühlbrei heraus, getrieben, achtlos, ahnungslos, sinnlos …

Bis er weiterging dann, nun den Hals wieder verschnürt und Luft kaum krächzend, – nachtdurch heimwärts, zimmerallein gebannt zu sein, nachtgegeben zu hocken: weil es unmöglich, Arne noch zu erreichen, zu erklären, versichern, dass man schuldlos – wenn nebenbei auch Judas –, da Schirmer …

Nachtdurch heimwärts ging, indes Stadt von Getriebe

brauste und eben vielleicht verräterisches Wort lebenendend unhinderlich einem Munde entfloss …

Nachtdurch heimwärts getrieben ward zum Bettpfuhl: Lieg wach!

75

Nacht lässt schluchttief ins Nichts stürzen: Kai träumt schwarz. Morgens erwacht: Nacht hat Furcht gefressen. Leichter regen sich Glieder. »Was fürchte ich …?«

Lämmerwolke am Himmel lockt weißglänzig Hoffnung. »Alles wird gut … Schulhof … Hand auf die Schulter dem Arne … Tiefblick des Freundes: ›Du hältst aus, nicht?‹ – ›Halte aus.‹ … Heimgang. Ilse. Ratloses Suchen ein letztes Mal: nichts … Dann kommt Versanden, Tag stuckert Tag, Alltag, Allermanns-, Allerdings-Tag: wer soll noch suchen?«

Freudige Schleife wippt schmetterlingshaft am Kragen.

Hand auf die Schulter? –: »Arne nicht da? Arne krank! Oder …?«

Wieder! Wieder! Wieder beginnt Summen neu, Kopf dröhnt. ›Arne nicht da? Alles kommt anders, und nur der letzte Punkt … bleibt der?‹

»Arnebruder! – Arne?«

»… ist krank!«

»Richtig …?«

»Richtig! Liegt in der Baba!«

Jungenshand zwängt Kai in seine. »Sag's ihm, Willi, vergiss es nicht! Sag's Arne, dass er nichts tun sollte, *nichts*, ich käme …«

Nickt der andre. Kai sieht ihn laufen, haschen, nach dem

Ball die Glieder gehetzt. »So klein! So wichtig! Wird er nicht vergessen?«

»Wer widersteht Sonne? Ich nicht. Glanz um Glanz auf mein Haupt, Wärme die Handhaut geleckt, – darf ich nicht froh sein, alles wird gut?«

Langsam doch zieht er Fuß um Fuß treppauf, lange steht er am Schild, blickt: nun kennt er's. Kurze Spanne, seit er zuerst …

Klingelschlag. Zögerschritt in Raschelrock, Türloch-Durchguck – welch strenges Auge! –, langsam weicht das gekehlte Holz: Ilse vor Kai.

Blick …

»Gab es je Sonne? Fort von hier, fort! Wieder neu! Nichts ist zu Ende. Nichts endgültig, ehe nicht Kieferngestrüpp mir die Stirn kratzt. Hoffnung? Blöder, fort! Was willst du hier? Fort! Zittre nicht, fort! Achte nicht Ilses, fort! Vier Stufen, fünf Stufen, zehn Stufen auf einmal – fort, nur fort!«

»Komm, Kai …«

Steht, blickgefangen. Müde würgt Kehle, die sich dreht; steht; wendet Hand um Hand; fühlt Angst sickern; Ohrgesause; steht; ruhegelüstig, doch gepeitscht; bitter-lippig; Hirn brennt Augennerv ab; steht und blickt …

Mädchenblick, Liebesblick, Trauerblick …

»Komm, Kai …«

Zimmer, leer. Setzt sich. Sie raschelt hinter ihm. Kai starr vor sich.

»Was kommt …?«

»Ende! Nur Ende!«

Plötzlich schwillt seine Zunge, gleich gepresstem Schwamm tropft der Gaumen, Achselhöhlen triefen, perlig kitzelt Feuchte die Kehle der Knie und in den Augen drängt es, erweiternd – kommen Tränen? –, da tiefgesogener Atem die Brust hebt, die Gurgel stößt und wie Seufzer nun ist, lautloser, den die weichenden Lippen entstreichen lassen –

Doch kühlende Binde gleitet von hinten über glühende Stirn, brennende Augen; jungmädchenweicher Handgriff schließt Welt ab, und wie Regen, kühlender Regen, dringt ihr Schmiegen an sein Hirn, sein Herz; lösend, wortlos Krampfiges lösend …

»Heimkehr verlorenen Sohns? – Stummes Verzeihen Allwissender? – Ahnung nur?«

Ruhe gleitet in ihn, kein Wort, Ruhe …

»… wenn so Ende wäre …«

76

Tür ging – Stimmen!

Handdruck brach ab, auffahrend sah Kai sie kommen, holzgesichtig, feierlich, steifstängligen Blumen gleich, Hals ohne Gelenk.

»Sieh da, Goedeschal!« Über die Schulter: »Wie ich Ihnen sagte, Schaffner …«

Ilse fort, weit weg, bleich ihr Gesicht.

Setzen.

Stille.

Und nicht zu drehen wagte Kai die Hand, nicht sie zu schaben am Stoff, die brennende, – sah steil vor sich, Blickmissgunst aufs Gesicht gesetzt wie zerkratzte Pickel, wartete, da lauter schwoll und lauter Ansturm des Herzens, dröhnender, wie Stürzen von Wogen, in den Ohren donnernd, ersäufend. »Nun kommt es!«

Stille. Schweigen. Kein Wort. Nicht ein Wort. Kein Glied raschelt.

»Gehen Sie, Herr Goedeschal, gehen Sie schnell.« Und »Gehen« ist weich und »Schnell« ist Drohung, und Mutterblick brennt im Aufschrei Mal auf die Stirn, und Zuck rafft Kais Leib: Fort! Fort!

Und die Tür ist da und gangbar nun, und Denken geht nicht, und Sinken wallt breit und bleibt und bleibt und bleibt, da er murmelt: »Nein, den andern Weg … den *andern* Weg …«

»Was sagten Sie? Nichts? Aber wir! Aber viel! Sie konnten gehen, Sie haben nicht gewollt und nun …«

Peitscht Reue? Tür ist zu. Ja, nun möchte er fort sein, wie wieder schon Stille geht, atemgehackte nun, voll Speichelschlucken. Lippen formen Worte. Kleine Gesten fallen zwischen rasch gespreizten Fingern durch den Boden. Köpfe zucken gegen Kragengehäuse. Möchte fort, nun. Sitzt. Möchte grinsen wenigstens, buddhagleich. Doch bohrt Schmerz dumpf.

Versagender Atem: »Sie … Schaffner … kann nicht …«

Ilse spricht klein, wie Furcht im Traum zagt: »Darf ich nicht gehen, Mama?«

»Bleibst! – Los, Schaffner, los!«

(›Ilse will fort von mir! Ja, lasst Ende sein!‹)

Und als er auf den Tisch blickt, ist der Briefpack wieder da, überlegt von der Hand Schaffners, die sich weich darum krümmt, und das Fingergegehe nun ist's, das ihm mit Blick Seele fängt, das Straffen, das Spannen, das Tanzen, Abstoßen, Trommeln, dieses wichtige und stumpfe Gehabe ist's, das über den Worten tanzt, die nun rau und kratzend kommen:

»Herr Goedeschal! Nochmalige Durchsicht der Briefe, eindringende Überlegung stellten es endgültig fest: Sie: ihr Schreiber! Endgültig: Sie! Und bestätigt ist dies durch Herrn Schütt, der brieflich Fräulein Irene sagte, er kenne den Schreiber der Briefe: Sie seien's!«

(›So, da hast du das Ende, Kai! Die Finger haben sich zur Ruhe gelegt, glatt; zwei Nägel sind schwarz.‹)

Und Kai schweigt.

»Herr Goedeschal, Ihr Schweigen soll eine Zustimmung sein, nicht? Eingeständnis?«

Da fliegt es in Kai: ›Diese hier? Hier Gestehen? Hier Reue, Tränen, Strafe? Hier Ende? Von diesen ausgepflückt? Diesen das Recht, mich zu verhöhnen? Nein, o nein!‹

Und er ist da, ganz ist er da, seine Gebärde fliegt, Rettung, nur Rettung heißt die Gebärde: gutmachen. Und er steht, seine Stimme geht eilig, seine Worte stoßen sich. Und er ward zwei, ward zwei, deren der eine heidinnen ein Ende macht, stilles, sternengenähertes; anderer aber Weg erkämpft dahin …

(›Sallust! Catilina! Morgengrauen! O aschegraues Morgendämmern!‹)

»Mein Schweigen: Verwunderung, Verblüffung, ja. Waren Sie's nicht, Werter, der, nicht vierundzwanzig Stunden sind's, hier sagte: er ist's! – und meinten Schütt? Sind Sie so leicht belehrbar oder so tief in Überzeugung verankert, dass Entschuldigungswort des Schütt an sein Mädchen Ihnen sattsam Entlastung erscheint? Und, glauben Sie denn …«

Goss Worte, kämpfte noch einmal, füllte das Zimmer übervoll mit den Gesten seines Lebens, ermattete nicht, zuckte immer von neuem, wurde nicht Strecke, Halali drüberzublasen von diesen …

Wusste Ende drinnen, glaubte drinnen Ende nicht, leugnete Ende – warf Arm und Hand, ihre starrenden Augen mied sein Blick nicht mehr. »Liebe« sagte er Ilse; »du irrst« zu der Mutter, »Wertester, Allerwertester« zu Schaffner; wollte nicht enden, da nun, redend, er doch noch war, war, war, während dem Schweigenden gleich Schirmergeschichte, ohne Namen wohl, genügend doch, ins Gesicht geschleudert sein mochte, hatte Arne gesprochen; und dann Hinsturz doch, Reue, Rückgrat zerknackt, gieriges Zangengekneife von Bittermund.

»… und – kommen Sie doch, ich scheue es nicht, kommen Sie doch mit zu Schütt! Reden Sie mit ihm! Hören Sie doch, was er sagt! Kommen Sie, he, ich bin bereit!«

Und ließ den Arm fallen, sah starr vor sich, da in das Verstummen hinein, in die einbrechende Stille aller Atem wie Wasser floss und die Blicke zaudernd wurden, von allen die Blicke zögerten …

Und endlich die Mutter: »Gehen Sie, Herr Schaffner, dass einmal Ende wird.«

Ging. Drückte Ilses Hand, mutsicher, dass zages Lächeln glomm und ihr Blick ihm dankte. Trat vor Frau Lorenz: »Gnädige Frau …?«

Und als sie nicht zuckte, nicht die Hand zum Gruß hob, zwang er auch sie, Stärke strahlte er aus:

»Auf Wiedersehen, gnädige Frau!«

»Auf Wiedersehen, Herr Goedeschal.«

Drinnen schrie's: »Nie!«

77

Diese dunkle Treppe, breit, flachstufig, ist Kai oft gestiegen, bitter im Herzen, weil er schwächer war als Arne um größerer Liebe willen. ›Wie viel Vernachlässigung! Wie oft Verabredung von jenem versäumt! Nun wird er's gutmachen, auf einen Strich alles, und ich werde ihm ganz gehören, da er mich neu leben lässt. Rasches Wort, ehe Schaffner spricht, geflüstert …‹

»Noch eine Treppe, Herr Schaffner. Ganz unterm Dach. Köstlicher Blick!«

Lacht, ärgert sich dessen, und das Dienstmädchen sagt: »Herr Arne? Ist da. Bitte sehr.«

Hat gehofft! Weiß: hat gehofft: Arne nicht da! Nun doch! Und so schnell ist Schaffner dem Mantel entschlüpft, Möglichkeit nicht, vorauszuhuschen ins Zimmer, rettendes Flüsterwort …

»Ah, guten Tag, Herr Schaffner! Guten Tag, Kai!«

Händedruck. Besinnlich liegt in den Kissen das Haupt, Stirne glatt, und nun sinken die Lider, da Schaffner spricht: »Verzeihen Sie diesen Besuch. Umstände …«

Handbewegung.

»Herr Schütt! Ja oder Nein meiner folgenden Frage! Ihr heiliges Ehrenwort bürgt mir …?«

Und kaum merklich senkt Arne die Stirn.

»Ich danke Ihnen. – Herr Schütt! Im Namen der schwergetroffenen Familie Lorenz frage ich Sie hierdurch: kennen Sie den Schreiber der anonymen Briefe?«

Schweigen.

Und ihm enthebt Kai hinter dem Rücken Schaffners hervor sein Antlitz, wirft es auf Arne, äußerstes Flehen, was Natur gab, verkrampft: Leben, Sonne, Tod, Kampf, Reue, Bitten, Demut – stürzt sich ihm zu, lippenbebend: ›… Arne …! … Arne!‹

»Herr Schaffner! Nein!«

Das ist Einsinken, Vollwerden, Ruhegang; auch Jasmin, sommers.

Fällt zusammen.

»Guten Abend, Herr Schütt. Guten Abend, Herr Goedeschal. Das Weitere …«

Und nun die Tür und die andere Tür und jetzt Regung, Hinsturz, Dank, Schluchzen, Hand gefeuchtet. »Arne … Arne …«

Und er: »Schwein hast du gehabt, Kai, maßloses Schwein! *Schreiber* der Briefe? Kenne ich nicht! Hätte er anders gefragt, so hätte ich …«

Blick Kais starrt …

»… hätte gemusst! Heiliges Ehrenwort!«

78

»Könnte ich schlafen!«

Hob aus den Kissen den Kopf, lauschte: Schritt schien zu sein noch draußen, tastender. Stimmen? Nein, nichts, nur Raschelgeräusch von Mäusen oder ein Stuhl knackte, ein Tisch …

Sank zurück, ging wieder alten Weg: Rettung – Arne – Verrat – Brief – Schirmer –.

»Am Ende ist's gleich, warum Arne verneinte: ich bin gerettet!«

Strich ein Streichholz: kaum weiter die Zeiger.

»Wär es erst Morgen. Ich bin ja gerettet, nur die Nacht noch ist schlecht …«

Ruhte sich ein, – doch ein Ratloses schien die Glieder zu durchlaufen, so zuckten sie in den Laken. Brannten die Schläfen, riss Eis Risse am Fuß, erstarrte die Finger.

»Ein Ende …!«

Tastete sich hoch, lief im Dunkel. Lauschte zum Bruder, nebenan in der Stube. Zu ihm: »Kurt …?«

»… was … was ist …? Schlafen …«

Stille. Rastatem. Ruhe.

Lesen? Licht brannte. Seite glitt um. – »Und Arne?« – Ertappte sich, stellte den Band zurück, ordnete …

»Ein Ende …!«

Riss das Tagebuch aus der Lade, schrieb: »Endlich gerettet. Beruhigung bringt auch jener morgige Tag ohne Briefe …«

Wusste: *es war so!* Schrieb nicht mehr. Blätterte. Fing Worte, hie und da: »Habe ich sie einmal geliebt? Nie …?«

Am Fenster. Kaum sah er die Büsche des Platzes. Nässe troff. Die Schuppen standen, körperlos. Wollte weinen, zwang sich, ein Tuch –: konnte es nicht …

»Ein Ende …!«

Und stand heiß, flammend vor dem Gedanken … Fluchteilig hob er den Fuß, doch verharrte … Sann tief, anderes. Rückgekehrt sah er ihn lockend wie vorher; wurde schwer plötzlich, taumelig, griff zum Sesselrand.

»Ich tue es!«

»Nein!«

»Sonst nimmt Nacht nie Ende.«

»Nein, darfst nicht …«

»Tue es …«

Dachte: »Komödie, das!« – stürzte zum Spiegel, wollte letzten Glanz dessen im Antlitz fangen: nichts! Sah einen Grämlichen nur, mit hohlen Wangen, die Augen umschattet –: wie sonst!

Zwang sich ins Bett. Wieder hinaus glitt er. Türhebel in der Hand. Lauschend. Frostbebend überschlich er den Vorplatz.

»Kammertür knarrt nicht, weiß ich. Klinke nur knackt.«

Stand drinnen, so bekannter Duft wie in tausend Träumen gerochen, Atemlied auch wie damals. Und nun: »Näher, Kai!«

Hörte sich selbst nicht. Ahnte das Bett. Näher noch. Atem jener strich hastiger, schien es? – »Unmöglich, nicht wahr? Ich kam so leise …«

Näher! – Ist Nacht noch zu lang? – Geschwelle war dort, streckte die Hand – und fühlte sie ergriffen, sich hingerissen! Jubellaut: »Hab ich dich, Kai!«

In die Kissen gezerrt. Ertrank in der Laue. Fleisch. Tuch um sich, das stürmender Griff knirschend zerriss. Gegirre. Fleisch an Fleisch und Widerstreben so sehr und leises Flehen, dass die Eltern nichts hören … Aufbäumen dann, da Hand dorthin tastet …

Schmeichelworte. Koserei. Zärtelreden. »Lieber Kai, du! Endlich, Liebster!«

Rot kreiste sein Hirn. In den Augen tanzten farbige Flecken. Wand Arm kämpfend um Arm. Stemmte Leib ab. Keuchte, halb frei, liegend am Boden halb, schon bezwungen in Kissen, hingegeben …

Als ihm der Gedanke kam, dies zu genießen mit Willen, an die stürmenden Brüste zu sinken, es kennenzulernen, endlich auch Letztes mit Bewegung und Stellung zu wissen. Schmeichelte wider, glitt zwischen Kissen zurück, senkte Mund auf Mund, halb ekelnd doch, da Atem jener schmeckte; kämpfte das nieder, willig, und – Seufzer! – fand – – – fand … war beinahe Verströmen … beinahe eingegossen in sie … fast schon Besiegter … und ferne das kleine schuljüngische Gehabe mit Briefen und kussfremden Mädchen … fast, beinahe … fast …

Als es ihn aufriss! Hochzuckte! Ganz steil werden ließ! Worte nicht achtend, zur Tür. Taumelnd – Mondstrich auf der Diele. – Locken, Lockruf, süßer. Haar über seine Hand geschmiegt. Doch weg!

Treppab, tiefer, kellerwärts. Zurück noch einmal! Licht!

(»Hatte jene nun oben verzichtet?«) Flackerschein – kennst du die Stube?

»Dort im Winkel lag Hans. Nun aus dem andern dein Rad! Rüste es nur zur Fahrt! Zum Kieferngekuschel, das ist dein Ende, du weißt es, hast es von je gewusst. So wird es gut, nicht anders. – Die Pneumatiks, pumpe sie auf. Sieh gut alles nach …«

»Du hast keinen Revolver? Wozu denn? Zu laut! Dort die Wäscheleine … mach ein Paket! An die Lenkstange damit! Und nun …«

»Warum weinst du? Dein junges Leben? Sentimentaler! Stets hast du dies gewusst. Wozu noch dich wehren?«

»Immer! Hocke dich in den Winkel. Weine nur …, morgen ist Ende und die ersehnte Ruhe da.«

»Du denkst an Hans, deinen Hasen? Auch er starb, siehst du. Das ist leicht, vergisst sich so schnell … ganz leicht …«

79

Nun ist es Morgen. Über das Pflaster treiben die Füße vieler Geschäftigen, und der allein ruhend rastet im Treiben, ist Kai. Ruhefuß wohl – zuckt auch Eifer unruhvoll Sehnenstrang in der Wade – Ruhefuß wohl, aber kein Ruheherz, kein Ruheblick – nein! –, der stürzt, fängt, prüft, irrt, brennt …

Bis endlich zögernd die Tür sich auftut und dunkler Torgang sie entlässt: Ilse. Da steht sie, in das Bogenschwingen gesetzt als ein stiller Engel, unter dem Arm die kleine Mappe, und die Rechte führt sie hinten zum Haar, drückt den Hut in das Bauschige und zögert, ins Rieselnass zu treten, ins Schlackerwetter, zögert ...

Zögerst auch du, Kai? Hebe den Fuß! An ihre Seite! Das Gesicht unter den breitrandigen Hut zu ihr gehoben, sage dann rettend Erdachtes: deine ganze Liebe, die alles ausgleichen muss. Alles wird verzeihlich. Nicht nur Scham wird die Röte ihrer Wangen sein, denkt sie an Sätze wie diesen: »Man sah die Hand des Schülers Goedeschal, die im Rock Ihrer Tochter schaffte ...« –, denkt sie solchen Satzes, ist sie errötet auch vor dem Sehnsuchtsglanz, der selbst hier leuchtet. Sehnsuchtsglanz deiner Liebe – und sie verzeiht!

Hofftest du nicht so ums Morgengrauen?

Aber sie geht schon, treibt schon zwischen den andern, und sieht man sie so von hinten, in Schatten der Menschen und Häuser, in Türwinkel geborgen und schnell dann wieder dem schwankenden Hute nachgehetzt, – sieht man sie so, ist kaum zu begreifen, dass sie all den andern nicht ähnelt und dass sie allein dir voll Schicksal birst. Doch du wirst es wenden, wirst es beschwören, nun an ihre Seite huschend, Kai!

Aber er zögert. Gedankengetriebe – schlammgelber Mühlstrom, wehrüberwärts brausend – hemmt Tat. Gleitet nur nach, hofft sich stark und tut nichts ... nichts ..., bis sie neu in einer Haustür verschwindet, ganz fortgenommen und ausgelöscht ist und Straßenlärm, Übersturz siebenter Sturmwelle gleich, mit dem Entschwinden ihres Flatterrocks aufbrandet und schreit, da noch eben äußerste Stille den fernen Verfolger hören ließ, wie ihr Schuh am Pflaster strich.

Wieder heißt es: warten. Hinter die Anschlagsäule geschmiegt, sieht er Kommen vieler Mädchen in dies Haus, erinnert sich: »Schneiderstunde!« –, wartet, und nun endlich steht die Tür still, und da er meint: »Bald kommt sie!«, sind kaum Minuten vergangen, kaum zählbare Zeit, so wenig.

Aber die Welt hielt an, sie ruht rastend, und auch Kai ist nicht mehr als ein Wartestück noch, dem Pfahl vergleichbar der Laterne oder dem Stein im Pflaster, so zeitlos und gänzlich von Schicksal gesättigt. Steht, lässt Menschen verstreichen, steht, fühlt kaum schlummerhaftes Regen im Hirn und ist schwer voll Blei bis in jede Zelle hinein, die äußerste noch …

Ging Zeit? Kam Mensch? Wandelte sich etwas?

Sieht dort den andern, Arne, offen am Haustor, schlendern dann, fuchteln mit dem Stock, die Uhr befragen und wieder schlendern, wie gähnend, und wieder schlendern und nun in ein Schaufenster blicken und schlendern. Denn so vieler Gedanken voll ist jener, so treibend, buntfleckig, aus tausend Fetzen Lust und Wonne gefügt; da in Kai allein doch – nun weiß er's wieder, aber als ein Stilles, Unabänderliches, in Nichts klagbar –, da in Kai allein doch jenes hinten aufgebaut ist: rötlicher Stamm, ragender, Astansatz, Himmel, Weg dorthin, Strick – weniges, *eines* alles dies, restlos gelöst mit Divisor Ruhe: oder Beschluss …

Und tiefer tritt Kai zurück, späht kaum noch, wartend, da nichts mehr ihm entrinnt – und sieht plötzlich Überströmen der Straße von Mädchengestalten, Bunt von Hüten, in Schirmhöhlen gehegt, und nun auch die drei, Arne inmitten, wandelnd, hierhin, dorthin, gestenlos, Köpfe gesenkt, und ahnt Worte, Worte …

… endgültige, endlich, denen er den Kopf neigt; und ist da Gefühl, ist's Leichte, wie ein Flügelzuck, wie ein Augenblinzeln.

Bis er schreckhaft zurückfährt, da sie an ihm vorbeistreicht, eine Blickblinde, tränentropfende Weißgesichtige, so geschäftiger Finger Besitzerin, und zitternd noch im Schuh, meint er, zitternd noch im Schuh …

Eine Fremde jedenfalls, ausgelöst aus seinem Leben, ohne jeden Belang.

Schleicht wieder jenen nach, den beiden nun, Arne, Irene, überquert Plätze, versinkt in Gassengemenge, landet ins Freie, steht am Bahnhof und wartet, ohne Gewicht, wartet …

Bis Arne kommt. Allein. So lustvoll männlicher Schritt, in den Hüften gewiegt, den Nacken steif und das Kinn hoch, so funkeläugig von Springleben, Blutfrische – und nun doch so sehnenzerschnitten, so gelöst, so gesackt, so nichts, da die Frage ihn anspringt, über die Schulter von hinten, nein, nicht springt, gegangen kommt, wie ein Wanderer endlich Hoffstätte betritt: »Nicht, Arne, du hast ihnen alles gesagt?«

»Kai …! Kai … ich …« Und der Blick schon gesteht. Hindernis gibt es nun nicht mehr und kein Missverständnis vor diesem dort hinten, so genau jetzt gekannt: Ast … Strick … Hals …

Und hasst sich der Kai, da er doch noch sagt zu jenem Verwirrten, Zerbrochenen, Nachduft der Ruhmbeutelei von einst, irgendwie sagt: »Siehst du, nun kann ich mich er – – – schießen … endlich Ruhe … Dank …«

Hasst sich, weil das Lüge ist, jedes Wort ein Zuviel, jeder Laut ein Fleck auf diesem Tod, der sonst rein wäre, ganz rein …

Steht auf der Plattform schon der Tram, treibt fort, sieht die Geste jenes noch, die beschwörende, die flehende, und ist allein wieder mit dem, was kommt, und liebt nichts mehr und wurde leicht …

Da er nun heimfährt, letztes Mal, das Rad zu holen, und dann weg zu sein für immer, einfach nicht mehr da zu sein …

80

Stand, sah um sich, hob das Rad auf die Schulter, sprach: »Bereit.«

Zögerte doch. Lauschte dem Tackeschritt über seinem Kopf, dachte. Lauschte: es ging und ging jener, der Vater, Wege des Denkens, Wege der Liebe vielleicht. Und in staubige Kelleröde, mattmüdes Herz stellte der tackende Schritt dies Gesicht: blass, Sorgenfalten, Augen, tief, voller Liebe; Augen wie Strom und Feld, Augen wie Welt …

»Liebe wohl, die nicht trifft, die vorbeischießt: Liebe doch …«

Schien da unmöglich zu gehen ohne ein Wort diesem Liebenden, setzte es nieder wieder, das Rad, tastete wie träumend sich aufwärts, und stumm murmelnd formten die Lippen schon den Brief, der erklärte.

Saß, grübelte, setzte an, schrieb …

Hand sank ihm doch wieder fort: »Nein, keine Erklärung. Nur von der Liebe zu sprechen, von Leiden, von Abschied …«

Nun schrieb er hastend, und der Geruch der Weite war's, diese sommers gerochenen Nadelholzdüfte, Wandeln der Straße ins Horizont, das doch über all dies erhöht stand. Nichts zu erklären, kein Mittel zu bessern, keine Einkehr zur Ruhe als dies.

Und da er den Brief verschloss, sprach Pflicht auch von jener Gekränkten, Ilse, und wieder schrieb er und schrieb …

Schrieb … schrieb …, bis die Tür aufging … und der Umfahrende ihn sah: Arne!

Schrie: »Geh! Geh! Lass mich in Ruhe *nur* jetzt …!«

Stand am Fenster, hastig atmend, und das Gesicht bedrängt von Angst; doch, Arne, weich, beschwörend, trat näher, sprach vieles, Worte nur, Kai haschte kaum Sinn: »Sterben unmöglich, unnütz ... alles verzeihlich ... meine Mutter weiß nun ... sie sitzt unten bei deinen Eltern ... bereitet vor ...«

Da schrie Kai!

Und sein Schrei war's, der die Glieder ihm weckte. Brach an jenem vorbei, riss die obere Tür, die nie benützte, sich auf, stand an der Treppe, hörte hinter sich Ruf: »Herr Staatsrat! Herr Staatsrat!«

Sprang abwärts: Freiheit! Straße nur! – bog ums Geländer –.

Da stand der Vater, breitend die Arme, hob das Gesicht zu ihm auf und wortlos die Augen auf ihn – stand, Arme gebreitet, wortlos die Augen auf ihn –.

»Vorbei!«, schrie es. »Kraft ...«

Aber er konnte nicht, stürzte hin, Weinen brach aus ihm, ein endloser Fluss; lag verkrümmt; Menschen; ward gehoben; hörte den Mutterschrei: »Nehmt ihm doch nur den Revolver! Den Revolver!«

Da fraß ihn Bitterkeit vom Scheitel zur Zehe: Hass. Lachen. Gemeinheit. Fremdtum dieser. (»Revolver! Revolver!«)

Und fühlte in diesem Schrei: nichts sei zu Ende, alles wie je: Liebe, Hass, Einsamkeit, Qual; alles neu zu beginnen ...

Und weinte. Und weinte.